Nouvel-Éden

3

Nouvel-Éden

L'IMPARDONNABLE

Maude Royer

ÉDITIONS SCARAB

Éditeur : L.P. Sicard
Révision éditoriale : Jérémie Provencher
Révision linguistique : Ariane Millette
Conception de la couverture : Mathieu C. Dandurand
Conception de la carte : Maude Royer
Mise en pages : Catherine Bélisle

ISBN papier : 978-2-89765-540-2
ISBN PDF numérique : 978-2-89765-541-9
ISBN ePub : 978-2-89765-542-6

Première impression : 2020
Dépôt légal : 2020

Bibliothèque et Archives nationales du Québec
Bibliothèque et Archives Canada

Éditions Scarab Inc.
1471, boul. Lionel-Boulet, suite 29
Varennes (Québec) J3X 1P7, Canada
www.ada-inc.com
info@ada-inc.com

Imprimé au Canada

Québec
Crédit d'impôt livres
Gestion SODEC
Financé par le gouvernement du Canada
Canada

Participation de la SODEC.
Nous reconnaissons l'aide financière du gouvernement du Canada par l'entremise du Fonds du livre du Canada (FLC) pour nos activités d'édition.
Gouvernement du Québec — Programme de crédit d'impôt pour l'édition de livres — Gestion SODEC.

Catalogage avant publication de Bibliothèque et Archives nationales du Québec et Bibliothèque et Archives Canada

Titre: Nouvel-Éden / Maude Royer.
Noms: Royer, Maude, 1977- auteur. | Royer, Maude, 1977- Impardonnable.
Description: Sommaire incomplet: tome 3. L'impardonnable.
Identifiants: Canadiana (livre imprimé) 20200086804 | Canadiana (livre numérique) 20200086812 | ISBN 9782897655402 (vol. 3) | ISBN 9782897655419 (PDF : vol. 3) | ISBN 9782897655426 (EPUB : vol. 3)
Classification: LCC PS8585.O97 N68 2020 | CDD jC843/.6—dc23

NOUVEL-ÉDEN
EN L'AN DU MONDE
743 AV. J-C.
DuGlacier (Baër-krel)
LeBlanc (Vûlf-gayl)
Contrées froides
Ramure-de-rivières
DuBois (Elagsaw)
DuGrand-Pré (Kojoté)
Long'Champ (Mùr-zifel)
Forêt de Cham
DeL'Orée (Elagsaw)
DesMerrains (Elch-kanski)
Fleuve Sem
Île de Canaan
Baie d'Emzara
DeLaCendre (Utter-lou)
LeNoir (Zimender)
Marécages d'Ashshur
LeRoux (Funch-jakkal)
Mont Aram
Mine Quartz
DuRoc (Baër-krel)
DeGriffe (Pumë)
Langue-Fourchue (Schlaang-fïdi)
Forêt de Japhet
Lac Lamech
Longs-Crocs (Vûlf-gayl)
LeGris (Vûlf-gayl)
DuPin (Ekorn-skyurr)
N
O
E
S

En l'an du monde 743 avant Jésus-Christ
— Neuf siècles et demi après le Déluge —

Nouvel-Éden, terre des adem-bîst[1]

1. Adem-bîst signifie *hommes-bêtes*. À la fin du livre, un lexique présente les principaux clans du Nouvel-Éden.

Chapitre 1

Marécages d'Ashshur, contrée de Cham

L'alchimiste se déplaçait tel un fantôme.

Grâce à d'obscurs enchantements, il se dissimulait dans les replis d'ombres de la forêt sans en troubler le silence. Même ses empreintes ne trouaient la mince couche de neige que le temps qu'il ait fait trois pas de plus. De tout temps, un seul être avait pu — et pouvait encore — détecter sa présence.

Un homme qui savait tout de lui, et dont il savait tout.

— Mon très cher Ashnaël ! clama Noé. Montre-toi, je sais que tu es là !

Dans cette nuit de fin d'automne, le souffle de l'alchimiste était invisible malgré l'air froid.

D'un pas dans sa direction, une silhouette souple se détacha des ténèbres. La longue chevelure duveteuse de cet homme ne laissait voir de son visage que la saillie de son nez arqué. Contrairement à ce que certaines rumeurs alléguaient, le kräengjëll, unique représentant de sa race, ne possédait aucun pouvoir magique. Cependant, il sillonnait les contrées du Nouvel-Éden depuis si longtemps que ses forêts n'avaient plus aucun secret pour lui. Il avait appris à se fondre dans ce décor presque aussi efficacement que son vieil ami.

Affichant un sourire non moins narquois que large, Noé s'avança vers l'homme-corbeau.

— Pourquoi t'entêtes-tu à te dresser sur mon chemin? s'enquit-il. N'as-tu pas assez souffert? Tire donc profit de la liberté que t'offrent tes ailes pour t'envoler loin d'ici. Ah! suis-je bête, tu n'as plus qu'une aile!

Ne prenant pas ombrage du silence d'Ashnaël, Noé poursuivit son monologue.

— Attends-tu qu'un de mes monstres t'arrache l'aile qu'il te reste? Quoi? Que dis-tu?

L'alchimiste était bien placé pour savoir que le kräengjëll était incapable de parler. Avant de quitter son antre cette nuit-là, après qu'un bocal de verre se soit brisé sur le sol de son atelier, il avait dû ramasser la langue de l'homme-corbeau et trouver un nouveau contenant dans lequel la conserver. Or, malgré les siècles qui passaient, faire les questions et les réponses l'amusait toujours autant.

— Tu as raison, c'est vrai, mes monstres ont tous été mis hors d'état de nuire.

Terrifiés par ces abominations errant dans les contrées de Japhet et de Cham, les animaux s'étaient terrés. En réapparaissant tranquillement dans les environs, ils prouvaient à Noé qu'il était grand temps qu'il se procure le matériel nécessaire à la reconstruction de son effroyable troupe. Il était impératif que ses gardiens soient debout à ses côtés le jour où il mettrait en branle son projet le plus ambitieux.

Il était optimiste : ce jour approchait. Sachelle recouvrait peu à peu la mémoire. Lorsque la vérité lui sauterait aux yeux, la farouche chasseresse viendrait à sa rencontre de son plein gré ; il n'en doutait pas un instant. Pour lui, il coulait de source également que le kräengjëll s'interposerait une fois encore.

— Je détesterais devoir te tuer, Ash. Tu le sais, n'est-ce pas ? Je n'ai jamais pu m'y résoudre, même si me mettre des bâtons dans les roues semble être l'unique raison d'être de ta pitoyable existence. Comprends toutefois, mon cher ami, que tu commences sérieusement à m'agacer.

D'un signe de tête, l'homme-corbeau somma Noé de le suivre. L'humain ne se fit pas prier pour lui emboîter le pas.

— Que me veux-tu, Ashnaël ? Serais-tu enfin prêt à me dire où tu as caché mon diamant ? Sais-tu que cette pierre gagne en force au cours des siècles ? Aujourd'hui, la posséder garantirait la réussite de mon projet.

Près d'un quart d'heure plus tard, quand l'homme-corbeau s'arrêta, il pointa une partie du sol où la terre avait été récemment retournée.

— C'est une tombe, constata Noé, dont l'étonnement ne fut pas feint. Qui donc a été jeté dans ce trou ?

Un nom lui vint à l'esprit et, même s'il le repoussa de toutes ses forces, il s'imposa.

— Ce n'est pas... Ce n'est pas ma... ma Sachelle, cafouilla-t-il. Non, tu n'aurais pas fait ça...

Le regard affolé de Noé accrocha celui du kräengjëll, y cherchant la vérité.

— Tu pourrais bien l'avoir tuée, puisque ton but est de foutre en l'air l'œuvre de ma vie ! Si jamais...

Noé avait partagé la vision de Sachelle moins de trois heures auparavant, mais en lorgnant par l'œil bleu de la jeune femme-lynx, il n'avait pas pu deviner où elle se trouvait. Se pouvait-il qu'elle ait été si près de lui, traquée par celui qui jusque-là avait été son protecteur, et qu'elle était maintenant sur le point d'exhaler son dernier souffle ?

— Sachant que tu ne pourrais pas l'empêcher éternellement de venir à moi, car tu as déjà failli à cette tâche, tu as...

Le désarroi sur le visage de Noé vola un sourire en coin à Ashnaël.

— Vas-tu enfin me répondre? glapit l'alchimiste d'une voix qu'il ne maîtrisait plus. Ce n'est pas le diamant noir qui est enterré là, j'aurais senti son énergie. Alors, explique-moi ce que je fais ici !

Le kräengjëll lui indiqua à nouveau la tombe.

Comprenant soudain ce qu'Ashnaël cherchait à lui dire, Noé retrouva instantanément son sang-froid. Tout son corps se détendit d'un coup.

— Il y a, sous la terre du Nouvel-Éden, de quoi fabriquer mes monstres, c'est bien ça ? Tu n'as jamais apprécié que je massacre ces affreux adem-bîst.

Pas un muscle de l'homme-corbeau ne tressaillit. Noé savait prendre cette inertie pour un assentiment.

— M'encourages-tu à piller cette tombe ? fit-il mine de s'offusquer. N'as-tu aucune pitié pour l'âme de ce malheureux ?

Haussant les sourcils, il jouait celui qui attendait une réponse.

— Ce n'est pas fou, admit-il après un court silence. Enlever, séquestrer et démembrer ces créatures finira par me causer de graves ennuis. Si je continue à ce rythme, les adem-bîst me débusqueront et me feront goûter à ma propre médecine. Voilà déjà huit siècles qu'ils me traquent, trop stupides pour comprendre que c'est dans leur intérêt que je fais tout ça !

L'alchimiste leva la tête vers le firmament. Son regard bleu traça, en la suivant, la courbe de la bande verte de l'arc-en-ciel.

— Ton idée est bonne, Ash. Avec l'avènement du magicien, je n'ai plus le temps de jouer au chat et à la souris avec ces imbéciles ! Qui viendra m'embêter pour avoir pillé une tombe perdue en pleine forêt ?

Le kräengjëll demeurait stoïque.

— En revanche, tu en conviendras, mon vieil ami, les tombes perdues en forêt ne sont pas légion.

Noé patienta quelques secondes avant de lancer :

— C'est un marché que tu me proposes, Ash ? Promis, je n'utiliserai plus de matériaux neufs pour créer mes monstres. En échange, tu me trouveras d'autres fosses comme celle-ci.

L'alchimiste tendit une main que l'homme-corbeau dédaigna.

— Bonté divine, Ash ! Est-ce possible d'être aussi rancunier ?

Le kräengjëll ouvrit la seule aile toujours rattachée à son dos.

— Bon, d'accord, j'ai eu tort d'ordonner à mon monstre de te mutiler de la sorte, s'excusa Noé. Il m'arrive parfois d'être un peu impulsif, force m'est de le reconnaître. Dommage, ta mission aurait été plus facile à accomplir avec deux ailes.

Ashnaël recula d'un pas.

— Ne te fâche pas, Ash ! Je t'en fabriquerai une nouvelle ! Tu l'auras dès que tu auras localisé une deuxième tombe. Fais vite, avant que vienne le grand froid !

Reculant encore, le kräengjëll se laissa happer par les ombres de la nuit. Puisqu'il n'avait pas hoché la tête à la négative, l'entente était acceptée.

Sans attendre, Noé sonda la fosse par la seule force de son esprit. D'abord, il effleura ce qu'il identifia comme étant une jambe, puis il poursuivit sa fouille souterraine à la recherche de la pierre de valeur que tout individu décent se devait de mettre en terre avec une personne décédée. Ces gemmes ne lui étaient pas essentielles pour activer sa magie noire, mais elles contribuaient à augmenter ses pouvoirs. Piller des tombes aurait donc un deuxième avantage, celui de renflouer ses réserves. Elles avaient grandement baissé dernièrement.

Ce fut sur la poitrine du mort que Noé repéra finalement ce qu'il convoitait.

— Voilà que je fais d'une pierre deux coups ! s'exclama-t-il.

Son rire sadique agressa la nuit. Le sol lui-même fut pris de tremblements tandis qu'une lumière noire, difficile à percevoir dans l'obscurité, en jaillissait en crachant la pierre de valeur dans un geyser de terre. À demi découvert, un corps maigre et sec s'extirpa lui-même de la fosse.

Ayant saisi la pierre au vol, l'alchimiste l'examinait. Sa couleur allait du rose au vert.

— Une simple tourmaline, accusa-t-il le défunt. On ne peut pas dire que tu aies eu une grande valeur de ton vivant.

La gemme étant ridiculement petite, elle allait rapidement se vider de son énergie et mettre ensuite plusieurs centaines d'années à se régénérer. Noé la lança derrière son épaule.

— Viens ! ordonna-t-il au mort. Nous allons remédier à ton insignifiance. À mes côtés, tu feras de grandes choses, crois-moi.

L'être que le froid avait commencé à momifier suivit l'alchimiste sur des jambes vacillantes.

Chapitre 2

Territoire DeGriffe, contrée de Cham

Treize ans d'obsession.

Tout ce temps, Vacnar DeGriffe avait agi dans un seul et unique but. Chaque heure du jour ou de la nuit, chacune des plumes du kräengjëll avait menacé et menaçait toujours son secret. Si le pumë avait pu mettre la main sur cet homme-oiseau, il l'aurait plumé comme une perdrix ! L'idée qu'on puisse lui arracher son secret de force lui était intolérable.

Personne ne devait savoir. Pas avant qu'il ait eu la chance de remédier à la situation.

Le chef des hommes-cougars pressa le pas. Marchant en direction de la cabane dans laquelle il avait l'habitude de mener ses interrogatoires, il revenait du vallon où s'entassaient plus de deux mille réfugiés. Paniqués par la multiplication des disparitions inexpliquées, ils étaient venus chercher la protection de la troupe armée des pumë. C'était une stupide querelle opposant deux d'entre eux qui avait forcé Vacnar à s'éloigner de la cabane. Et, comme s'il avait encore du temps à perdre, un de ses guerriers en avait profité pour l'entretenir des diverses difficultés que ses compères et lui rencontraient pendant leur mission en cours.

Voilà des jours que Vacnar avait ordonné à Tomek, Rowën et Benliam de lui rapporter la plume noire détenue par le schlaangfídi Sertram Langue-Fourchue. Les trois pumë étaient ses meilleurs guerriers ! En quoi cette mission leur donnait-elle du fil à retordre ? Tomek, dont les dents étaient habituellement aussi serrées que le chignon qu'il avait sur le dessus du crâne, s'était montré étrangement bavard et plaintif à ce sujet. Or, obnubilé par ses propres problèmes, n'écoutant l'homme que d'une oreille distraite, Vacnar n'avait pas réalisé, sur le coup, l'anomalie de son comportement.

Enfin seul et arrivé devant l'arbre abritant la cabane, Vacnar actionna le mécanisme de la plateforme mouvante qui l'emmènerait à la cime. Perdu dans ses pensées, il cherchait la meilleure façon de formuler les questions qu'il poserait à sa prisonnière, car elle ne dévoilerait tout ce qu'elle savait qu'à condition que la plume noire agisse au mieux de son pouvoir.

« Si je suis assez précis dans mes demandes, que Sachelle le veuille ou non, elle ne pourra rien me cacher. »

Savait-elle ce qui s'était passé chez les LeRoux, treize ans plus tôt, à l'aube de ce printemps où tout avait commencé ?

À vingt-quatre ans, Vacnar DeGriffe quitta son clan. À cette époque, la forêt de Cham était encore un lieu à peu près sûr. Sans passion particulière, le jeune homme-cougar n'avait appris aucun métier. Il comptait voyager, voir des contrées lointaines. Se faire engager comme coureur des bois ne lui disait rien ; il voulait rester libre de courir au gré de ses envies.

De passage à l'auberge l'Hystobal, l'aventurier réserva une chambre pour une nuit. Si Évanalie n'avait pas servi au bar ce soir-là, l'histoire aurait été tout autre. Cette jeune femme avait de longs cheveux roux lui allant à la taille et des taches de son soulignaient joliment la saillie de ses pommettes. Dès que Vacnar la vit, ses plans changèrent. Son séjour chez les funch-jakkal se prolongea jusqu'à s'étaler sur une saison entière.

Si, avant son départ du quartier DeGriffe, on avait prédit au jeune pumë ce qui allait lui arriver, il aurait traité son interlocuteur de fou. Sans doute l'aurait-il brutalisé. Il avait toujours été de ceux qui condamnaient haut et fort toutes formes de sentiments contre nature. Et pourtant, il tomba passionnément amoureux d'Évanalie LeRoux, la fille du propriétaire de l'auberge.

Tombé était le bon mot. Il peinait encore à s'en relever.

À contrecœur, Vacnar partit travailler au mont Aram après avoir promis à sa bien-aimée qu'une fois sa bourse bien remplie, il reviendrait la chercher et qu'ils s'enfuiraient ensemble. Pendant un an, il sua corps et âme dans la mine des hommes-ours tout en comptant les jours le séparant d'Évanalie. Sa seule distraction fut de rêver d'elle.

Ce fut les poches pleines de pierres de valeur et le cœur palpitant que Vacnar revint à l'Hystobal. Mais encore une fois, les choses ne se passèrent pas de la façon dont le jeune homme les avait prévues.

Évanalie avait été mise en terre trois mois auparavant.

Vacnar eut beau poser des questions, personne ne sut le renseigner sur les circonstances de la mort de la jeune femme. Une maladie foudroyante, disaient les uns, un terrible accident, prétendaient les autres.

Le pumë se vit contraint de se présenter devant Hystobal lui-même. Ce soir-là, lorsque le dernier client fut sorti du bar en titubant, Vacnar poussa la porte que l'aubergiste s'apprêtait à fermer à clé. Le reconnaissant aussitôt, le funch-jakkal lui cracha :

— Comment oses-tu remettre les pieds ici, assassin ?

— Qu'est-ce que... ? bafouilla Vacnar.

— C'est ta faute si ma fille est morte !

L'homme-renard semblait avoir vieilli de dix ans. La main avec laquelle il se retenait à une table tremblotait.

— Je n'ai pas mis les pieds ici depuis un an, se défendit Vacnar.

— Tu étais toujours là à lui tourner autour, à lui faire les yeux doux. Tu t'imagines peut-être que j'étais dupe ?

Alors que les larmes montaient aux yeux d'Hystobal, le jeune pumë crut comprendre quelle était sa responsabilité dans le drame.

— Voulez-vous dire que... vous l'avez tuée ? Parce qu'elle et moi...

— Pauvre fou ! rugit le funch-jakkal en renversant une chaise d'un coup de pied. Jamais je n'aurais fait de mal à ma fille unique !

À ce moment précis, Vacnar eut peur pour sa vie. Même s'il était plus grand et plus fort qu'Hystobal, il ne doutait pas un instant que ce père en colère puisse l'étrangler à mains nues.

— Moi non plus, souffla-t-il. Je ne lui aurais jamais fait de mal.

— Tu l'as fait, pourtant. Cette chose que tu as semée dans son ventre, c'est ce qui l'a tuée !

— Un enfant ? Ce n'est pas possible...

L'homme-renard repoussa la table qui le séparait de Vacnar pour se précipiter sur lui. Il ne le toucha pas, mais en agitant un index devant son nez, il glapit :

— Pas un enfant, DeGriffe, une abomination !

Le bras du pauvre homme retomba le long de son corps. Sa colère tomba aussi. Son visage se tordit de douleur.

De remords.

— Je suis allé trouver une femme-lynx, raconta-t-il d'une voix anéantie. Toutes les herbes qu'elle a fait boire à Évanalie n'ont pas suffi à éliminer cette créature. Ma fille est morte en lui donnant le jour. Il était trop gros, tu comprends ? Beaucoup trop gros pour elle.

— Il ? Un garçon ? s'informa Vacnar, fortement secoué. Est-il en vie ?

— Un garçon, oui. Mais n'y pense plus, DeGriffe. Retourne chez toi. Je ne parlerai de lui à personne et tu feras de même.

— La sage-femme qui a aidé Évanalie à accoucher, elle...

— Une sage-femme ? Que vas-tu t'imaginer ? Je me suis occupé de ma fille, j'ai...

— Quoi ? Ne croyez-vous pas qu'une sage-femme aurait pu lui sauver la vie ?

Foudroyé par le regard d'Hystobal, Vacnar ne s'avança pas plus sur ce terrain glissant.

— Je ne partirai pas sans mon fils, annonça-t-il. Où est-il ?

Hystobal redressa la chaise qu'il avait malmenée, la planta sur ses quatre pattes, en vérifia la solidité et y prit place. Tirant une deuxième chaise face à la sienne, il fit signe à Vacnar de s'y asseoir. Après avoir longuement frotté son visage entre ses mains, il releva la tête et dit :

— Chez les pumë, concevoir un hybris est un crime puni par le cachot à vie.

Alors que les émotions de Vacnar le submergeaient, Hystobal recouvrait la maîtrise des siennes. Sa voix était maintenant claire et posée.

— Que crois-tu qu'il adviendra de ton fils si l'on te jette en prison, DeGriffe ?

— Les hybris ne sont pas mieux perçus chez vous, LeRoux ! se rebella l'homme-cougar. L'union entre les races n'est acceptée nulle part au Nouvel-Éden !

— Effectivement, elle est considérée comme un acte abject. Elle est si condamnable aux yeux des funch-jakkal que nous sommes rarement confrontés à ses conséquences. Si rarement, en fait, que beaucoup pensent que les hybris n'existent que dans les légendes. Voilà pourquoi, chez nous, aucune loi ne châtie ce crime.

— L'enfant sera tout de même puni, Hystobal, et vous le savez !

— Avant d'être corrompue par toi, ma fille était ma fierté. En sa mémoire, je ferai tout ce qui est en mon pouvoir pour que la vie de ce petit soit la moins pénible possible. C'est tout ce que je peux te promettre, DeGriffe, mais c'est déjà beaucoup plus que ce que tu peux espérer offrir à ton fils.

Vacnar ne s'avoua pas vaincu.

— Évanalie et moi avions des projets. Nous comptions partir ensemble loin d'ici. J'emmène l'enfant.

Hystobal s'énerva derechef.

— C'est hors de question, jeune écervelé ! On ne vit pas seul dans les bois avec un nouveau-né !

Vacnar se leva et commença à faire les cent pas.

— A-t-il un prénom ?

— Jémikim. Évanalie l'a choisi avant de rendre l'âme.

Au bout d'un moment, arrêtant d'aller et de venir dans la salle, l'homme-cougar supplia l'aubergiste de lui montrer le poupon.

— Laissez-moi le tenir dans mes bras quelques minutes. Après, je m'en irai.

— Personne ne le verra, DeGriffe, pas même toi ! Sa mère elle-même est morte avant de l'avoir vu.

— Comment puis-je être sûr que vous ne vous êtes pas simplement débarrassé de ce bébé ? lança Vacnar à l'homme-renard.

Les larmes brouillèrent une fois de plus le regard du grand-père.

— C'est l'unique petit fils que je n'aurai jamais, marmonna-t-il. Ma femme et ma fille sont mortes. Je n'ai plus que lui.

— Par la courbure de l'arc, Hystobal, vous ne pourrez pas le cacher bien longtemps !

C'est pourtant ce que fit le funch-jakkal. Au cours des années suivantes, Vacnar revint à l'auberge à une dizaine de reprises sans se faire voir par Hystobal. Il ne put observer Jémikim qu'une seule fois, alors que le petit avait six ans. L'aubergiste avait tenu parole : le garçon était logé, habillé et nourri. Personne ne connaissait l'existence de cet enfant solitaire. Pour les rares qui, comme Vacnar, l'apercevaient de loin, il n'était qu'un orphelin qu'Hystobal LeRoux avait la bonté de laisser vagabonder autour de son auberge.

Imaginant dans quelles conditions vivait son fils, Vacnar était allé à la rencontre du seul homme susceptible de l'aider. Avec cet homme, il avait conclu un pacte.

Un terrible pacte.

La chaise que Vacnar balança vola à travers sa cabane, heurta un mur et finit sa course sur le plancher, démantelée. À ses pieds, les liens tranchés de Sachelle gisaient en un tas évoquant un nid. Après s'être acharné dessus à coup de pied, l'homme-cougar s'accorda quelques minutes, au cours desquelles il resta parfaitement immobile, pour reprendre son sang-froid.

« Cette petite peste n'a pas pu s'échapper d'ici sans être vue. Mes hommes sont déjà à ses trousses », se persuada-t-il.

Cependant, il n'attendrait pas qu'on lui ramène la katze-lusän. À quoi bon ? Le moment d'enclencher l'ultime mission était arrivé.

Cette mission, il l'accomplirait en solo.

Le pumë glissa une main à l'intérieur de sa veste. Vérification faite, la plume n'avait pas quitté sa poche. De derrière le seul cadre décorant un mur de la cabane, il sortit son précieux coffret. Il n'y avait aucun miroir chez lui. Il capta néanmoins son reflet dans le vernis du bois du petit coffre.

Il avait beaucoup changé depuis le jour où son cœur s'était emballé pour Évanalie. Ses boucles blondes étant toutes tombées, il avait fait pousser sa barbe jusqu'à ce qu'elle lui chatouille les clavicules. Les traits de son visage s'étaient durcis au point où il peinait lui-même à se reconnaître.

Vacnar DeGriffe n'aimait pas ce qu'il était devenu. Il n'était pas fier de ce qu'il avait dû faire au cours des dernières années. Or, il avait déjà tellement de sang sur les mains qu'en avoir un peu plus ou un peu moins ne ferait plus aucune différence.

Pas pour lui, du moins.

L'homme-cougar ouvrit son coffret. Il en empocha la quasi-totalité du contenu, quelques pierres de valeur, mais il garda en main l'objet le plus important : un galet de jaspe rouge strié de blanc et de noir. Il se mit ensuite à farfouiller un tiroir à la recherche de divers outils. Il ne laisserait personne lui prendre sa plume, et encore moins son galet.

Il était grand temps que le pacte conclu avec l'homme qu'il servait depuis maintenant sept ans soit honoré.

Chapitre 3

Marécages d'Ashshur, contrée de Cham

Au début du voyage, Jordrew ne s'était pas montré beaucoup plus coopératif qu'un cadavre. Traîner ce garçon-cerf apathique jusqu'aux berges du fleuve n'avait pas été une mince affaire pour Sertram Langue-Fourchue. Par chance, le schlaang-fídi savait dans quel fourré son ami Andrak dissimulait sa barge, et il ne s'était pas gêné pour la mettre à l'eau. C'était là, au milieu du Sem, que le petit elagsaw s'était miraculeusement levé, manquant de peu de faire chavirer le bateau. Si l'homme-couleuvre ne l'avait pas retenu, il se serait jeté dans le fleuve. Puis, en débarquant sur la berge nord, Jordrew avait fermé son œil marron et sondé les lieux de son œil rouge veiné de noir. Après quoi, il s'était mis à marcher de son propre chef et à bonne vitesse. En proie à une étrange transe, il avait même pris les devants.

D'une certaine manière, Sertram était dans un état d'exaltation comparable à celui du garçon qu'il suivait depuis de nombreux jours déjà. Cet enfant que sa sœur avait trouvé errant dans la forêt cherchait à rejoindre son maître ; il en était convaincu. Dans l'esprit du schlaang-fídi, ce maître ne pouvait être que l'homme qu'il espérait lui-même rencontrer depuis plus d'une décennie. Le long de ses bras et jusque dans son cou, il sentait les écailles de sa peau se dresser d'excitation.

Le temps était enfin venu !

La langue bifide de Sertram lécha ses lèvres. Tandis qu'il avançait vers son destin à la suite d'un petit guide muet à l'œil rouge et vitreux, le goût des délices de son enfance envahissait ses souvenirs, lui mettant l'eau à la bouche, le ramenant à une époque où son père était encore en vie.

Sertram Langue-Fourchue avait quinze ans lorsqu'il était descendu seul dans le souterrain de la tente familiale pour la première fois. Ce jour-là, Éricine n'avait pas voulu participer à l'expédition. Son idiote de sœur ne s'intéressait plus qu'aux garçons ! Si, à ce moment-là, le mystère de la porte noire avait perdu son attrait pour elle, il en allait tout autrement pour Sertram, plus que jamais déterminé à l'élucider. L'expérience s'était d'ailleurs révélée beaucoup plus agréable sans la présence d'Éricine, car elle décidait toujours tout. Jusque-là, elle l'avait empêché de glisser ses doigts dans les pots de confiture et de croquer à belles dents dans les meules de fromage, mais les choses avaient changé !

Le garçon-couleuvre s'échinait à ouvrir un pot de gelée de menthe récalcitrant lorsque de lointains murmures vinrent à ses oreilles. L'idée de se goinfrer dans les réserves du caveau quitta aussitôt l'esprit de l'adolescent. Sur la pointe des pieds, il trottina à travers les tunnels de terre. Ayant fait ce chemin un nombre incalculable de fois, il n'avait plus besoin de suivre le plan tracé par sa sœur. Au fur et à mesure qu'il progressait, les murmures devenaient des mots distincts. L'écho du souterrain renvoyant les sons avec force, il n'eut pas à se rendre jusqu'à la porte noire, mal refermée, pour capter la conversation que son père entretenait avec un autre homme. Sertram ne reconnut pas la voix de ce dernier. Lente et rauque, elle témoignait d'un âge fort avancé.

— Tant que l'arc sera noir, sortir d'ici sera inutile, affirma cette voix.

— Pourquoi permettre à Noé de faire autant de mal ? Vous n'êtes pas en mesure de le combattre, je comprends, mais qu'est-ce qui vous empêche d'apporter votre aide aux habitants du Nouvel-Éden ?

— Quelqu'un veille déjà sur vous.

Le père de Sertram s'emporta :

— Si vous parlez du Créateur, je peux vous assurer que jamais il ne s'est manifesté de mon vivant !

— Je n'ai eu affaire à lui qu'à l'aube de ma vie, Zaknil, et il y a fort longtemps que je calcule mon âge en siècles et non plus en années. Je pensais à Ashnaël.

— L'homme-corbeau ?

Sertram se réjouit d'apprendre que les kräengjëll existaient bel et bien. Lui qui avait toujours rêvé d'avoir des ailes, il n'en croyait pas ses oreilles !

— L'alchimiste a beau avoir fait d'Ashnaël un immortel, comme vous, dit son père, mais l'homme-corbeau n'a aucun pouvoir magique !

Ces mots laissèrent Sertram bouche bée. Un jour, il s'en fit la promesse, il découvrirait le secret de l'immortalité. Et il aurait des ailes !

— As-tu parlé de moi à tes enfants, Zaknil ?

— C'est trop tôt, Nahash. Ils sont trop jeunes pour entendre parler de ces choses...

— Que m'arrivera-t-il si tu meurs aujourd'hui, Zaknil ?

— Ils trouveront une lettre dans mes affaires. J'ai tout couché sur papier.

— Dans cette lettre, mentionnes-tu la plume ? Son pouvoir est immense, mais encore faut-il savoir comment en user.

— J'ai écrit tout ce que je sais au sujet des plumes du kräengjëll, bien sûr. Inutilement, j'en ai bien peur. Celle que m'a léguée mon grand-père a disparu. Tout indique qu'elle m'a été volée.

— Connaître la vérité, avoir l'heure juste sur les pensées des autres, c'est un avantage sur eux.

— Incontestablement, Nahash. Mais qu'est-ce que j'y peux ?

— Va, Zaknil, et chasse tes inquiétudes. Tiens néanmoins l'arc-en-ciel à l'œil. Préviens-moi dès qu'il commencera à reprendre des couleurs.

Sur les talons de Jordrew, Sertram traversa un pont suspendu, puis emprunta le tunnel qui creusait le flanc d'une montagne, dont la base se couvrait d'une abondante mousse. Une seule odeur vint alors à ses narines, celle de la fumée, car elle avait purifié l'endroit de toutes les autres. Frappé d'un mauvais pressentiment, Sertram se hâta. D'une poussée dans le dos, il obligea l'elagsaw à accélérer le pas. À mesure qu'ils progressaient, l'incroyable effet chatoyant des parois de pierre s'étiolait sous une couche de suie. Bien vite, ils furent cernés de ténèbres. Les sabots du garçon-cerf cessèrent de frotter contre la roche du sol.

— Jordrew ? Où es-tu ?

Des petits claquements plus nets se firent entendre.

« Il descend des marches », comprit le schlaang-fídi.

Afin de ne pas perdre l'enfant, il se vit forcé d'allumer sa lampe. Un parfum d'huile rance s'ajouta à celui, de plus en plus intense, de la fumée. Dans la cavité profondément creusée où l'homme-couleuvre rejoignit Jordrew, de la vapeur émanait de la pierre encore tiède. Il n'y avait pas si longtemps, des flammes avaient ravagé le ventre de la montagne. Outre les cages de métal tordues, il n'y avait rien d'autre à voir dans ce charnier que des ossements recouverts de suie.

Cet antre laissé à l'abandon était celui de l'alchimiste, ça ne faisait aucun doute dans l'esprit de Sertram.

Il accusa durement le choc. Une si grande fatigue l'envahit qu'il dut s'asseoir sur le sol de peur que ses jambes se dérobent sous lui. Il avait la détestable impression qu'en même temps que l'immortalité tant espérée, la vie elle-même lui échappait.

Il avait été si près du but…

Ce fut le frottement des sabots au-dessus de sa tête qui lui fit réaliser le départ de l'enfant.

— Jordrew ! hurla-t-il en se lançant dans l'escalier de pierre.

Lorsque sa lampe éclaira le tunnel par lequel ils étaient venus, le schlaang-fídi vit le garçon-cerf sur le point d'atteindre la sortie. Il semblait s'orienter dans le noir sans aucun problème, sans même devoir s'aider en tâtant les murs autour de lui.

Une fois dehors, au lieu de retraverser le pont suspendu, Jordrew descendit une pente peu escarpée, mais longeant l'abîme de près.

— Où vas-tu comme ça ? beugla Sertram.

Il s'avisa alors de la présence d'un deuxième petit elagsaw. Tout en bas de la dénivellation, ce dernier paraissait attendre Jordrew.

Ensemble, ils repartirent de leur démarche singulière. N'importe qui d'autre aurait juré que ces garçons vagabondaient au gré de leur démence, mais l'homme-couleuvre savait qu'un but précis les menait.

Sans plus tarder, il coula ses pas dans les leurs.

Après tout, n'avait-il pas promis de veiller sur Jordrew ?

Chapitre 4

Territoire DeGriffe, contrée de Cham

Dissimulées dans des arbres frontaliers, douze cabanes aériennes entouraient le territoire LeRoux. Dans l'une d'elles se massaient huit personnes. Leur halte ne devait durer que quelques heures, le temps que tous prennent un peu de repos. Vacnar et ses hommes de main connaissant l'existence de ces planques ainsi que leur localisation, y demeurer plus longtemps aurait été imprudent.

À la fenêtre de la cabane, Benliam DeGriffe montait la garde. Ses cheveux platine, dénoués, se mouvaient doucement dans le vent qui pénétrait l'abri par la fenêtre mal calfeutrée. Son compère, Rowën DeGriffe, travaillait à allumer un feu, ses traits affables cachés derrière les vagues de sa tignasse. Dans un des deux hamacs suspendus au plafond de la cabane dormait Éricine Langue-Fourchue, ses mains tachées par la teinture ramenées contre sa poitrine étroite. Occupant la seule autre couche, Tomek DeGriffe couvrait de ses ronflements les murmures échangés par

Éluna LeGris et Jémikim LeRoux. Même dans le sommeil, le visage barbu du pumë au chignon châtain demeurait fermé.

Assis à même le sol, tout près du foyer, Éluna et Jémikim étaient impatients de jouir de la chaleur du feu. La guérison magique opérée par Nahash avait redonné forces et santé à la jeune femme-louve. Elle portait des vêtements plutôt seyants, que Jémikim avait choisis parmi ceux que les clients oubliaient à l'Hystobal. À travers ses cheveux ras, de courtes mèches folles et roussâtres entouraient son visage abîmé, auquel la joie d'être en vie conférait une beauté étonnante qui subjuguait l'hybris. Même s'il venait tout juste de comprendre qu'il était à moitié pumë et à moitié funch-jakkal, l'adolescent avait toujours détesté son physique différent. Aujourd'hui, il s'affligeait d'avoir été malchanceux sur tous les points : au lieu de la superbe chevelure rousse des LeRoux, il avait hérité de cheveux filasse. Il n'avait ni les muscles ni les incroyables crocs des DeGriffe, seulement des canines un peu trop longues qu'il avait encore tendance à cacher en étirant sa lèvre supérieure. La bande noire de ses paupières inférieures était si mince qu'elle n'amenait rien au vert de ses yeux, alors que chez les pumë cette caractéristique faisait ressortir le jaune de leurs iris.

Debout dans un coin de la cabane, silencieux, Nahash méditait. Le temps de cette pause, il avait abandonné l'apparence d'Andrak, un jeune homme-couleuvre dans la vingtaine : cette transformation lui permettait de voyager sans trop se fatiguer. Sa longue toge d'un grège verdâtre semblait si lourde qu'on aurait pu croire que c'était à cause de ce vêtement que le dos du vieux schlaang-fídi se courbait.

Quant à Sachelle, elle s'agitait nerveusement. Ayant déjà nettoyé et affûté les carreaux de ses flèches, elle se mit à aiguiser la lame de son couteau tout en allant et venant d'un bord à l'autre de la cabane. En passant à proximité de Benliam, elle secoua la tête, et pas pour la première fois.

— Ils auraient dû rester en sécurité à l'Hystobal, rabâcha-t-elle, contrariée, faisant allusion à Éluna et Jémikim. Que feront-ils à part nous ralentir?

— Je partage ton avis, lui assura le jeune guerrier pumë en relâchant sa surveillance afin de pouvoir regarder Sachelle dans les yeux, ce qu'elle lui refusa. Mais Nahash a insisté pour que quiconque veuille nous suivre soit le bienvenu.

La katze-lusän pivota vers le vieillard.

— Vous êtes un puissant magicien, Nahash, l'interpella-t-elle sans cesser de faire les cent pas. Vous maniez les sept formes de magies du bien, alors que Lovann découvre tout juste la magie verte. Par quel phénomène avez-vous besoin de lui pour combattre l'alchimiste?

Le prophète ouvrit les paupières sur des iris rouges et des pupilles entourées de jaune.

— Je ne peux pas m'en prendre à Noé, expliqua-t-il. Notre Créateur a fait en sorte qu'il me soit à jamais impossible de nuire à cet homme ou à ses semblables. Sur Lovann LeGris, il ne pèse aucune contrainte de ce genre.

— On vous a jeté un sort? s'enquit Éluna.

— Il s'agit plutôt d'une malédiction, précisa Nahash.

La jeune femme-lynx s'agitait toujours, comme si ce qu'elle entendait n'avait ni queue ni tête. Et pourtant, elle ne remit pas en doute les paroles du schlaang-fídi.

— Lovann est donc assez puissant pour détruire l'alchimiste? demanda Benliam, cette fois sans quitter l'extérieur des yeux.

Un rayon de lune arracha un éclat blanc à son long croc ébréché.

— Dans quelques années, il le sera assurément.

— Quelques années? manqua de s'étouffer Sachelle. Nous n'avons pas autant de temps devant nous!

— Le temps nous est compté, en effet, admit le prophète, aussi immobile que pouvait l'être un être vivant. La bande verte de l'arc prouve que notre Créateur a pardonné leurs péchés aux ancêtres des adem-bîst même s'ils l'ont renié. Viendra un jour où il me pardonnera également. Mon châtiment, l'immortalité, prendra alors fin. Avant de disparaître, je dois transmettre mes connaissances à Lovann. S'il s'ouvre à mon enseignement et s'il est bien entouré, il aura une chance de débarrasser le monde de Noé.

— Je sais où trouver des combattants, dit Sachelle.

Benliam soutint qu'il convaincrait quelques guerriers pumë de joindre leur cause, mais l'idée de la katze-lusän était tout autre.

— Je pensais plutôt à ceux qui occupent votre vallon, rectifia-t-elle.

— Les réfugiés? s'étonna Benliam en grattant sa barbe naissante. Ce ramassis de pleutres?

— Je n'ai pas vu de pleutres parmi eux, rétorqua Sachelle. Au contraire, j'ai vu des personnes décidées à survivre. Des hommes et des femmes croyant dur comme fer que le danger était réel.

— Oui, des gens prêts à quitter leur clan pour mettre leur famille à l'abri, l'appuya Rowën.

— Des résistants, approuva Nahash dans un sourire.

De sa bouche, Sachelle et Benliam reçurent la directive de retourner sans tarder au quartier DeGriffe.

— Ralliez à notre cause tous ceux que vous pourrez.

Aux autres, l'homme-couleuvre annonça :

— Aux premières lueurs de l'aube, nous partirons à la rencontre de Lovann LeGris.

Sachelle s'obstinait à marcher derrière Benliam, refusant d'engager avec lui la moindre discussion. Au bout d'un moment, quand l'homme-cougar se retourna, il constata que tout en continuant d'avancer, elle appliquait la coche d'une flèche sur la corde de son arc.

— Un problème ? fit-il, sur ses gardes.

Instinctivement, les pavillons de ses oreilles rondes s'élargirent et ses genoux se plièrent.

— Pas de problème, le rassura la katze-lusän. Prends de l'avance, je compte profiter du voyage pour chasser. Ne fais pas peur au gibier.

Le guerrier s'offensa.

— Je me déplace aussi silencieusement que toi, Sachelle, et tu le sais parfaitement, ronchonna-t-il.

« Que sais-je de lui, encore ? », maugréa intérieurement la jeune femme-lynx en passant près du pumë. « Pourquoi me balance-t-il à nouveau ce genre de phrases, celles qui laissent croire qu'on se connaît depuis belle lurette ? »

Benliam l'attrapa par un bras, ce qu'elle lui reprocha d'un regard noir.

— Est-ce si pénible de marcher à mes côtés ? voulut-il savoir. Il faut rester ensemble. Si Vacnar te met la main dessus...

— C'est moi qui lui mettrai la main dessus, à ce rustre ! riposta Sachelle.

Elle tenta de récupérer son bras, mais Benliam raffermit sa poigne tout en écartant, du bout des doigts, une mèche bicolore collée au front de la jeune femme-lynx.

« Qu'est-ce que son regard jaune cherche aussi profondément dans le mien ? », se demanda-t-elle.

Benliam la mettait de plus en plus mal à l'aise. Comprenant qu'il ne la quitterait pas d'une semelle, elle décida de lui dévoiler son intention.

— Sais-tu de quelle façon ton chef force les gens à lui confier la vérité ? commença-t-elle.

— Je sais qu'on ne peut pas résister aux interrogatoires de Vacnar, mais je ne connais pas le secret d'un tel succès.

— Il utilise les pouvoirs magiques d'une plume noire.

— Quoi ?

— Cette plume m'a fait dire des choses que je croyais ignorer. Mes souvenirs sont brouillés. Ma mémoire me fournit des informations contradictoires. Il me faut cette plume !

Le regard de Benliam devint dur. Il lâcha le bras de Sachelle.

— Que racontes-tu ?

— L'alchimiste, celui que Nahash appelle Noé... Il m'a fait quelque chose. Il a empoisonné mon esprit. Avec la plume de Vacnar, j'aurais une chance de retrouver qui je suis.

Benliam semblait complètement perdu.

— C'est vrai tout ça ? souffla-t-il. Tu ne joues donc pas la comédie ?

Le visage de la katze-lusän se fronça.

— Qu'insinues-tu ? grogna-t-elle alors même que, sans crier gare, elle levait son arc et visait de sa flèche un oiseau en plein vol.

Atteinte, sa cible percuta le sol. La chasseresse courut ramasser la perdrix avant de faire volte-face. Le pumë n'avait pas bougé. Une bonne vingtaine d'enjambées les séparaient. Elle aurait pu déguerpir et le semer facilement, mais elle n'en fit rien.

Cette façon qu'il avait de la regarder...

— L'as-tu vraiment oublié, Sachelle ? Qui suis-je pour toi ?

Était-ce de la tristesse qui encombrait sa voix rauque ? N'y comprenant rien et ignorant où il voulait en venir, la jeune femme se mit en colère.

— Je t'ai vu pour la première fois sur le sentier de l'Hystobal, il y a de cela à peine deux jours ! Qui donc crois-tu être pour moi ?

— Je...

Serrant le cou de la perdrix, elle poursuivit :

— Tu m'as délivrée des griffes de Vacnar. Faudrait-il que je te remercie pour ça ? C'est toi qui m'as traînée jusqu'à ton détraqué de chef, je te signale !

— Ça ne peut pas être vrai, marmonna le grand jeune homme en se frottant les tempes. Tu ne peux pas avoir oublié. Tu fais semblant !

Soudain, il était furieux lui aussi, même s'il maîtrisait sa colère beaucoup mieux qu'elle. Ils étaient toujours à bonne distance l'un de l'autre.

— Je n'aurais pas dû te livrer à Vacnar, je m'excuse. Je ne l'aurais jamais fait si j'avais su qu'il avait une dent contre toi. La mort de Danléhoc m'a chamboulé, et je... Ce que je t'ai dit la dernière fois qu'on s'est vus, ça t'a choquée ; j'en suis bien conscient, mais...

— De quoi parles-tu ?

En se portant derrière Sachelle, le regard de Benliam changea.

— Quelqu'un approche, la prévint-il.

Leur altercation s'arrêta net et, usant d'une adresse semblable, ils se dissimulèrent derrière le même rocher. L'exiguïté de la cache les contraignit à se blottir l'un contre l'autre.

— Est-ce bien Vacnar ? chuchota Sachelle, incrédule.

Elle sut que Benliam hochait la tête en sentant le mouvement de son menton contre le haut de son crâne. D'un pas décidé et sans aucune escorte, le chef des hommes-cougars se dirigeait vers le territoire des funch-jakkal. Tandis qu'il dépassait la cache de Sachelle et de Benliam, ces derniers retinrent leur souffle. Quand Vacnar fut loin, le jeune homme déclara :

— Ça ne pouvait pas mieux tomber ! Son absence du quartier nous facilitera les choses.

Il voulut se redresser, mais en tirant sur sa manche, Sachelle l'obligea à rester accroupi. Du menton, elle lui pointa l'endroit d'où Vacnar était venu. Se pressant plus encore contre elle pour épier sans être découvert, Benliam aperçut deux autres hommes-cougars. Costaud, l'un d'eux avait les cheveux en brosse et le nez particulièrement aplati. Ventripotent, le deuxième n'avait sur son crâne rasé qu'une longue mèche jaune qui, alors qu'il se déplaçait, barrait tour à tour son œil gauche, puis son œil droit.

— Joleg et Oksar, les hommes de main de Vacnar, les reconnut Benliam.

Leur présence en ce lieu n'avait rien d'étonnant en tant que telle, sauf que leur chef semblait ignorer les avoir sur ses traces.

D'un accord muet, Sachelle et Benliam sortirent de derrière le rocher pour suivre de loin les empreintes creusées dans la mince couche de neige par les trois pumë. Au détour d'un sentier, ils faillirent se faire surprendre, car Joleg et Oksar s'étaient arrêtés. Ils se rabattirent derrière le large tronc d'un arbre.

— Nous étions d'accord, chuchota Joleg. Il est temps de mettre un terme à tout ça.

— Ce n'est peut-être pas une bonne idée. Qu'adviendra-t-il de nous quand Vacnar révélera...

Pendouillant devant le nez d'Oksar, sa mèche de cheveux bougeait au rythme de ses protestations.

— Lorsque tous sauront que Vacnar est l'alchimiste, rien de ce qu'il pourra dire ne sera pris au sérieux, décréta Joleg.

Sachelle et Benliam échangèrent un regard consterné.

— Peut-être que…, balbutia Oksar, peut-être que nous devrions attendre que…

— Une si belle occasion ne se représentera pas de sitôt ! se buta Joleg. Il faut agir maintenant. Allez, viens avant que nous perdions sa trace.

— Je ne pense pas que…

— Qui te demande de penser ? s'énerva le costaud. En route !

Les deux hommes-cougars repartirent.

— Ce n'est pas possible, murmura la katze-lusän en se prenant la tête entre les mains. J'ai *vu* l'alchimiste. Il m'a séquestrée pendant toute une nuit.

Elle se frappa le front d'un poing.

— Vacnar ne peut pas être l'alchimiste, gémit-elle.

Benliam lui ôta la perdrix des mains, l'accrocha à sa ceinture et retourna sur le sentier.

— Ne traîne pas, dit-il. On va lui prendre sa plume.

Chapitre 5

Territoire DeGriffe, contrée de Cham

Battu en duel, Goulven LeGris avait été démis de ses fonctions de chef de clan. Dorgam LeRouge, qui avait pris sa place à la tête de la meute, lui avait aussi pris sa femme. Puis, cet homme, un admis, un vagabond que Goulven avait lui-même accueilli dans son refuge l'avait fait jeter au cachot. Elkin était vite venu l'y rejoindre. Le père et le fils s'étaient évadés grâce à Pierik, l'ami fidèle de Goulven, et Jessanine.

Maintenant que Goulven, Elkin et Pierik avaient traversé le Sem, ils cherchaient à atteindre le quartier des hommes-cougars. Ayant glané quelques informations auprès du chef de mine du mont Aram, ils espéraient que les pumë sauraient les mettre sur les traces de Lovann ou de Djouane, les deux aînés de Goulven.

L'air misérable, son benjamin avançait dans la nuit en se traînant les pieds. Cette tendance à marcher tête baissée en ruminant ses sombres pensées, bien qu'agaçante pour ses compagnons d'infortune, sauva Elkin d'une chute. Le trou qu'il évita en se jetant de côté, quoique profond, était à moitié rempli de terre, de neige et de feuilles mortes. Là où le garçon tomba, un éclat avivé par la lumière d'un rayon de lune attira son attention. Curieux, il repoussa quelques feuilles, dévoilant une pierre violette plus petite que l'ongle de son auriculaire, mais délicatement taillée.

— Attendez ! cria-t-il à l'adresse des deux hommes.

Ayant poursuivi leur route sans remarquer que l'enfant ne les suivait plus, Goulven et Pierik s'arrêtèrent. Ils ne revinrent pas sur leurs pas pour autant.

— Elkin ! le chapitra son père. Je t'ai dit et répété que nous ferons halte dans une heure seulement. Établir notre campement dans les marécages serait aussi stupide que téméraire.

— J'aurais pu me faire enlever par un monstre, bougonna le garçon. Vous ne l'auriez pas réalisé avant trois jours !

— Depuis quand crois-tu en l'existence des monstres ? le railla Pierik.

Goulven ne leur laissa pas le plaisir de recommencer à se disputer.

— Pouvons-nous continuer, Elkin ? gronda-t-il, exaspéré. Penses-tu être le seul à être exténué ?

Le garçon avait hélé les deux hommes spontanément, sans réfléchir. Entre-temps, il avait décidé de leur cacher sa trouvaille. S'il leur montrait la pierre de valeur, son père la lui prendrait sous un prétexte ou un autre. Il ne leur indiqua donc que le trou dans le sol. Goulven et Pierik s'en approchèrent.

— C'est une fosse, constata le chasseur après avoir allumé une lanterne.

Tout près, sur une pierre qui avait été renversée, un nom était gravé.

— Bliss DuPin, lut Pierik. Un ekorn-skyurr. Le pauvre est mort bien loin de sa cache.

Ramassant une longue et robuste branche, il la planta dans la terre afin de sonder le trou.

— Il n'y a pas de corps là-dedans, conclut-il rapidement. C'est étrange...

— Qu'est-ce que ça peut nous faire ? râla Elkin. On y va, oui ou non ?

Goulven s'agenouilla près de la fosse. Des deux mains, il se mit à retourner la terre. Elkin grimaça. Il eut un haut-le-cœur lorsque son père souleva hors du sol une poignée de cheveux. Afin de poursuivre la fouille avec Goulven, Pierik confia la lanterne au garçon. Au terme de longues minutes, les deux amis n'avaient récolté que quelques mèches de plus, deux dents, ainsi qu'un morceau de vêtement.

Cette tombe a été pillée, affirma Goulven. La pierre de valeur a été volée.

— Le cadavre a disparu également, fit remarquer Pierik.

Goulven supposa qu'il s'agissait d'une tombe ancienne, et que le corps qui y avait été enterré s'était entièrement décomposé. Lui fourrant le tissu sous le nez, Pierik riposta :

— Alors que ceci se serait aussi bien conservé ?

— Ce morceau doit venir des habits du pilleur, et non de ceux du défunt.

L'explication de Goulven ayant le mérite d'être plausible, les deux hommes se relevèrent, frottèrent la terre maculant leurs vêtements et se remirent en route sans perdre plus de temps. Ils s'étaient éloignés de quelques pas quand Elkin se décida à parler.

— Qu'auriez-vous pensé de tout ça si nous avions sorti une pierre de valeur de ce trou ? s'enquit-il, une boule dans la gorge.

Goulven revint vers lui.

— Que veux-tu savoir, au juste ? l'interrogea-t-il dans un soupir bruyant.

— Qui volerait un cadavre en laissant la pierre de valeur dans la tombe ?

— Personne ! s'exclama Pierik.

Suspendue à la main d'Elkin, la lanterne se mit à trembloter.

— Quel est le problème ? demanda son père.

Le garçon sortit la main qu'il dissimulait dans sa poche et déplia les doigts. Dans sa paume, la gemme violette chatoyait.

— C'est une améthyste, l'identifia Goulven après l'avoir prise à son fils pour la lever dans la lumière de la lune. Cette pierre était dans la tombe ?

— Juste à côté.

Un lourd moment de silence prouva à Elkin que les deux hommes n'avaient pas besoin d'un dessin pour comprendre où il voulait en venir.

— Ces histoires que nous avons entendues au mont Aram étaient vraies, en déduisit Pierik sans manifester une grande surprise. L'alchimiste existe. Il crée des monstres à partir des membres et des organes des adem-bîst.

— L'alchimiste enlève ses victimes vivantes, rectifia Goulven en secouant la tête. Pas mortes.

— La venue du magicien dont nous a parlé Débène DuRoc l'oblige à adapter ses méthodes, présuma Pierik.

— Pouvons-nous partir d'ici ? geignit Elkin.

Que son père empoche son améthyste ne lui fit ni chaud ni froid. Ce ne fut pas ce qui le tétanisa sur place alors qu'il ne demandait qu'à fuir cet endroit au plus vite. Le chasseur s'apprêtait à éteindre la lanterne pour les plonger sous la protection de l'obscurité, mais il suspendit son geste.

— Qu'est-ce que c'est ? chuchota Goulven.

— Quelqu'un appelle à l'aide, dit Pierik.

Tous trois avaient entendu les cris d'une jeune femme. Quand les deux hommes s'élancèrent à son secours, Elkin se rua derrière eux juste parce qu'il ne voulait pas rester seul. La demoiselle en détresse était assise au milieu d'un sentier. Les traits plissés par la douleur, elle se massait une cheville qu'elle semblait s'être foulée.

C'était une jeune femme-louve.

— Ça va, mademoiselle ? s'enquit Pierik.

Bénéficiant de la lumière de la lanterne, Elkin fut le premier à la reconnaître.

— Djouane ? articula-t-il bêtement.

— La lune me joue des tours, bredouilla Goulven.

— Pa... Papa ? bégaya la jeune femme.

— Djouane !

Elle bondit sur ses pieds.

— N'es-tu pas blessée ? s'étonna Elkin.

La bouche de sa sœur s'ouvrit sans qu'aucun son en sorte, comme si on l'avait subitement bâillonnée. Émergeant de derrière un arbre, une sombre silhouette décida le garçon à détaler. Il fut cependant incapable de bouger. Même s'il était terrifié, ce n'était pas la peur qui le retenait captif, mais une force qu'il devinait émaner de l'inconnu. En venant se placer aux côtés de Djouane, cet homme se saisit de sa main.

— Quelles belles prises, très chère ! Que ferais-je sans toi, dis-moi ?

Vêtu d'un long manteau de fourrures disparates, il avait des yeux d'un bleu aussi éclatant que celui d'un ciel d'été. Luisant dans ses iris, une folie cruelle se lisait également sur les traits de son visage plus que singulier.

Du coin de l'œil, Elkin constata que Goulven et Pierik étaient victimes du même phénomène que lui. Des expressions contradictoires avaient pris possession de leur figure figée. Tout à coup, une lumière plus noire que la nuit entoura l'inconnu tout entier. Une fumée grisâtre, se tortillant en volutes embrouillées, s'orienta vers les trois vûlf-gayl.

Des larmes silencieuses coulaient sur les joues de Djouane.

Chapitre 6

Territoire DeGriffe, contrée de Cham

Accrochée à la branche d'un érable, une lanterne oscillait juste au-dessus de la tête de Vacnar. Assis le dos contre l'arbre, il avait les genoux remontés à la hauteur des épaules. Tirées vers l'arrière, ses mains étaient attachées ensemble de l'autre côté du tronc. Avec le redoux, la chaleur de l'homme-cougar avait achevé de faire fondre la neige autour de lui. Sous son manteau ouvert, sa tunique était déchirée. À moitié arrachés de la chair de ses pectoraux, des bouts de fils pendaient au travers de dégoulinades de sang.

— Par le noir de l'arc, vous vous êtes cousu cette plume sur le corps tout seul ?

Tenant entre son pouce et son index la hampe d'une longue plume noire humide de sang, Joleg la faisait tourner sur elle-même.

— Vas-tu cesser de malmener cette plume, pauvre idiot ? vociféra Vacnar en tirant sur ses liens. Est-ce un jouet, d'après toi ?

— Je sais bien ce qu'est cette plume, rétorqua le costaud au nez aplati. Comme vous savez que les nœuds d'Oksar sont les plus solides qui soient. Gardez vos forces pour répondre à nos questions au lieu de gigoter ainsi.

Dans un grognement de rage, le captif se frappa l'arrière du crâne contre le tronc de l'arbre.

— Vas-y, Joleg, passe-la-lui sous le nez ! s'impatienta Oksar en soufflant afin de dégager son visage de son unique mèche de cheveux.

Le costaud s'exécuta tout en demeurant sur ses gardes. Ce fut avec lenteur qu'il approcha la plume de la figure du chef qu'il était en train de trahir. Il était prêt à reculer lorsqu'il effleura la lèvre supérieure de Vacnar, mais ce dernier fut plus rapide. D'un coup de mâchoires, il referma les dents sur la plume et tira.

Joleg tira dans l'autre sens.

— Vous allez l'abîmer ! s'énerva Oksar.

Jouant des muscles de ses joues, Vacnar réussit à glisser presque entièrement la plume dans sa bouche. Il mordit les doigts de Joleg puisque celui-ci refusait de lâcher prise. Une violente gifle de la part d'Oksar lui fit ouvrir les mâchoires. Joleg bascula sur le sol. Entre ses doigts profondément entaillés et noyés de sang, il tenait toujours la plume.

Oksar avertit Vacnar :

— C'est nous qui menons la danse maintenant, chef.

— Commence par ne plus l'appeler « chef », lui conseilla son complice en se remettant sur pied.

Du sang coulait le long de la manche de son manteau.

— Tu veux que je l'immobilise ? demanda Oksar à Joleg.

— Pas besoin, la plume l'a touché, ça va fonctionner. À toi l'honneur, pose-lui la première question.

L'homme au ventre rebondi et au crâne rasé se mit à sourire de toutes ses dents. Plaçant son unique mèche de cheveux derrière son oreille, il s'enquit :

— Où alliez-vous comme ça, chef ?

Recevant un coup dans les côtes de la part de Joleg, il se reprit :

— Où alliez-vous comme ça, Vacnar ?

— À l'Hystobal, révéla le prisonnier.

— C'est quoi ça, l'Hystobal ? grommela Oksar.

— C'est une auberge.

— Chez les funch-jakkal, compléta Joleg. Aviez-vous rendez-vous avec quelqu'un à l'Hystobal ?

— Non.

Le captif sembla se détendre, ce qui fit ricaner Joleg.

— Qu'allez-vous vous imaginer, Vacnar ? Qu'on ne posera pas les bonnes questions ? Qu'on ne parviendra pas à percer tous vos sombres petits secrets ?

— Vous connaissez déjà tous mes... Vous...

— Non, Vacnar, rugit Joleg, on ne connaît pas tous vos secrets ! Vous le savez, on le sait, et la plume ne vous permet pas de nous dire le contraire. Vous nous avez confié uniquement les secrets nécessitant que l'on fasse un sale boulot à votre place !

Hurlant sa frustration, le costaud frappa l'arbre de sa main blessée, accentuant son saignement déjà abondant. Un deuxième hurlement ponctua ce geste irréfléchi. En pointant du doigt la plume dont les barbules s'imbibaient de plus en plus de sang, Oksar énonça la question suivante :

— D'où vient cette plume ?

— Du plumage de l'homme-corbeau, répondit Vacnar.

— Ils existent, alors, raisonna Oksar.

— Oui et non.

— Comment ça, oui et non ? beugla Joleg en serrant les poings.

— *Il* existe. Il n'y a qu'un seul kräengjëll dans tout le Nouvel-Éden.

— D'accord, fit Oksar. Comment avez-vous eu cette plume ?

— On me l'a donnée.

— Arrêtez de jouer les imbéciles ! s'enragea à son tour le pumë au gros ventre. On va y passer le reste de la nuit s'il le faut, mais vous allez nous déballer votre sac. Autant vous mettre à table sans tergiverser.

— Qui vous a donné cette plume ? reformula Joleg.

— L'alchimiste.

Cette révélation désarçonna les deux hommes.

— L'alchimiste ? manqua de s'étouffer Oksar. Je croyais que *vous* étiez l'alchimiste.

Vacnar se contenta de sourire.

— Toutes ces personnes qu'on a capturées et séquestrées sous vos ordres, elles n'avaient rien à se reprocher, n'est-ce pas ?

— Non, Oksar, sauf d'être au mauvais endroit au mauvais moment.

— C'est à l'alchimiste qu'on les a livrées ?

— Non.

Le mot, aussi court soit-il, s'était cette fois tordu dans la bouche de Vacnar.

— Pas directement ? crut comprendre Joleg. À qui a-t-on livré ces pauvres gens ?

— Aux monstres de l'alchimiste.

Les deux hommes de main échangèrent un regard perplexe. Puis, rendu pâle par la perte de sang, Joleg blêmit plus encore.

— Les elagsaw de la harde DuBois qui ont réussi à nager jusqu'à la rive nord... même les femmes et les enfants ?

— Tu le sais très bien, Joleg, tu as participé à tout ça.

— J'ignorais que...

— L'armée, le coupa Oksar. C'est pour servir l'alchimiste que vous l'avez mise sur pied ?

— Oui.

— Pourquoi ?

— Pourquoi servez-vous l'alchimiste ? précisa Joleg.

Loin d'être des exemples de droiture, les deux compères étaient néanmoins profondément choqués.

— J'ai quémandé l'aide de ce mage noir, dévoila Vacnar. Une armée, c'est ce qu'il a exigé de moi en retour.

— Qu'a-t-il fait pour vous ? se renseigna Oksar.

— Rien du tout.

Frappant Vacnar en pleine tempe, un coup de poing faillit l'envoyer dans les pommes. Si Joleg avait pu se servir de sa bonne main, le captif n'aurait sans doute plus été en mesure de fournir des réponses à ses questions.

— Que *fera* l'alchimiste pour vous ? gueula le costaud, à bout de patience.

— Il transformera mon fils !

La phrase était sortie de la bouche de Vacnar dans un cri aigu, à son corps défendant.

— Votre fils ? Quel fils ?

— Le mien.

Joleg serra les dents. La nuit allait être longue. Oksar prit à nouveau le relais.

— Où est votre fils ?

— À l'Hystobal.

— C'est donc lui que vous alliez rejoindre d'un si bon pas, comprit avec fierté le bedonnant. Que fait votre fils chez les hommes-renards ? Il est en mission ?

Vacnar secoua la tête, découragé.

— Non, abruti, il n'a que treize ans.

— Qui veille sur lui, alors ?

— Le propriétaire de l'auberge, Hystobal LeRoux.

Ne sachant plus trop vers où diriger l'interrogatoire, Oksar chercha le regard de son complice, mais Joleg était occupé à examiner les dégâts que la morsure avait causés à ses doigts. Une vive douleur commençait à se faire sentir.

— Vous payez ce funch-jakkal ? demanda Oksar. C'est pour ça qu'il prend soin de votre fils ?

— Hystobal est le grand-père de Jémikim.

Alors qu'Oksar en restait muet, Joleg lâcha dans un ricanement nerveux :

— Sa mère est donc…

Le costaud n'eut pas à forcer le prisonnier à cracher le nom, qui glissa sur sa langue comme une caresse :

— Évanalie LeRoux.

— Votre… Votre fils est à moitié funch-jakkal ? balbutia le bedonnant.

— Oui.

— Et donc… L'alchimiste vous a promis d'user de sa magie pour faire de votre fils un pumë à part entière ?

— Oui.

Oksar s'embourbant dans un silence médusé, Joleg reprit les rênes de l'interrogatoire :

— Pourquoi la transformation de votre fils n'a-t-elle pas déjà eu lieu ?

Malgré la douleur, le costaud oublia ses doigts blessés. En appuyant sa paume en hauteur, contre l'écorce de l'arbre, il raviva le flot de sang.

— Selon l'alchimiste, les jeunes enfants ne résistent pas à une grande charge de magie noire, lui répondit Vacnar. Pour éviter que Jémikim y laisse sa vie, il nous fallait attendre qu'il ait treize ans, âge qui est le sien depuis quelques jours.

— Et pour en revenir à la plume du kräengjëll, pour quelle raison l'alchimiste vous en a-t-il fait cadeau ?

— Il a suggéré que je m'en serve afin de choisir au mieux les victimes à livrer à ses monstres. Grâce au pouvoir de la plume, j'ai pu repérer des gens qui étaient seuls dans la vie, sans personne pour se soucier rapidement de leur disparition.

Apparemment, Vacnar n'avait plus grand-chose à cacher. Il voulait en finir.

— La magie de la plume s'est retournée contre vous, s'amusa Joleg. Vous n'auriez pas dû accepter un cadeau aussi dangereux.

En recommençant à faire tourner la plume entre ses doigts, il projeta des gouttes de sang dans tous les sens.

— Pourquoi ?

Cette fois, la question venait de Vacnar lui-même.

— La plume m'est encore utile, affirma-t-il. C'est grâce à elle si je sais aujourd'hui que vous êtes d'infâmes traîtres en qui je n'aurais jamais dû placer ma confiance.

— Des traîtres ? s'outragea Oksar en retrouvant spontanément l'usage de la parole. On vous servait parce qu'on n'avait pas le choix ! Vous nous faisiez chanter ! C'est fini, tout ça !

— Oui, c'est bien fini, confirma Vacnar. Ne vous tourmentez plus, les gars. Laissez-moi aller rejoindre mon fils, et j'emporterai vos horribles petits secrets dans ma tombe.

Oksar, visiblement intéressé par la proposition, s'inquiéta d'un détail auprès de Joleg :

— Comment peut-on être certains qu'il la fermera ?

— Parce que je viens de le dire, crétin ! vociféra Vacnar. Je ne peux pas mentir, tu te souviens ?

— Alors... On le détache, Joleg ?

— Je n'en ai pas encore fini avec lui. Vacnar, pourquoi nous avoir donné l'ordre d'assassiner Morguënn DuRoc ?

— Enfant, cet homme-ours est tombé entre les pattes de l'alchimiste.

— Il a réussi à s'enfuir ? grogna Joleg.

— De toute évidence. Pendant longtemps, Morguënn a gardé pour lui ce qu'il savait de l'alchimiste et de ses pouvoirs maléfiques. Mais dernièrement, de nombreuses histoires ressemblant à la sienne se sont mises à circuler, le décidant à parler. Il est ainsi venu à mes oreilles qu'un baèr-krel fort respecté de son clan disait connaître l'endroit où se trouvait l'antre de l'alchimiste.

— Ce que vous racontez ne tient pas la route, rouspéta Oksar. Ce Morguënn avait bien cinquante ans ! Quel âge ça lui ferait, à l'alchimiste ?

— Quelle importance ? le rabroua Joleg. Ce magicien est sûrement immortel ! Tu crois peut-être qu'on l'appelle « l'alchimiste » parce que ça sonne bien ?

Laissant Oksar méditer sur la question, il demanda à Vacnar :

— Et Jalfonce ? C'était l'un des nôtres. Pourquoi a-t-il fallu qu'on se débarrasse de lui ?

— Jalfonce n'était pas aussi docile que vous deux. Pour son plus grand malheur, il savait également additionner un plus un. Il soupçonnait certaines choses, auxquelles il refusait de participer. J'ai appris qu'il planifiait de quitter le quartier en emmenant Danléhoc et Benliam.

— Vos deux guerriers les plus prometteurs, nota Oksar.

— Jalfonce était prêt à révéler lui-même le secret grâce auquel je le faisais chanter !

— Vous avez envoyé Danléhoc en mission dans les marécages d'Ashshur, lâcha Joleg d'une voix blanche. Le jeune savait-il lui aussi des choses qu'il aurait dû ignorer ?

— Peut-être pas, admit Vacnar en haussant les épaules indolemment, mais avais-je vraiment une chance à prendre ?

Il y eut un silence qui ne dura pas. Oksar se jeta sur Vacnar. Après l'avoir roué de coups de poing au visage, il lui plaqua la plante d'un pied en travers de la gorge, l'écrasant contre l'arbre. Joleg compta lentement jusqu'à cinq, puis il tira son acolyte vers l'arrière.

— Avant de l'achever, laisse-moi lui poser une dernière petite question. Quel était le secret de Jalfonce, au juste ?

Le souffle coupé par la violence des coups, Vacnar ne répondit qu'au bout de quelques secondes.

— Par l'arc noir ! se moqua-t-il de ses sbires. Vous n'avez vraiment pas les yeux en face des trous, les gars ! Jalfonce avait deux fils. Danléhoc et Benliam n'étaient pas cousins : ils étaient demi-frères.

Non loin, une branche craqua, mais le rire arrogant de Vacnar en couvrit le bruit.

Chapitre 7

Territoire DeLaCendre, contrée de Cham

Une longue minute s'était écoulée depuis que Jastïng DuBois avait frappé à la porte bleue. Montée sur des pilotis, la petite maison de pêcheur se dressait au-dessus du fleuve. L'homme-cerf ne se sentait pas du tout à son aise sur le quai l'ayant conduit de la berge à la maison, et que la force du vent suffisait à faire chanceler. Il patienta malgré tout, observant les cannes à pêche, les casiers à crustacés et les filets qui s'entassaient sur le quai, au milieu des coquilles de moules. Engourdie par le froid, une vague odeur de poisson flottait dans l'air. Jastïng leva le bras et répéta son geste, car même si l'on tardait à venir, il savait qu'il y avait quelqu'un dans la maison. Un rideau avait bougé à une fenêtre.

Chez les utter-lou, le chef du clan ne bénéficiait pas d'une demeure particulière, comme c'était le cas chez les vûlf-gayl et les elagsaw. Lorsqu'il entrait en poste, l'élu demeurait dans sa propre maison, dont il peignait tout simplement la porte en bleu. La peinture recouvrant la porte de Gwenor DeLaCendre était si écaillée que son bleu vif paraissait presque gris, même dans la lumière des lanternes qui la flanquaient en ce début de soirée nuageux. L'ascension de Gwenor à la tête des hommes-loutres ne datait pas d'hier.

À la seconde où la porte finit par s'ouvrir, une odeur de tabac, boisée et florale, se propagea à l'extérieur. La femme venue répondre prit un air apeuré en apercevant l'homme-loup dissimulé derrière le large corps de l'homme-cerf. Ramenant le battant de la porte vers elle, elle le referma presque. Boulotte, elle revêtait en guise de châle une couverture de laine d'un gris identique à celui de ses cheveux.

— Bonjour, madame. Nous venons voir le chef Gwenor DeLaCendre.

Malgré la voix chaude et douce de Jastïng, la femme-loutre ne manifesta aucun signe d'apaisement. Les profondes rides de son front trahissaient à la fois son âge et l'inquiétude qui la minait.

— Qui le demande ? voulut-elle savoir, sans faire mine d'agrandir l'interstice par lequel elle regardait suspicieusement les deux inconnus.

— Lovann LeGris et Jastïng DuBois. Nous venons offrir nos services en tant que chasseurs de monstres.

Le soupir silencieux de la vieille femme ne détendit pas seulement son visage, mais tout son corps. Tandis qu'elle examinait la carrure de Jastïng, une lueur s'alluma dans ses yeux, sous ses paupières tombantes.

— Jeune homme, ne seriez-vous pas l'elagsaw qui a jeté Godrok DuGlacier en bas de son piédestal ?

— C'est bien moi, madame.

Ouvrant en grand la porte bleue, elle laissa entrer l'homme-cerf et l'homme-loup en même temps qu'une vague de froid. Sans s'excuser de son accueil peu chaleureux, elle l'expliqua néanmoins en disant :

— Peu d'étrangers viennent jusqu'ici.

Resserrant autour d'elle les pans de sa couverture, elle pria ses invités de la suivre.

— Mon fils va vous recevoir tout de suite.

La vieille femme qu'ils avaient prise pour une servante les guida vers une pièce sans porte, enfumée par la pipe d'un petit homme rond. Debout devant un mur, le quinquagénaire étudiait une carte qui y était clouée. Dos à ses visiteurs, il sursauta lorsque sa mère les annonça, puis il pivota lentement. Une moustache taillée en dents de scie accentuait son air peu commode. Après avoir accordé un bref coup d'œil à Jastïng, il observa plutôt Lovann. Ce dernier, le dos voûté et les yeux fixés aux motifs du tapis, se rongeait une griffe.

— Oui ? s'enquit l'homme-loutre en lissant une des dents de sa moustache.

— Ces jeunes hommes désirent rejoindre l'équipe des chasseurs de monstres, l'informa sa mère en tournant les talons. Je vous apporte un bouillon de poisson, les garçons ; ça va vous réchauffer.

— Avancez, les pria Gwenor DeLaCendre.

Du bec de sa pipe, qu'il tenait par le fourreau, il attira l'attention de l'elagsaw sur les points de couleurs qui recouvraient la carte de la région. Le vûlf-gayl, lui, n'avait toujours pas bougé du seuil de la pièce.

— Voyez vous-mêmes, les invita l'homme-loutre. Les points rouges représentent les endroits où un monstre a été aperçu dans les dernières semaines. Les points verts montrent les endroits où des chasseurs sont postés.

Il tira une bouffée de sa pipe.

— Comme vous voyez, conclut-il, j'ai tous les hommes qu'il me faut. De toute façon, je n'aurais pas les ressources nécessaires pour vous engager. Allez savoir pourquoi, je n'ai pas pensé prévoir de quoi payer des chasseurs de monstres cette année !

L'utter-lou avait lâché cette dernière phrase sans l'ombre d'une intonation amusée.

— Nous n'avons besoin que d'un abri où dormir et de quoi manger, spécifia Jastïng.

— Inutile d'insister, messieurs, j'ai...

— Gwenor, intervint sa mère, revenue dans la pièce avec deux tasses fumantes. Il s'agit de Jastïng DuBois.

— Ah, oui ? s'étonna le chef de clan. Il a donc déjà un travail.

Détaillant l'homme-cerf de pied en cap, l'homme-loutre en profita pour faire quelques ronds de fumée.

— Vous savez que vous m'avez fait perdre un bon paquet de pierres, mon ami ? La prochaine fois, je miserai sur vous !

— Il n'y aura pas de prochaine fois, chef DeLaCendre.

— Et pourquoi donc? grogna ce dernier en agitant sa pipe. Vous feriez fortune chez Dudsön. Sans compter que vous auriez un lit, de quoi manger et de quoi boire jusqu'à plus soif !

— Ce que nous voulons, c'est chasser les monstres, monsieur, s'obstina Jastïng.

Il accepta la tasse que lui tendait la vieille femme-loutre et avala poliment une gorgée du bouillon.

— C'est délicieux, merci. Monsieur DeLaCendre...

Gwenor cessa de mordiller le tuyau de sa pipe pour l'interrompre.

— Quoi qu'on en dise, monsieur DuBois, Godrok DuGlacier n'est pas un monstre.

— Nous avons déjà eu affaire aux monstres de l'alchimiste. Nous en avons d'ailleurs tué plus d'un.

— Par l'arc noir, s'impatienta le chef des hommes-loutres, ce n'est que pure vantardise !

— C'est la vérité. Nous avons également mis les pieds dans l'antre de ce mage noir, là où il démembrait ses victimes pour en faire des monstres.

À mesure que Jastïng fournissait des détails sur ce qu'il avait vu dans la grotte de spectrolite, les épaules de Gwenor s'affaissaient. Quant à Lovann, apparemment insensible à ce qu'il entendait, il contemplait maintenant une fissure dans le plafond. L'homme-cerf ne s'arrêta que lorsque l'utter-lou, en s'effondrant dans un fauteuil élimé, le lui enjoignit.

— Suffit, j'en ai assez entendu, marmonna-t-il.

Il hochait vivement la tête comme s'il refusait d'y croire. Pourtant, il précisa :

— Je vous crois, jeune homme. Qui irait inventer pareille histoire ?

Jastïng s'approcha de la carte pour mieux l'analyser.

— Tout ça explique la sale tête que tire votre ami, continua de commenter Gwenor en regardant bêtement sa pipe s'éteindre.

— L'alchimiste a enlevé la sœur de Lovann.

L'homme-loutre se contenta de cligner des yeux.

— Je vois sur votre carte un endroit où il y a un point rouge, mais aucun point vert, indiqua Jastïng.

— C'est la crique du Perdu, le renseigna Gwenor en retirant un brin de tabac de sa moustache. Personne ne veut s'y poster. Cette petite baie est cernée par le fleuve, une rivière et un cap rocheux. On ne s'en échappe pas facilement. À part quelques étrangers qui y passent sans savoir où ils sont, jamais personne ne s'y rend.

— Les disparus ne sont-ils pas principalement des voyageurs et des vagabonds ?

Tandis qu'au lieu de répondre l'homme-loutre lorgnait la bandoulière de couteaux de Lovann et qu'il avisait également les haches de Jastïng, ce dernier ajouta :

— Cet endroit ne nous fait pas peur.

Le temps qu'il rebourre sa pipe, Gwenor avait pris une décision.

— Ma maison vous est ouverte. Ma mère s'occupera de vos repas. Munissez-vous d'un filet ; il y en a sur le quai.

— Nous n'en aurons pas l'usage, monsieur.

— Les monstres sont difficiles à tuer, vous le savez. En revanche, il est facile de contraindre leurs mouvements.

— Nous ne voulons pas contraindre leurs mouvements. L'alchimiste ayant quitté son antre pour un autre, nous voulons qu'un de ses monstres nous mène à lui.

Bondissant hors de son siège, l'homme-loutre lança :

— Écoutez-moi bien, jeunes gens ! Quels que soient vos projets, je vous interdis d'entraîner un seul de mes hommes dans cette histoire !

— Nous n'en avons pas l'intention, affirma Jastïng. Des repas et un abri, c'est tout ce qu'il nous faut.

Gwenor se laissa retomber dans son fauteuil.

— Que l'arc vous protège, grommela-t-il.

Puis, ayant jeté un regard compatissant à Lovann, il répéta :

— Que l'arc vous protège.

Chapitre 8

Territoire DeGriffe, contrée de Cham

Sans que Joleg sache comment la plume lui avait échappé, il la vit voleter devant lui. Puis, la douleur irradia dans sa main déjà durement éprouvée. Transpercée par une flèche, elle était clouée à l'arbre sur lequel elle s'appuyait.

Attaché à cet arbre, Vacnar fut le premier à réagir :

— Benliam ! Par la bonté de l'arc, tu es venu me tirer des griffes de ces traîtres !

Le grand guerrier aux longs cheveux blonds tenait Joleg et Oksar en joue. Sortant à son tour de sa cachette, Sachelle s'avança pour ramasser la plume qui venait de toucher le sol.

— Je vais la garder, si ça ne vous dérange pas trop, nargua-t-elle Vacnar.

Ce dernier, contraint de conserver la même position depuis un certain temps, commençait à en souffrir. La jeune femme le voyait à sa façon de se tortiller pour se délier les muscles. Elle s'accroupit devant lui. Sachant son geste superflu, le pouvoir de la plume étant encore actif, elle en chatouilla tout de même la lèvre supérieure du chef des hommes-cougars.

— Qu'est-il arrivé à Djouane LeGris ? le questionna-t-elle avec un grand sourire.

Leurs visages étaient si près l'un de l'autre que le souffle de la katze-lusan agita les bouclettes de la barbe du pumë.

— J'ignore tout de cette jeune femme, fut la réponse que reçut Sachelle.

— Que fait-on d'eux ? demanda Benliam.

— Ce sont des traîtres, des assassins ! beugla Vacnar. Il faut les pendre haut et court !

Déplaçant toujours la pointe de sa flèche de Joleg à Oksar, Benliam accorda un bref regard à son chef.

— Ma question s'adressait à Sachelle, rectifia-t-il, et elle te concernait tout autant que tes larbins.

— Ligotons les deux autres avec lui, proposa la jeune femme-lynx. Avec un peu de chance, un monstre viendra s'occuper d'eux.

— Benliam ! s'impatienta le chef pumë. Détache-moi immédiatement, c'est un ordre !

— Inutile de t'égosiller, l'arrêta le guerrier. J'en ai suffisamment entendu de ta bouche.

Frustré, Vacnar frappa le sol d'un pied et, de l'arrière de son crâne, il cogna l'arbre auquel il était retenu. Alors que Sachelle sortait de sa besace de quoi attacher Joleg et Oksar, le ventru tenta d'obtenir sa liberté.

— Vous n'allez tout de même pas nous abandonner ici ! C'est Joleg et moi qui avons démasqué Vacnar ! Nous avons fait de terribles choses, c'est vrai, mais c'est lui qui nous y a obligés !

Joleg enchaîna en rappelant aux deux jeunes gens que, deux jours auparavant, il les avait regardés fuir la cabane de Vacnar sans se mettre en travers de leur chemin.

— C'est ton oncle Jalfonce qui aurait dû être notre chef, continua d'argumenter Oksar, s'efforçant de flatter Benliam dans le sens du poil.

— Mon oncle, vraiment ? Es-tu certain de souhaiter vivre, Oksar ?

— On vient juste de l'apprendre, nous aussi, intervint Joleg. Que Jalfonce était ton père, je veux dire. S'il s'était présenté à la tête du clan, on l'aurait tous préféré à Vacnar, mais cet escroc l'a forcé à se retirer de la course en menaçant de dévoiler son secret à son épouse.

Le coupable poussa un grognement méprisant. Après avoir noué ensemble les poignets d'Oksar et de Joleg, Sachelle coupa les liens qui le retenaient à l'arbre. Parce qu'il chancelait sur ses jambes ankylosées, elle l'aida à se relever. Ensuite, elle lui ficela à nouveau les mains dans le bas du dos.

— En route ! ordonna Benliam.

— Où... Où est-ce qu'on va ? bégaya Oksar.

— Au quartier. Vous y serez jugés pour vos crimes.

— Écoutez-moi, grogna Vacnar en contenant difficilement la colère dans sa voix. Vous ferez ce que vous voudrez de moi après, mais je dois d'abord aller chercher mon fils. C'est important, sans moi, il...

— Oublie-le, l'interrompit Sachelle en le contraignant, d'une poussée dans le dos, à aligner ses pas sur ceux de ses complices. Jémikim n'est plus à l'Hystobal.

— Qu'est-ce que tu racontes ? hurla l'homme-cougar en aspergeant de postillons le visage de la katze-lusän. Où est mon fils ?

— Désolée, lui souffla-t-elle en agitant la plume près de son nez, mais tu ne peux pas m'obliger à te le dire.

Chapitre 9

Territoire LeGris, contrée de Japhet

Affalé à la table de la cuisine, Dorgam LeRouge ruminait sa défaite. Il ne lâchait sa bouteille d'eau-de-vie, à laquelle il buvait directement au goulot, que pour caresser du bout des doigts le petit galet rouge qu'il avait posé devant lui.

« Cette foutue pierre, pesta Jessanine par-devers elle. Je vais finir par la lui faire avaler ! »

Debout au comptoir, dos à son deuxième mari, elle maniait un couteau bien aiguisé, découpant des tranches dans un cuissot de sanglier. Il s'agissait du dernier morceau de viande de leur réserve.

Quelques jours auparavant, bon nombre des hommes en âge de se battre s'étaient mis en marche en direction du territoire Long'Champ, Dorgam à leur tête. Leur intention était de s'emparer des récoltes de céréales et de légumes des hommes-marmottes. C'était la queue entre les jambes que, une heure plus tôt, les survivants avaient regagné le refuge LeGris.

— Des hommes de paille… alors que l'hiver est à nos portes ! se remit à rabâcher Dorgam. J'aurais dû me méfier ! Ces faces de rats vont me le payer, tu m'entends ?

La grande lampée d'alcool qu'il voulut s'envoyer dans la bouche lui coula pour l'essentiel dans le cou.

— Tu m'entends, Jessanine ? rugit l'homme-loup.

— Je t'entends, Dorgam.

— Qu'est-ce que tu t'imagines ? gronda-t-il en se tournant vers elle, manquant du coup de tomber en bas de sa chaise. Que Goulven aurait mieux fait ?

— Goulven n'était pas un vulgaire voleur.

Le gros vûlf-gayl ricana dans ce qui ressemblait davantage à un râle qu'à un rire.

— Tu ne comprends rien à ce qui se passe, grommela-t-il en reprenant sa posture initiale.

Déposant le jaspe rouge sur ses doigts tendus, entre son index et son majeur, il le fit glisser entre son majeur et son annuaire, puis entre son annuaire et son auriculaire. Il fit ensuite faire demi-tour à la pierre avant de recommencer le même manège plusieurs fois.

— Comment aurais-je pu y penser ? maugréa-t-il. Ces roublards de mùr-zifel s'étaient déguisés en épouvantails ! Plantés là dans leurs champs, une fourche à la main, ils nous attendaient ! Ils nous ont pris par surprise. Nous n'avons eu aucune chance.

Par la fenêtre, Jessanine vit le garde du corps de Dorgam passer nerveusement devant la chaumière. Dans la bagarre ayant opposé les LeGris aux Long'Champ, les pertes s'étaient avérées lourdes pour les vûlf-gayl. En conséquence, l'homme dehors était seul, et probablement peu compétent. Peut-être même n'avait-il aucune envie de défendre Dorgam LeRouge contre un éventuel agresseur.

« C'est le moment d'agir. »

Jessanine disposa dans une assiette les tranches de sanglier, qu'elle agrémenta de gros sel, de baies de genièvre et d'un autre produit, dont elle sortit le contenant minuscule d'une des poches de sa jupe. Les petits granules grisâtres passeraient aisément pour du poivre. Quant à leur goût, qui n'avait rien à voir avec celui d'une épice, Dorgam était déjà trop saoul pour le déceler.

— C'est Raïfus qui a prévenu les mùr-zifel de notre arrivée, vociféra ce dernier en reposant sa pierre sur la table. Ça ne peut être que lui ! Il n'a jamais compris qui j'étais ! Ce dont j'étais capable. Il s'est figuré qu'il pouvait me jeter hors de sa meute cul par-dessus tête ! Crois-moi, femme, il ne sait pas ce qui l'attend !

D'un coup de poing sur la table, l'homme-loup fit tressauter la pierre rouge. Percutant le plateau de bois par petites saccades, elle allait tomber lorsque, malgré son état d'ébriété avancé, Dorgam réussit à la saisir entre ses doigts épais. Témoin de cette scène, Jessanine eut soudain un doute.

« Est-ce vraiment le bon moment ? Et s'il était moins affecté par l'eau-de-vie qu'il n'en a l'air ? »

Respirant profondément, mais silencieusement, la femme-louve proposa l'assiette de viande à son mari.

— Je n'ai pas faim, rouspéta-t-il en repoussant l'en-cas.

Jamais Dorgam n'avait refusé de nourriture ! Serrant les dents de frustration, Jessanine retourna vers le comptoir, sur lequel elle posa les deux mains. Avisant le couteau qui avait servi à découper le sanglier, elle se dit qu'elle allait peut-être devoir l'utiliser à nouveau.

« Je ferai ce qu'il faudra. »

Elle ne pouvait plus laisser les choses dégénérer. Avec Dorgam LeRouge à leur tête, les LeGris couraient tout droit à la catastrophe.

— Je me demande ce qu'est devenu le petit DeGriffe, marmonna le rustre.

— Un pumë ? s'étonna Jessanine. De qui parles-tu ?

— C'était il y a treize ans, avant que je rejoigne votre meute. J'étais de passage à l'auberge des LeRoux. J'ai profité de l'ivresse d'un homme-cougar pour m'attabler avec lui et boire sur son bras. Il s'est mis à pleurnicher et à me raconter ses déboires. Son fils unique était difforme, à ce qu'il prétendait.

Absorbé par la narration de son histoire, Dorgam oubliait de prendre des gorgées d'eau-de-vie. Alors qu'il regardait ailleurs, perdu dans ses souvenirs, Jessanine s'empara de la bouteille et l'emporta sur le comptoir. Les mains tremblantes, elle y versa ce qui restait des granules grisâtres.

« Pourvu que ça suffise », pria-t-elle l'arc.

— Je lui ai dit que je connaissais quelqu'un, une espèce de guérisseur capable d'aider son fils. J'étais moi-même allé trouver cet homme, quelques mois plus tôt, sur les conseils d'un autre voyageur. Un vesla-fwin.

Afin que son mari continue à parler, Jessanine se montra curieuse.

— Pour quelle raison as-tu eu besoin des services d'un guérisseur ?

Elle espérait avoir l'occasion de rapporter la bouteille sur la table sans qu'il s'aperçoive qu'elle y avait touché.

— Pour ma fille, Vanaëme.

— Ta fille ?

La surprise de la femme-louve n'était pas feinte.

— Elle n'était pas difforme, mais elle était laide. Alors que ma Marguëlle est si belle... Où est-elle, celle-là, d'ailleurs ?

— Elle a passé la soirée chez une amie. Elle ne devrait plus tarder à rentrer. Donc, Vanaëme était laide ?

— À m'en faire honte ! Elle allait avoir onze ans. En vieillissant, rien ne s'arrangeait. Il était évident que la chenille ne deviendrait jamais un papillon.

— Elle manquait à ce point de charme ? susurra Jessanine, appréhendant soudain la suite.

Dorgam se remit à jouer avec sa pierre.

— Oh, oui ! Et la laideur de cette enfant que j'avais mise au monde m'était d'autant plus difficile à assumer du fait que les LeRouge, hommes comme femmes, sont particulièrement beaux.

— Ah oui ? fit Jessanine. Les vûlf-gayl sont plus beaux de l'autre côté du Sem ?

Dorgam se mit à rire, malmenant ses grosses joues. Malgré son embonpoint, Jessanine ne pouvait nier que, physiquement, son deuxième époux était plutôt séduisant. Elle fit un pas vers la table, la bouteille dans une main.

— Les LeRouge ne sont pas des vûlf-gayl ! s'esclaffa Dorgam. Y a-t-il encore des gens au Nouvel-Éden pour croire une telle chose ?

Souhaitant apparemment une réponse à cette question, il pivota une fois de plus vers Jessanine. D'un geste prompt, elle ramena l'eau-de-vie dans son dos.

— L'arrière-grand-père de Raïfus LeRouge, Édamien LeGris, a créé cette meute après s'être uni à Cléophée DuGrand-Pré, une femme-coyote. Cet homme répétait à qui voulait l'entendre que le mélange des races donnait de plus beaux enfants. Si j'avais su quelle horreur sortirait d'entre les cuisses de ma tendre épouse, j'aurais fait comme lui et je serais allé me chercher une génitrice chez les kojotë !

Dorgam reprit sa position face à la table. Pendant une seconde, il se demanda où avait disparu sa bouteille. Jessanine fit diversion.

— Le guérisseur a-t-il pu aider Vanaëme ?

— Il a expérimenté quelque chose. Elle en est morte. En ajoutant ce résultat à ceux de tentatives précédentes, le guérisseur en est venu à la conclusion que les enfants ne devaient pas être exposés à la magie noire avant l'âge de douze ou treize ans. Il m'a remercié d'avoir contribué à l'évolution de ses recherches.

Dorgam leva le petit galet de jaspe devant ses yeux cependant que Jessanine posait sans bruit la bouteille sur la table.

— Vanaëme est enterrée chez les LeRouge ? s'enquit-elle.

— Le guérisseur a gardé son corps en me promettant qu'un jour il réussirait à la ramener à la vie. Il m'a prié de revenir le voir dans quelques années. Et tu sais quoi ? Il est grand temps que j'aille aux nouvelles ! Ma dernière visite remonte au printemps. À ce moment-là, Vanaëme était toujours dans le même état végétatif.

— Tu seras parti longtemps ?

Dorgam attrapa la bouteille d'eau-de-vie empoisonnée. Jessanine retint son souffle.

— Ça va dépendre de l'endroit où le guérisseur se cache.

Juste avant de porter le goulot à ses lèvres, Dorgam regarda son épouse droit dans les yeux et ajouta :

— Si tu veux, je saluerai Djouane de ta part.

Chapitre 10

Territoire DeGriffe, contrée de Cham

Un rire sardonique tira Benliam de ses pensées.

— Qu'est-ce qui te fait marrer, Vacnar ? fulmina-t-il.

Une colline et une dizaine de minutes de marche les séparaient encore du quartier DeGriffe. Pour l'œil aguerri sachant où regarder, les cabanes aériennes commençaient à poindre au loin, entre les branches dégarnies des arbres. Tenant en joue les trois malfaiteurs depuis des heures, Benliam avait des fourmis dans les bras, ce qui jouait sur son humeur déjà grandement affectée par ce qu'il avait appris sur ses origines.

— Je vous ai entendu chuchoter, Sachelle et toi, à propos des réfugiés, mentionna Vacnar sur un ton provocateur. Pensez-vous vraiment qu'ils se battront à vos côtés ?

— Qu'est-ce qui les en empêcherait ? rétorqua Sachelle, dont l'état d'esprit s'harmonisait à celui de Benliam.

En guise de réponse, l'homme-cougar se contenta de rire dans sa barbe, la peine de mort lui pendant pourtant au bout du nez. Ses deux acolytes encouraient la même pénitence, mais, contrairement à leur chef, ils avaient le bon goût d'essayer de se faire oublier, affichant des expressions penaudes et repentantes. La question de Sachelle trouva une réponse lorsque, après qu'ils aient gravi la colline, la vue sur le vallon leur apparut. Mis à part les trois pumë qui venaient à leur rencontre, l'endroit était désert. Des reliefs de repas et de feux, quelques bûches et divers objets abandonnés... Voilà tout ce qu'il restait du campement.

— Avant de quitter le quartier, j'ai sommé les réfugiés de partir, les informa Vacnar. Le camp était de moins en moins sûr, non? Je leur ai dit qu'ils seraient plus à l'abri chez eux.

— Ce qui n'est pas faux, vociféra Sachelle.

— Et c'est une bonne chose, affirma Benliam tandis qu'ils traversaient le vallon. Les guerriers n'ayant plus à veiller sur les réfugiés, ils joindront notre cause sans remords.

Vacnar se garda bien d'exprimer clairement sa pensée, mais ne fit aucun effort pour cacher sa moue dubitative.

Au centre du vallon, ils s'arrêtèrent devant les guerriers de la paix, dont la fonction était le maintien de l'ordre au sein du quartier. Metig, le plus âgé et le plus haut gradé des trois, fort surpris de voir son chef et ses hommes de main entravés comme ils l'étaient, réclama des explications de la part de Benliam.

— Vacnar, Joleg et Oksar sont les complices de l'alchimiste, lui résuma Benliam.

— C'est une blague, c'est ça? se gaussa un des hommes de Metig.

— C'est la pure vérité! s'enflamma Sachelle. Ces scélérats lui ont livré de nombreuses victimes, de pauvres gens qui marchaient vers votre quartier dans l'espoir d'y trouver refuge.

— Pas si nombreuses, protesta Oksar.

— C'est Vacnar qui nous...

Aussitôt, le barbu coupa la parole à Joleg :

— Ne dites rien, c'est mieux pour vous.

— Allez-y, Vacnar, révélez ce que vous savez sur nous, riposta Joleg. Ça n'a plus la moindre importance, maintenant ! Entre la honte et la mort, le choix n'est pas si difficile ! Oksar et moi, on peut encore éviter la corde !

— Silence, insista le chef pumë. C'est notre parole contre la leur. Nous n'avons rien fait. Taisons-nous tous les trois.

Joleg et Oksar s'entre-regardèrent, puis serrèrent les lèvres.

— Benliam ? s'enquit gravement Metig en passant une main sur son crâne aux cheveux gris et ras. Qu'est-ce que c'est que cette histoire ?

— Tu en auras le fin mot bientôt. J'ai en ma possession une preuve de ce que j'avance. Je te remettrai cet élément à l'aube. D'ici là, que ces trois malfrats soient jetés au cachot et que la potence soit préparée.

— La potence, si vite ? fit Metig, interloqué. N'est-ce pas un peu prématuré ?

— Pas pour Vacnar. Il sera reconnu coupable rapidement et sans l'ombre d'un doute, crois-moi. Surtout, garde-les tous les trois à l'œil ; ils sont dangereux.

D'un hochement de tête, Metig assura Benliam de sa vigilance.

— Dès que leur sort sera réglé, je rassemblerai les troupes et nous partirons vers l'est, l'informa le jeune homme. La katze-lusän sait où dénicher l'alchimiste. Nous mettrons un terme à ses agissements une bonne fois pour toutes.

Sidéré par les paroles de Benliam, Metig offrit tout de même :

— Y a-t-il autre chose que je puisse faire ?

— Tout ce que je te demande, c'est de rester aux aguets. S'il y a des hommes dans ton équipe en lesquels tu n'as pas entièrement confiance, ne les laisse pas s'approcher des prisonniers, c'est bien compris?

Metig acquiesça. Pas une fois il n'avait regardé Vacnar dans les yeux.

Une couche de poussière recouvrait les rares meubles que comptait la cabane de Benliam, mais tout était parfaitement rangé. Souvent parti en mission par monts et par vaux, le jeune guerrier avait accumulé peu d'objets. Sachelle et lui étaient assis en tailleur, face à face sur son lit, dont il venait de secouer l'édredon à la fenêtre.

— Vas-y, dit-elle, je suis prête.

Il lui passa la plume noire sous le nez.

— Interroge-moi au sujet de l'Hystobal, le somma la jeune femme. Je crois que j'y suis déjà allée avec ma mère.

— Quand était-ce?

— Lors d'une nuit d'hiver particulièrement froide. J'avais quinze ans.

— Cette idée semble te troubler.

L'affirmation de Benliam n'exigeant aucune réponse, la katzelusän demeura muette.

— As-tu été blessée, Sachelle? As-tu reçu un coup sur la tête qui expliquerait tes problèmes de mémoire?

Du bout des doigts, elle toucha la paupière de son œil bleu.

— L'alchimiste a mis quelque chose dans mon œil. Un poison de son cru.

Benliam en fut médusé.

— Quand ce monstre t'a-t-il fait ça?

— Au printemps dernier, dans son antre.

— C'est donc là-bas que tu étais partie...

Arquant un sourcil, Sachelle toisa le jeune homme sans comprendre. Des pensées plus pressantes se bousculant dans sa tête, elle poursuivit :

— À cause du poison, j'ai oublié qui j'étais vraiment. Puis, les souvenirs ont commencé à remonter. Je me suis vue, à l'âge de sept ans, tuer ma mère qui cherchait à me mordre. Elle était atteinte de la rage.

Benliam prit un moment pour rassembler ses propres idées.

— Et pourtant, à l'hiver de tes quinze ans, ta mère t'aurait emmenée à l'Hystobal... Que s'est-il passé dans cette auberge ?

— Le propriétaire, Hystobal LeRoux, était derrière le comptoir. Il nous regardait, ma mère et moi, comme si nous étions des pestiférées. Parce qu'elle avait de quoi le payer, il nous a quand même servi à manger.

— Vous a-t-il loué une chambre ?

— Oui, mais... nous n'y avons pas passé toute la nuit.

— Pourquoi ?

Benliam était fébrile. Il avait aussi hâte que Sachelle d'obtenir certains éclaircissements. Or, même en fouillant sa mémoire, Sachelle ne trouva pas la réponse à sa dernière question. Trop d'images discordantes se bousculaient dans son esprit.

— Qui d'autres étaient à l'Hystobal, ce soir-là ? tenta le jeune homme-cougar.

— Je ne sais pas... Des gens que je ne connaissais pas. Jémikim devait être là, parce que la nuit où j'étais au chevet d'Éluna, il a prétendu m'avoir déjà vue à l'auberge.

Les coudes appuyés sur ses genoux, Sachelle s'agrippa les cheveux à deux mains, frustrée.

— Nous progressons, l'encouragea Benliam en lui caressant un bras. Je dois seulement te poser les bonnes questions. Qu'est-il arrivé cette nuit-là, dans la chambre que tu partageais avec ta mère ?

La katze-lusän inspira profondément et, au milieu de son expiration, une courte phrase jaillit de sa bouche :

— Un homme est entré.

Retenant sa propre respiration, Benliam attendit la suite.

— Il y a eu un petit déclic lorsque la porte s'est ouverte. Ça a suffi à me réveiller. Couchée sur le côté, je tournais le dos à l'intrus. Je l'ai entendu s'approcher de notre lit. Mon cœur battait à tout rompre, mais je faisais semblant d'être endormie. Ma mère s'est mise à se débattre. L'homme l'a assommée en lui frappant violemment la tête contre le mur. Il l'a ensuite chargée sur son épaule comme un vulgaire sac de farine.

Troublée, Sachelle fit une pause dans son récit.

— Pourquoi n'ai-je rien fait pour l'empêcher de l'emmener ? Je n'ai même pas essayé !

— Tu n'étais qu'une jeune fille de quinze ans. Tu ne savais pas te battre.

— Comment ça, je ne savais pas me battre ? J'ai…

— Laisse-moi poser les questions, la calma Benliam en lui attrapant les deux mains. Nous n'avons plus beaucoup de temps. Qui a enlevé ta mère ?

La jeune femme-lynx chercha un visage dans ses souvenirs, mais secoua négativement la tête. Puis, elle reprit à voix haute le cours de ses pensées.

— J'ai suivi cet homme dans la forêt en gardant toujours une bonne distance. Chaque fois que ma mère revenait à elle, il lui faisait avaler quelque chose de force, et elle retombait dans l'inconscience. Au bout de trois jours, il l'a déposée aux pieds d'un…

d'une… aux pieds d'un monstre. Cet être abominable dégageait une forte odeur de viande avariée. Je n'avais jamais rien vu ni senti d'aussi horrible. L'homme est reparti et j'ai suivi l'être difforme qui portait ma mère dans ses bras.

— Tu n'avais pas peur ?

— J'étais terrifiée, bien sûr, mais l'idée de perdre ma mère était pire encore. Deux jours de plus sont passés avant que le monstre pénètre dans une grotte. Quand il est descendu dans les entrailles de la montagne, j'étais toujours derrière lui. Dans des cages de métal, des gens agonisaient en délirant.

— Tu as été mise en cage ? s'inquiéta Benliam.

Il avait la bouche sèche.

— Non. Lorsque l'alchimiste est venu chercher ma mère encore inconsciente pour l'emmener dans son atelier, je m'étais cachée. Ma mère n'a pas tardé à sortir de sa torpeur. Ses cris m'ont tétanisée. Je suis restée là, derrière une rangée de cages, à l'écouter hurler. Portées par l'écho, les paroles de l'homme sont elles aussi arrivées à mes oreilles. Des mots doux…

— Que disait-il ?

— « Les femmes-lynx sont si belles, si proches de la perfection des femmes humaines. C'est l'une de vous qu'il me faut pour mener à bien mon grand projet. Tu es peut-être bien la dernière du Nouvel-Éden… Je n'ai plus droit à l'erreur, je dois réussir. »

Sachelle ferma les yeux et pressa ses paupières en les massant vivement.

— Je pensais être en mesure de libérer ma mère dès que l'alchimiste prendrait une pause pour dormir, mais cet homme est fou ! Il est resté éveillé pendant des jours ! Quand les hurlements de ma mère ont cessé, j'ai su que c'était terminé. Qu'il était trop tard pour me décider à agir.

Sachelle n'avait toujours pas soulevé ses paupières.

— Pourquoi l'a-t-il tuée? s'étonna Benliam. N'avait-il pas besoin d'elle?

— Il n'a pas voulu sa mort. La perdre l'a mis dans une colère terrible, il a tout cassé autour de lui.

La jeune femme-lynx ouvrit les yeux, qu'elle fixa sur la couverture du lit, dans l'espace qui la séparait de Benliam, mais en fait, ce qu'elle voyait, c'était le ciel.

— J'en ai profité pour sortir de la grotte. Dehors, un homme-oiseau m'a emprisonnée entre ses bras.

— Le kräengjëll?

— Il m'a emmenée dans le ciel et m'a fait traverser le fleuve pour me laisser dans la forêt de Japhet.

— Qu'as-tu fait?

— J'ai retraversé le Sem à la nage. Ce que j'avais vu dans la grotte me hantait. Je n'avais plus qu'une obsession : venger la mort de ma mère. Mais l'homme-corbeau ne l'entendait pas de cette manière, et je n'étais pas de taille à me battre avec lui.

— Tu avais le courage de dix hommes, mais tu n'avais rien d'une batailleuse.

— Je me suis entêtée. J'ai tenté de nombreuses fois d'atteindre la grotte. Il m'en a toujours empêchée. Ce manège a duré plus de trois ans avant que j'aille trouver un homme, un jeune guerrier, et que je lui demande de m'entraîner au combat.

Soudain, comme piquée au vif, Sachelle leva les yeux vers Benliam. Ce fut d'un air incrédule qu'elle dit :

— Ce jeune guerrier, c'était toi.

Le lui confirmant d'un hochement de tête, le pumë continua à sa place :

— C'était l'hiver dernier. Je revenais de mission lorsqu'on s'est croisés sur le territoire DuRoc. J'ai voulu savoir contre qui tu souhaitais être en mesure de te défendre.

— Contre quoi…

— Tu m'as dit que vivre seule était dangereux. Tu as ajouté que tu…

— Que j'étais possiblement la dernière des katze-lusän de tout le Nouvel-Éden.

— J'ai accepté de t'aider.

Benliam étira le bras, prit l'arc posé contre le mur et le tendit à Sachelle. Elle en caressa la branche supérieure.

— C'est avec cet arc que je t'ai appris à tirer, affirma l'homme-cougar.

— Non, protesta doucement la jeune femme en se perdant à nouveau dans ses pensées. Tu m'as peut-être appris à me battre, mais c'est ma mère qui m'a appris à chasser à l'arc. J'étais toute petite. J'avais sept ans.

— Tu sais que c'est faux, Sachelle.

Elle quitta le lit. Debout, elle leva l'arc vers Benliam.

— Je m'en souviens très bien, grogna-t-elle. Ma mère se tenait derrière moi. Elle m'a expliqué comment me placer pour avoir l'équilibre qu'il fallait. « Écarte les pieds, mon chaton », voilà ce qu'elle m'a dit. « De façon à ce que l'espace entre eux soit de la largeur de tes épaules. »

— « Ton corps doit être dans un angle de quatre-vingt-dix degrés vers la cible », récita le jeune homme-cougar. « Attention à ce que tes hanches et ton buste soient parallèles. »

Sachelle pressa fermement ses paupières ensemble, essayant de repousser les souvenirs qui se forçaient un passage dans sa tête.

Malgré ses efforts, elle sentit les caresses qui étaient montées de ses hanches à sa poitrine.

Elle frappa la main baladeuse avant de reprendre sa position.

— Je peux tirer ? s'impatienta-t-elle.

— Apprends à supporter l'attente, mon chaton, murmura la voix rauque du jeune homme, tout près de son oreille. Tes ennemis ne vont pas se battre pour venir se placer dans ta ligne de mire. Tes épaules sont basses, c'est bien, mais elles sont beaucoup trop tendues.

Il entreprit de lui masser les épaules.

— Benliam…

— Chut. Droites, les jambes, sans les crisper. Maintiens les hanches dans l'axe de ton corps.

Dans des gestes langoureux, il l'aida à se placer correctement.

— Voilà, parfait. Tête droite, immobile. Ne quitte pas la cible du regard.

Suivant les conseils du pumë, Sachelle tira la corde en envoyant son coude vers l'arrière tout en expirant légèrement. Puis, elle relâcha ses doigts. La flèche atteignit sa cible, un cœur gravé par le jeune homme dans l'écorce d'un bouleau. À l'intérieur du cœur, il avait inscrit leurs deux noms. Ses lèvres se posèrent dans son cou. Humant son odeur, elle soupira, se retourna, et ils s'embrassèrent.

— Ta mère n'était déjà plus là, Sachelle. Elle t'a montré comment te cacher et comment te déplacer sans attirer l'attention, mais c'est moi qui t'ai appris à te défendre et à chasser. Et un matin de printemps, tu n'étais plus là.

D'une main tremblante, la jeune femme attrapa une flèche dans le carquois de Benliam. Elle l'encocha sur l'arc, qu'elle pointait toujours sur lui.

— Qu'est-ce que tu fais, Sachelle ?

— Tout ça n'a aucun sens ! Jamais je ne t'aurais permis de m'embrasser… Les relations entre les différentes races sont interdites !

— Notre union n'aurait pas été punie par la loi, puisque nos clans sont apparentés, tu le sais. Je t'aimais comme un fou, j'étais prêt à être renié par les miens. Et tu m'aimais aussi.

— Non ! s'indigna Sachelle. Ces sentiments sont contre nature !

Benliam fit mine de se mettre debout à son tour, mais en avançant son arme vers lui, la jeune femme l'obligea à rester assis sur le lit.

— Sachelle, murmura-t-il, c'est toi qui m'as convaincu que notre amour était possible. Souviens-toi ! Tu disais qu'aux yeux des katze-lusän, tout ça n'avait pas la moindre importance. Qu'ils n'avaient pas de barrières, qu'ils ne vivaient pas en clans parce qu'ils allaient où ils voulaient et qu'ils faisaient ce qu'ils voulaient. Tu disais « un homme est un homme et une femme est une femme, peu importe… »

— Ça suffit !

Benliam fit une pause de quelques secondes, mais revint aussitôt à la charge :

— Penses-y, Sachelle. Jémikim, qui est né d'un père pumë et d'une mère funch-jakkal, ne t'inspire aucun dégoût.

— Ça ne veut pas dire que…

— Pourquoi es-tu partie du jour au lendemain sans me dire où tu allais, sans même me dire au revoir ?

— Parce que… Parce que c'était…

— Parce que ce que tu t'apprêtais à faire était suicidaire. Parce que tu ne voulais pas qu'il m'arrive malheur. Parce que tu m'aimais.

— C'est faux ! hurla la jeune femme-lynx. Tu essayes de m'embrouiller davantage ! Le parfait petit guerrier que tu es n'aurait pas supporté d'être jeté hors de l'armée de Vacnar. Tu travaillais sous ses ordres, tu... Tu travailles encore sous ses ordres ! Je... Je suis la dernière des katze-lusän... Tu veux me livrer à l'alchimiste !

Benliam soupira. S'étant laissé emporter par un torrent d'émotions, il venait juste de comprendre que l'effet de la plume s'était amenuisé. Il avait toujours l'objet magique dans la main.

— Nous en demandons beaucoup à la plume, constata-t-il. Approche, je vais...

— Ne me touche pas ! s'y opposa Sachelle.

— Baisse ton arc. Tu trembles comme une feuille, tu pourrais tirer sans le vouloir.

La jeune femme refusant d'obéir, ce fut son propre nez que Benliam chatouilla de la plume noire.

— Je t'aime toujours, Sachelle. Peux-tu mettre ces mots en doute ?

Comme si un muscle venait de lâcher, le bras qui tenait l'arc retomba.

— Je... Comment ai-je pu t'oublier ? bredouilla la jeune femme.

— Tu te souviens, maintenant.

— Oui, je me souviens...

Le pumë voulut attirer la katze-lusän à lui, mais elle le repoussa. Une lueur s'était allumée dans son regard.

— Oui, je me souviens, répéta-t-elle. Je sais qui a enlevé ma mère !

Chapitre 11

Territoire LeGris, contrée de Japhet

Lorsque sa femme lui avait arraché la bouteille des mains, Dorgam l'avait frappée au visage. Au lieu de lui rendre l'eau-de-vie, elle avait reculé jusqu'au comptoir de la cuisine où elle avait empoigné un long couteau à la lame souillée de petits bouts de chair rose.

Nullement impressionné, Dorgam rejoignit Jessanine au fond de la cuisine. Il s'approcha si près qu'elle aurait aisément pu enfoncer le couteau dans son énorme ventre. Tandis qu'elle tremblait, acculée au comptoir, il caressa ses cheveux de ses gros doigts, qu'il orienta ensuite vers l'assiette de sanglier. Du coude, Jessanine poussa l'assiette en bas du comptoir. Les tranches de viande et les morceaux de porcelaine jonchèrent le sol.

— Tu es devenue folle ou quoi ? marmonna Dorgam. Gâcher une si bonne viande.

Sa colère faisait place à la consternation.

— Tu sais où est Djouane, articula lentement Jessanine. Aurais-tu quelque chose à voir avec sa disparition ?

Il étira le bras, tentant une fois de plus de lui reprendre la bouteille, mais en dressant le couteau vers lui, elle le persuada de faire un pas en arrière.

— Je n'ai rien à me reprocher dans cette histoire, ricana Dorgam. Même si je dois avouer que la fugue de Djouane est arrivée à point nommé. Goulven s'en est rongé les sangs jusqu'à s'affaiblir. Prendre sa place a été un jeu d'enfant ! Je l'ai remerciée pour ça, la belle Djouane, tu sais ?

Pendant un instant, la rage brouilla la vue de Jessanine.

— Quand as-tu parlé à ma fille, Dorgam ?

— Comme je te l'ai dit, au printemps dernier, quand je suis allé voir le guérisseur. Tout le monde était tellement accaparé par la disparition de Djouane et la mort de Ja'Ak Longs-Crocs que personne n'a remarqué mon absence.

— Djouane s'est rendue chez un guérisseur ? Pourquoi ? Ma fille est-elle malade ?

Secouant la tête, Dorgam retourna s'asseoir à la table.

— Tu ne comprends rien, bafouilla-t-il, dos à sa femme. Djouane n'est pas allée là-bas de son plein gré. Elle a été enlevée.

— Mais… Mais elle va bien ?

— Le jour où je l'ai vue, elle se portait mieux que son ami Ja'Ak, c'était déjà ça. Mais depuis, qui sait ce que l'alchimiste a pu faire d'elle ?

Les jambes molles, la femme-louve avait du mal à mettre de l'ordre dans ses pensées.

— Un alchimiste ? Pourquoi un charlatan de cette engeance aurait-il enlevé ma Djouane ?

Dorgam soupira.

— Tu ne comprends vraiment rien, femme. T'arrive-t-il de sortir d'ici, parfois ? L'alchimiste ! De l'autre côté du Sem, tout le monde parle de cet homme.

— Tu... Tu fais allusion à ce mage noir qui fabriquerait des monstres à partir de... à partir de...

— C'est une histoire vraie, Jessanine.

Tenant toujours la bouteille d'une main et le couteau de l'autre, la femme se laissa choir sur le plancher en se demandant lequel, du poison ou de la lame, lui infligerait la fin la plus douce.

— Ma fille est morte, murmura-t-elle, au comble du désespoir.

Dorgam grogna.

— Peut-être pas. J'ai cru comprendre que l'alchimiste avait des projets pour elle.

Jessanine se releva.

— Des projets ? Comment ça ?

— Je ne sais pas trop, marmonna le gros homme en haussant les épaules. Il répétait qu'elle n'était pas trop laide, qu'il la gardait au cas où... Je ne sais plus.

La femme se rapprocha de la table. Son mari lui tournait toujours le dos.

— Où est-elle, Dorgam ? Dis-moi où est ma fille !

Encore une fois, il haussa les épaules. Jessanine fit un effort pour contrer l'envie de lui planter sa lame entre les omoplates.

— Comment ça, tu ne sais pas ? Tu y es allé à plus d'une reprise, c'est bien ce que tu m'as dit ?

— Oui, mais disons que je me suis plutôt laissé conduire.

— Par qui ?

— Par ceci.

Ce que Dorgam montrait à son épouse, c'était sa fameuse pierre rouge.

— La première fois, le voyageur m'a servi de guide. Si tu savais ce que cette canaille de vesla-fwin a exigé en échange ! J'ai dû commettre quelques vols pour rassembler le butin. C'est d'ailleurs le prétexte qu'a invoqué Raïfus LeRouge pour se débarrasser de moi, car il n'a jamais pu prouver que la disparition de Vanaëme était de mon fait. En réalité, ce bon à rien craignait que je lui prenne sa place, c'est pour ça qu'il m'a chassé de sa meute ! J'aurais pu le battre en duel sans peine, mais la tentation était moins grande que pour Goulven.

Le vûlf-gayl se tourna vers Jessanine.

— Sa femme n'était pas aussi jolie que toi...

Elle claqua la main qui cherchait à la caresser.

— Et cette pierre, que vient-elle faire dans cette histoire ? s'informa-t-elle.

— L'homme-belette m'a obligé à porter un bandeau sur les yeux pendant toute la durée du voyage. Cette pierre, c'est l'alchimiste qui me l'a donnée. Elle est magique.

— Elle a le pouvoir de te conduire auprès de lui ?

— Pas exactement. Elle ne peut me conduire qu'auprès de mon enfant premier-né.

— Ton enfant premier-né, répéta bêtement Jessanine. Comment cette magie agit-elle ?

— Il suffit que j'avale la pierre.

Dorgam quitta sa chaise afin d'aller lorgner par la fenêtre. Au bout d'un moment, ne voyant pas passer son garde du corps, il dit :

— Gulung est parti.

D'un pas lourd et flageolant, il se dirigea vers la porte et il décrocha son manteau de la patère.

— Il est grand temps que je lève le camp, déclara-t-il. Redonne-moi cette foutue bouteille, Jessanine. Un peu d'eau-de-vie aidera la pierre à descendre.

— Tu n'emportes aucune provision ? s'étonna la femme-louve.

— Inutile.

— L'alchimiste n'est pas loin, conclut-elle.

Dorgam la menaça du regard.

— Toi, ne t'avise surtout pas de me suivre, tu m'entends? Occupe-toi de Marguëlle. Après notre cuisante défaite dans les champs des mùr-zifel, je ne serais pas surpris que les LeGris se révoltent. Ils m'en veulent. Certains chercheront à se venger sur ma fille, ou même sur toi. Allez vous cacher quelque part pour un temps.

D'un hochement de tête, Jessanine fit savoir à son époux qu'elle se plierait à cette volonté.

— La bouteille! s'impatienta-t-il.

Jessanine s'avança. Restant à bonne distance de Dorgam, elle étira le bras pour lui remettre l'eau-de-vie. Il en prit une grande gorgée, qu'il avala, avant d'en prendre une deuxième afin que passe la pierre. Il s'efforça de l'ingérer, mais une quinte de toux inopinée la lui fit recracher. Le jaspe magique fut projeté sur le plancher. Dorgam tomba à genoux. S'il y avait eu un témoin de cette scène ignorant ce qui se passait, il aurait pensé que Dorgam avait volontairement adopté cette position dans l'intention de récupérer sa pierre. Or, il n'était déjà plus en mesure d'y parvenir. Crachant et haletant, il s'agrippait la gorge à deux mains.

— Que... Que m'as-tu fait, femme?

Le poison agissait plus vite que Jessanine s'y était attendue. Était-il plus douloureux qu'une lame de couteau entre les omoplates?

Elle l'espéra.

Le visage de Dorgam virait au violet et une écume rougeâtre lui suintait aux coins de la bouche. De ses griffes, il se mit à déchirer la peau de son cou. Bientôt, il bascula sur le dos, secoué tout entier de violentes convulsions. Il articulait des mots sans qu'aucun franchisse ses lèvres. Elles s'ouvraient et se refermaient inutilement, comme celles d'un poisson jeté hors de l'eau.

Jessanine abandonna son deuxième mari à son agonie et se rendit dans leur chambre. D'un grand coffre, elle sortit de vieux habits devenus trop petits pour Lovann et qu'elle gardait pour Elkin. En écoutant les sons provoqués par l'angoisse et la souffrance de Dorgam, elle enfila un pantalon, une tunique, ainsi qu'un chaud manteau de fourrure, avant de gagner le bureau du chef de la meute. Là, parmi le choix d'armes que recelait un tiroir, elle s'empara d'un couteau de poche. De retour dans la cuisine, elle ramassa la petite pierre rouge sur le plancher, contourna la dépouille de son défunt mari, et quitta la chaumière.

La porte à peine franchie, Jessanine LeGris se retrouva face à trois vûlf-gayl équipés de crocs-de-poings. Les chasseurs Stärk et Chobran, des cousins, avaient l'air vindicatif et de mauvaise humeur. Gulung, le garde du corps de Dorgam, paraissait plus avenant, mais Jessanine ne fut pas dupe : ce n'était qu'une façade.

Remarquant les vêtements que la femme-louve avait enfilés en remplacement de sa jupe et de sa tunique féminine, Gulung lui demanda :

— Où vas-tu comme ça, ma jolie ?

— Tu ne vas pas t'en tirer aussi facilement, déclara Stärk.

Chapitre 12

Territoire DeLaCendre, contrée de Cham

Crachant maintenant plus de fumée que de flammes, le feu se consumait. Jastïng l'avait allumé deux heures plus tôt, après quoi il s'était embusqué avec Lovann sous le couvert du bosquet d'épinettes, en bordure de la crique du Perdu. Il avait espéré que la lumière attirerait un monstre. Pour l'homme-cerf, il n'y avait aucun doute que, peu de temps auparavant, une des créatures de l'alchimiste était passée dans cette zone. Des empreintes suspectes, trop grosses pour avoir été creusées par un adem-bîst, même un baèr-krel, perçaient la fine couche de neige jusqu'à la terre. Accroupis dans leur cachette, les deux jeunes hommes gardaient appui sur leurs pieds en se tenant aux armes que leur avait confiées Gwenor DeLaCendre. Ces longues lances à la pointe munie de crochets s'enfonçaient légèrement dans la terre.

Cette nuit-là, la lune était bien visible, dorant le Sem et multipliant les ombres qui hantaient la forêt de Cham. Dans la pénombre blanchâtre, Jastïng voyait les perles de sueur sur le front de Lovann. Sous cet éclairage et de ce profil, les os du visage de l'homme-loup saillaient. Il avait beaucoup maigri. Des cernes noirs creusaient des trous sous ses orbites. Somnolent, il semblait nauséeux.

En planque depuis seulement deux nuits, Jastïng remettait sérieusement en cause son idée de chasser les monstres. Son ami n'allait pas bien.

Pas bien du tout.

— Quel est le problème, Lovann ? demanda-t-il soudainement.

Il avait parlé tout bas pour éviter que sa voix soit captée par une éventuelle créature de l'alchimiste. En revanche, son débit rapide s'expliquait, lui, par sa crainte de la colère de Lovann. Ces derniers temps, le vûlf-gayl s'emportait à tout propos. En fait, plus les jours passaient, plus il devenait susceptible. Paranoïaque, même. Ce qui subsistait de son humour n'était plus qu'un cynisme des plus sombres.

Cette fois, cependant, l'homme-loup attendit sans se braquer que Jastïng lui livre le fond de sa pensée.

— Tu as changé, Lovann. Tu n'es plus toi-même. La façon dont tu te comportes n'est pas due uniquement aux horreurs qu'on a vues dans l'antre de l'alchimiste.

Demeurant prudent, l'homme-cerf fit une pause. En absence de réaction de la part de Lovann, il ajouta :

— C'est à cause de la magie ? Est-ce que guérir les autres te vide de tes forces vitales ? De... De ta propre essence ?

En regardant le fleuve plutôt que son ami, l'homme-loup nia cette hypothèse d'un ton morne.

— Non ? fit Jastïng, l'encourageant à poursuivre.

— Enfin, pas vraiment. Après avoir utilisé ce pouvoir, une grande fatigue s'empare de moi. Mais c'est une sensation agréable, comme après une longue journée de travail physique. Tu vois ce que je veux dire ?

— Oui, le genre de fatigue qui garantit une bonne nuit de sommeil.

— Exactement. L'ennui, c'est que… j'ai… J'en ai abusé.

Croyant surprendre un bruit, Jastïng étira le cou en prenant garde à ne pas frôler de son panache les branches du conifère. Tout en tendant bien l'oreille, il observa scrupuleusement les alentours. Puis, se repliant dans la cache, il rendit son attention à l'homme-loup.

— Je ne suis pas certain de comprendre, Lovann. À part moi, la servante du Tracassier et Aztrall LeNoir, qui as-tu guéri ?

— J'ai pris pour moi ma propre magie, avoua honteusement Lovann. À de nombreuses reprises.

— Pour soigner ton âme et ton cœur, murmura Jastïng.

Des larmes fuirent des yeux du vûlf-gayl. Il était trop fatigué pour les retenir.

— Sur le coup, se justifia-t-il, je ressens toujours un bien-être d'une intensité que je ne pourrais même pas te décrire.

Lovann tourna la tête vers son ami. Pour la première fois depuis longtemps, il le regarda bien en face.

— C'est quelque chose qui ressemble drôlement au bonheur, Jastïng.

Le sourire triste qu'il avait réussi à esquisser se courba en grimace.

— Mais au bout de quelques heures, enchaîna-t-il, la lueur invisible de la magie s'éteint et le monstre qu'elle avait jusque-là tenu endormi, cette chose affreuse qu'elle a fait entrer en moi, se réveille. Plus les jours passent, plus ce monstre grossit, plus il réclame de magie pour dormir. Quand il s'éveille, il se met en colère. Il cherche à me détruire. Il voudrait pouvoir dormir pour toujours.

— Et toi, Lovann, c'est ce que tu voudrais, dormir pour toujours?

— Non... Non, bien sûr que non! Ce que je voudrais, c'est me réveiller de ce cauchemar sans fin. Me réveiller dans mon lit, dans la chaumière de mon père, et entendre le rire de ma sœur.

D'une main bienveillante, l'elagsaw serra l'avant-bras de l'homme-loup.

— Pourquoi ne m'as-tu rien dit avant?

Lovann n'avait pas de réponse à cette question.

— Quand as-tu pris de cette magie pour la dernière fois?

— Il y a trois nuits. Pendant ton combat contre Godrok DuGlacier. C'est pour ça que je n'ai pas pu te guérir lorsque les utter-lou t'ont ramené dans la chambre. L'histoire de la cuisinière que j'ai soignée n'était qu'un mensonge. Sous l'effet de la magie, je ne peux plus en faire bénéficier une autre personne. Comme si, du haut de mon nuage, elle me faisait perdre la connaissance instinctive que j'ai d'elle.

Lovann respirait plus vite. Il commençait à s'énerver. Serrant les poings, il matait l'envie de hurler.

— Jastïng, cette nuit-là, si tu avais été mortellement blessé...

— Je vais bien, l'interrompit tout de suite l'homme-cerf. Quand as-tu découvert que tu pouvais te servir de la magie verte de cette manière?

— Après qu'on soit sortis de l'antre de l'alchimiste, bredouilla Lovann.

Ce ne fut pas une grande surprise pour Jastïng. Il se souvenait avoir perçu un changement dans le comportement de son ami dès le matin suivant.

— C'est rapidement devenu une habitude dont je ne peux plus me défaire, pesta Lovann. Depuis trois jours, chaque seconde est un combat. Je lutte contre l'idée que tout ce qui m'entoure, jusqu'à la plus petite roche, complote contre moi. C'est dur, Jastïng, tu n'imagines pas à quel point. Mais je ne peux plus... Je... Si tu mourais alors que je planais dans ce monde de lumière verte et de bien-être éphémère, jamais je ne me le pardonnerais. Ce serait la fin, Jastïng, je ne...

— Ne parle pas ainsi, le gronda l'homme-cerf.

Sa voix avait rarement été aussi dure.

— Ta sœur a besoin de toi, Lovann. Qui d'autre la sauvera? S'il advenait que je ne puisse pas continuer à tes côtés, tu...

— Jastïng...

— Elle est vivante, Lovann. Raccroche-toi à cette idée.

L'homme-loup hoqueta. Une série de frissons lui parcourut tout le corps.

— Tu ne vas vraiment pas bien, fut forcé de constater Jastïng. Rentrons. La mère de Gwenor aura mis des bouillottes chaudes sous nos couvertures.

— Je n'irai pas mieux là-bas, protesta Lovann. Je ne bougerai pas d'ici tant qu'un monstre ne se sera pas pointé. Il faut retrouver la trace de l'alchimiste. Tu as dit toi-même que...

— Oui, dès que tu iras mieux.

— Je n'irai jamais mieux, Jastïng.

L'homme-cerf soupira. Il n'aimait pas les lamentations.

— Ne dis pas ça, Lovann, c'est ridicule. Tiens le coup. Cette chose affreuse qui a pris possession de ton corps et de ton âme, quand elle comprendra que tu n'as plus rien à lui offrir, elle te quittera.

Abandonnant la planque, Jastïng se dégagea de sous les branches d'épinette. Tirant son ami par un bras, il l'obligea à faire de même. Il l'aidait à se redresser lorsqu'une ombre immense leur cacha soudain la lune. Pris par le sérieux de leur discussion, les deux jeunes hommes avaient manqué l'arrivée d'un monstre. Lovann brandit son harpon.

— Ne le tue pas ! cria Jastïng.

— Maintenant qu'il nous a vus, tu t'imagines qu'il nous conduira à son maître ?

Cette œuvre de l'alchimiste était particulièrement terrifiante. Tout aussi mort que vivant, l'être était plus grand encore que ses congénères, atteignant près d'une fois et demie la hauteur d'un homme. Une substance poisseuse le recouvrait, une colle immonde tenant ensemble ce qui ressemblait à des cendres et qui constituait son corps. Une de ses mains était un assemblage de plusieurs crocs-de-poings.

La créature porta un premier coup, entaillant l'os du panache de Jastïng. Le bruit de métal sortit Lovann de la torpeur dans laquelle l'aspect du monstre l'avait plongé. Ce qui caractérisait plus spécifiquement cet être, c'était ses trois têtes. Le regard de Lovann s'était rivé à celle du milieu, dont les yeux jaunes étaient presque verts.

— C'est… C'est mon père, cafouilla-t-il.

Pendant une seconde, Jastïng fut certain que Lovann délirait. Il aurait été incapable d'identifier Goulven LeGris, puisqu'il ne l'avait jamais vu. Force lui fut toutefois de convenir qu'il reconnaissait les deux têtes qui côtoyaient celle du centre : celle du chasseur Pierik et celle d'Elkin, le jeune frère de Lovann.

Le monstre levait le bras, prêt à attaquer de nouveau. Pour protéger Jastïng d'une deuxième écorchure, l'homme-loup allait lui planter son harpon dans le corps, mais l'homme-cerf fit obstacle en retenant sa lance.

— C'est ton père.

— Ce n'est plus lui, s'opposa Lovann, le cœur au bord des lèvres. Tu vois bien que…

Jastïng avait une idée derrière la tête. Diminuant encore l'espace le séparant du monstre, il s'adressa directement à lui :

— Goulven ? Vous reconnaissez Lovann, votre fils ? Où est Djouane ? Si vous l'avez vue, il faut nous conduire à elle sur-le-champ !

Au sommet du monstre, la tête de Goulven, selon toute apparence, se mit à réfléchir. Puis, sa bouche s'ouvrit et articula d'un ton niais :

— Djouane.

— Oui, Djouane ! Vous vous souvenez de votre fille ?

— Djouane, répéta le monstre, et son bras droit balaya l'air devant lui.

Tirant Jastïng vers lui, Lovann lui évita d'avoir le ventre déchiqueté par les pics acérés des crocs-de-poings.

— Peut-être, admit alors le jeune homme-loup. Peut-être bien que cette chose nous conduira à l'alchimiste.

S'approchant à son tour de l'ignoble créature, il implora son père :

— Conduis-moi à Djouane, afin que je la ramène à la maison !

Jastïng entendit tout l'espoir du monde vibrer dans la voix de son ami. Le monstre lui-même y paraissait sensible. Lorsqu'il tourna sa tête centrale vers le sud-ouest, comme s'il considérait la possibilité d'acquiescer à la demande de Lovann, ses deux autres têtes grondèrent de mécontentement.

— Papa, regarde-moi. Pierik ? Allez, il faut retourner auprès de l'alchimiste. Il faut sauver Djouane !

— Non ! tonna la bouche d'Elkin.

Malgré ses trois têtes, le monstre n'avait qu'une voix, molle et sans timbre. Agacé, il projeta ses deux bras vers Lovann. Ses membres appartenant à deux êtres distincts et étant dirigés par trois volontés ne s'accordant pas entièrement, son geste fut d'une grande maladresse. Or, sa cible était si près que le monstre ne la manqua pas. Lovann porta une main à sa bouche. Un filet de sang coulait de sa lèvre tailladée par le métal.

— Recule ! lui ordonna Jastïng.

— Je dois pouvoir regarder mon père dans les yeux, déclara l'homme-loup.

À court de meilleures idées, l'elagsaw plia les genoux.

— Monte sur mes épaules.

Ils jetèrent tous deux leur harpon au sol. Empoignant les chevilles de Lovann, Jastïng l'aida à se pousser vers le haut.

— Reste derrière mes bois, somma-t-il son ami.

Les yeux plantés dans ceux de Goulven, Lovann tenta sa chance une fois de plus.

— Allons chercher Djouane, papa. Allons-y ensemble !

Une larme coula sur la joue de l'ancien chef LeGris. Ses iris prirent une teinte de vert vif. Le monstre se mit à s'agiter comme s'il s'escrimait à tourner son corps d'un bord tout autant que de l'autre.

— Un peu à gauche, exigea Lovann.

Ruminant sous l'effort, Jastïng positionna son ami face à la tête du chasseur. Le visage de Pierik était flasque. Un court instant, Lovann pensa qu'il pleurait, mais sa figure verdâtre avait tout simplement commencé à se liquéfier.

— Tu viens avec nous, Pierik ? Nous allons arracher Djouane des griffes de l'alchimiste.

— Djouane, marmonna le chasseur dans un sourire béat.

Malgré cet air serein, un des bras du monstre essaya d'atteindre Lovann, mais ce fut un coup que la ramure de Jastïng contra.

L'elagsaw se déplaça vers la droite jusqu'à ce que l'homme-loup se trouve devant la tête d'Elkin.

— Non ! rugit ce dernier avant même que son frère n'ouvre la bouche.

Le côté gauche du corps du monstre s'ingéniait à pivoter sur lui-même. En revanche, sa jambe droite, inébranlable, semblait prise dans le sol. Fatiguant sous le poids de son ami, Jastïng piétinait afin de garder son équilibre. Pour ne pas perdre la sienne, Lovann déplia légèrement les genoux. Dès que son crâne franchit la limite du bouclier fourni par le panache de l'homme-cerf, la tête d'Elkin se propulsa en avant, heurtant avec force le front de Lovann. L'homme-loup vit des étoiles. Heureusement, Jastïng parvint à conserver une certaine stabilité tout en créant un peu de distance entre eux et le monstre. C'est alors que, contre toute attente, la tête de Goulven s'en prit à celle de son plus jeune fils. Les deux bouches rivales se mirent à mordre tout ce qu'elles pouvaient serrer entre leurs dents : la chair des joues, le nez et les arcades sourcilières de l'autre.

Lovann sentit croître sa nausée. Parce qu'il n'avait pas mangé de la journée, ce fut une bile brûlante qui lui remonta dans la gorge. Puis, quelque chose de froid frôla ses doigts. Baissant les yeux, il échappa une seconde à l'insupportable spectacle. Jastïng lui tendait une de ses haches de bûcheron.

— Coupe la tête d'Elkin !

Les chevrotements dans la voix de l'homme-cerf annonçaient clairement qu'il ne pourrait pas soutenir le vûlf-gayl encore bien longtemps. En dépit de ce souci, Lovann hésita. En étirant le cou, la tête d'Elkin s'était placée hors de portée de celle de Goulven. Les dents de cette dernière, entre lesquelles s'inséraient des bouts de chair déjà nécrosée, claquaient l'air sans rien toucher.

Lovann tenta le tout pour le tout. Espérant enfin attendrir son petit frère, il supplia :

— Fais-le pour maman. Ramenons-lui sa fille.

— C'est sa faute ! hurla le garçon.

— La ferme ! aboya Goulven.

Enragé, le père assaillit à nouveau son fils. Son mouvement agressif, en faisant céder les coutures qui rattachaient sa tête au corps momifié du monstre, lui permit de planter ses crocs dans le front de son benjamin. Cependant, en se décomposant sur le coup, la peau du garçon se mit à suppurer, découvrant sa boîte crânienne. Dans l'incapacité d'y enfoncer les dents, la tête de Goulven bascula vers l'arrière. Il lui fut impossible de la relever.

— Djouane nous a tendu un piège, révéla Elkin. Elle nous a menés à l'alchimiste !

Même s'il parlait d'une voix identique à celle de Goulven et de Pierik, le problème d'élocution du garçon persistait.

— C'est sa faute si nous sommes dans cet état !

— Tu mens, sale petit avorton ! rugit Lovann. Djouane n'aurait jamais fait ça !

Un des bras du monstre s'éleva dans le but d'écraser son poing de métal dans la figure de Lovann, mais son autre bras arrêta net ce geste. S'emmêlant dans sa propre charpente, la créature chuta vers les deux jeunes hommes. Jastïng soutenait toujours Lovann sur ses épaules. À bout de force, sachant qu'il ne réussirait pas à s'écarter à temps, il ne put que repousser son ami avec le plus de vigueur possible. Partant en vol plané, Lovann ne vit pas Jastïng crouler sous le poids du gigantesque monstre.

Écrasé contre le sol, Jastïng s'attendait à être aspergé d'un jet de sang putride, car le bout acéré d'un de ses andouillers avait percé la chair sèche du monstre. Or, seules des cendres puantes se détachèrent de la créature pour lui emplir la bouche alors qu'il s'efforçait de respirer. Dès que le monstre se releva et que Jastïng aspira spontanément un trait d'air, il s'étouffa avec la matière noire et friable qui saturait sa gorge. Maintenant à genoux, le monstre se déplaçait vers Lovann en se traînant. Ayant durement atterri sur le ventre, le jeune homme-loup, incapable de se remettre sur pied, rampait afin de lui échapper, le bras tendu pour attraper un des harpons laissés sur le sol. Les bruits que faisait son ami en s'évertuant à cracher et à respirer venaient à ses oreilles, mais il ne pouvait que s'éloigner de lui.

— Jastïng ! cria-t-il. Tu vas bien ?

La réponse fut inintelligible.

— Jastïng !

Une main de métal agrippa une des chevilles de Lovann, perçant sa chair jusqu'à toucher l'os. Sans effort, le monstre le tira vers lui. Ses dix doigts plantés dans le sol, le vûlf-gayl résista. Ce fut alors que le silence, remplaçant les bruits émis par son ami, déclencha en Lovann une panique qui, comme un coup de tonnerre assourdissant, le fit tressaillir.

« Ce monstre qui est en train d'avoir raison de nous, l'alchimiste l'a conçu avec les corps encore vivants de mon frère, de mon père et du plus fidèle ami de notre famille ! »

La colère que cette pensée fit vibrer en lui influa sur le jeune homme comme l'aurait fait un coup de fouet, lui prodiguant un soubresaut d'énergie. Ses doigts se refermèrent sur une poignée de terre. Dans un geste si désespéré qu'il le jugea stupide avant même de l'avoir complété, il lança aux visages du monstre un mélange mouillé de neige, de terre et de petits cailloux. Sa surprise fut d'autant plus grande quand, au contact du monstre, les particules venues du sol se mirent à scintiller. Or, la lumière jaune ainsi produite s'éteignit si rapidement que Lovann crut l'avoir rêvée.

Et alors, la terre trembla dans de légères saccades.

Hébété, le monstre retira ses griffes de métal de la cheville de Lovann. Il ne s'était pas totalement redressé qu'une forte secousse le projetait au sol. De son corps s'éleva une fine poussière, ainsi que quelques cendres. Telles des phalènes moribondes, elles ne dansèrent dans l'air qu'un court instant. Puis, la terre se fissura. Le sol s'ouvrit comme la bouche d'un monstre plus grand encore que l'être à trois têtes, et ce dernier fut englouti. Le trou se referma aussitôt, ne laissant qu'une mince cicatrice à la surface de la terre.

Malgré sa cheville profondément blessée, Lovann se mit debout. D'un pas sûr, il marcha vers Jastïng. À quatre pattes, le jeune homme-cerf avait régurgité un amas de cendres. En lui bouchant les voies respiratoires, elles avaient bien failli le tuer. Il aspirait l'air à grandes goulées, les yeux exorbités, aussi médusé que Lovann par le spectacle auquel il venait d'assister. Son visage, qui avait pris une teinte violacée, retrouvait sa couleur mordorée. D'une main tendue, Lovann l'aida à se remettre sur pied. Puis, la même idée leur traversant l'esprit, ils levèrent de concert les yeux vers le ciel.

Au-dessus du fleuve, se courbant dans leur direction, l'arc se parait maintenant d'une deuxième bande colorée.

— La magie jaune, dit Lovann.

— Ça va? s'inquiéta Jastïng. Comment te sens-tu?

Le jeune homme-loup souriait comme il n'avait pas souri depuis longtemps.

— Je me sens fort.

Chapitre 13

Territoire DeGriffe, contrée de Cham

Courant au hasard dans le quartier, Sachelle arriva dans une petite clairière baignée de la lumière de la lune. Dix énormes chênes se dressaient en son milieu. La jeune femme-lynx se réjouit de découvrir, accrochées à leurs branches, des cellules aux barreaux de métal.

« Si Vacnar espère s'échapper de là, il va devoir apprendre à voler ! »

Sachelle se dirigeait vers les chênes lorsque, surgissant du boisé, Benliam la retint de force.

— Comment monte-t-on là-haut ? grogna-t-elle, la haine enfiévrant ses yeux vairons.

— On ne monte pas là-haut, protesta le jeune guerrier en la ramenant dans le boisé. Pour l'heure, les pumë n'ont aucune preuve des crimes de Vacnar. Si tu le tues, comment leur racontera-t-il la vérité ? C'est toi qu'on jugerait et qu'on pendrait.

— Il a livré ma mère à l'alchimiste !

— Ainsi que mon père et mon frère.

De rage, la katze-lusän enfonça dans le tronc d'un arbre la lame qu'elle destinait à Vacnar.

— Prenons la plume et allons tirer Metig de son lit, lança-t-elle en récupérant son couteau. Réglons ça maintenant!

— Nous n'en sommes pas encore là.

— Et pourquoi donc?

— Quand tout le clan aura eu vent du pouvoir de la plume, je doute que nous puissions la garder pour nous bien longtemps. Nous n'en avons pas encore fini avec ta mémoire, Sachelle. Nous devons apprendre tout ce que nous pouvons sur l'alchimiste pendant que nous le pouvons.

La jeune femme se rangea aux arguments de Benliam. De retour chez lui, ils se réinstallèrent sur le lit, côte à côte cette fois-ci, les pieds sur le sol.

— Si l'on en croit Joleg, fit le pumë, Vacnar s'est débarrassé de mon père. Danléhoc espérait le retrouver dans l'antre de l'alchimiste. L'as-tu vu là-bas?

En pensées, Sachelle revit le portrait de Jalfonce qu'elle avait sorti des poches de Danléhoc avant que Jastïng fasse rouler son cadavre dans l'eau du marécage. Ce n'était pas l'unique fois qu'elle avait vu le visage de cet homme-cougar.

— Oui. Au printemps, il y était.

Grâce au pouvoir toujours actif de la plume, un autre visage se dessina dans la mémoire de Sachelle.

Celui de Djouane LeGris.

La jeune femme-louve était donc, elle aussi, dans l'antre de l'alchimiste. Or, ce souvenir se brouilla pour être remplacé par une réminiscence contradictoire.

L'être immonde venait de passer devant le buisson où se cachait Sachelle. Elle pouvait le voir, mais elle n'entendait plus sa respiration hachée lorsque, dans la lumière de l'aube, elle discerna les silhouettes d'un couple de vûlf-gayl. À bout de souffle, les malheureux fonçaient directement dans les griffes du monstre. Quand ils comprirent ce qui les attendait, il était trop tard.

« Je n'ai rien fait pour leur éviter ça. »

Il y eut des craquements d'os, des sons spongieux, des déchirements et des gargouillis. En sortant la tête de sa planque, Sachelle vit le monstre assommer Djouane d'un coup de poing et la balancer sur son épaule comme il l'aurait fait d'un sac de pommes de terre.

« Non, ce n'est pas ainsi que ça s'est passé ! Quand j'ai fui la grotte, cette nuit-là, avec le monstre à mes trousses, Djouane était déjà prisonnière de Noé. »

Ne voulant surtout pas perdre le fil de ce souvenir-là, Sachelle s'y accrocha, mais les premières images s'imposaient plus férocement à elle.

Le monstre ramassa un des bras de Ja'Ak Longs-Crocs, puis sa longue queue noire. Renâclant, il repartait vers le fleuve, un nouveau cobaye sur l'épaule, lorsqu'il disparut subitement.

L'esprit de Sachelle l'avait anéanti.

« Je n'ai pas été témoin de l'enlèvement de Djouane. Ma mémoire se sert de ce que Lovann m'a raconté pour me tromper. Ce n'est pas ce qui est arrivé. »

Cette fois, la katze-lusän en était convaincue, et elle en fit part à Benliam, qui se rongeait les sangs pendant qu'elle gardait le silence.

— Je croyais qu'en m'enfuyant, j'avais mené un monstre à la sœur de Lovann. J'étais certaine qu'il avait capturé Djouane et tué Ja'Ak Longs-Crocs par ma faute. Depuis tout ce temps, j'étais persuadée de les avoir lâchement abandonnés à leur sort…

C'était ce que la voix de Djouane, dans sa tête, lui avait toujours laissé penser.

Silencieux, ne voulant rien brusquer, Benliam attendait la suite.

— Dès que je me suis jugée prête à affronter l'alchimiste, je t'ai quitté pour foncer à la grotte. Quand j'y suis arrivée, Djouane y était captive. Noé s'apprêtait à l'attacher pour se livrer à une de ses sinistres expérimentations.

Sachelle fit une pause, le temps d'inspecter tous les recoins de son esprit à la recherche d'une vérité parallèle. Plus rien ne remettait en cause le souvenir qu'elle venait d'évoquer.

— Je me suis approchée sans bruit. J'étais consciente que ma seule chance de tuer l'alchimiste était de le prendre par surprise. Djouane avait cessé de lutter. Elle semblait s'être résignée à son sort, mais sans crier gare, elle a sorti un petit couteau d'os de sous ses jupes et en a menacé Noé. Ce sadique a ri. C'est à ce moment-là que Djouane m'a aperçue.

— Elle a trahi ta présence? ne put s'empêcher de gronder Benliam.

— Pas volontairement. Elle n'a rien dit, mais Noé a suivi son regard... En me voyant, il est devenu jovial. Il a promis à Djouane que... Il lui a promis que si...

Sachelle ouvrit sa main droite. La cicatrice qui barrait sa paume la brûla si vivement qu'elle referma le poing en réprimant un gémissement de douleur. Quand elle ouvrit à nouveau sa main, l'affreuse sensation était partie.

La jeune femme-lynx sut avec certitude qu'elle ne reviendrait plus.

— L'alchimiste a dit à Djouane que s'il m'avait, moi, il n'aurait plus besoin d'elle. Et qu'alors, il la relâcherait.

Inspectant la paume de Sachelle, Benliam passa un doigt le long de la mince cicatrice.

— Djouane a retourné son arme contre toi, comprit-il.

Il y avait de la colère dans sa voix.

— Elle a seulement voulu sauver sa peau, comme je l'ai fait lorsque je me suis enfuie en la laissant derrière moi.

— Elle t'avait attaquée !

— Elle était terrifiée, la défendit Sachelle.

— Tu l'étais, toi aussi.

« L'étais-je vraiment ? »

— Je n'avais pas peur. Pas encore. La colère était trop forte, il n'y avait de place pour aucune autre émotion. J'ai détalé dans l'idée de revenir et de réussir à prendre l'alchimiste par surprise.

S'efforçant de distinguer le vrai du faux parmi les souvenirs qui l'assaillaient, Sachelle lâcha un hoquet stupéfait en sentant la main invisible du monstre se refermer sur son cou.

— Je ne suis pas allée bien loin, se remémora-t-elle. Un monstre m'a vite ramenée à son maître.

Dans le ventre de la montagne, l'écho mêlait les lamentations de Djouane à celles des nombreux autres prisonniers.

— Noé n'a jamais eu l'intention de me tuer, enchaîna la katzelusän. J'étais trop précieuse à ses yeux. Il a refermé la plaie de ma paume, puis il m'a ligoté et il a mis le poison dans mon œil.

Benliam retenait son souffle.

— La douleur a été si intense que je me suis évanouie. À mon réveil, j'étais encore attachée. Noé me parlait comme s'il me vénérait. Il me répétait que, grâce à ma perfection, il touchait à son but. À ce qu'il disait, j'étais celle qu'il cherchait depuis toujours. Peu après, ses monstres ont commencé à se battre entre eux. J'ai sauté sur l'occasion de m'enfuir.

La jeune femme se faisant muette, Benliam lui posa une question afin de stimuler le pouvoir que la magie de la plume avait sur sa mémoire.

— Pourquoi l'alchimiste a-t-il placé ces faux souvenirs dans ton esprit ?

— Ces souvenirs ne m'ont donné qu'une idée : fuir loin de lui. Ce n'était certainement pas son objectif. Il a de grands pouvoirs, mais il les contrôle mal. C'est pour ça qu'il expérimente sans cesse.

— Quel effet espérait-il que ce poison ait sur toi, alors ?

— Je... Je crois que le poison devait simplement changer la couleur de mes yeux afin de les rendre bleus, comme les siens. Je ne lui ai pas laissé le temps de s'occuper des deux.

— Ça n'a aucun sens, Sachelle, protesta Benliam. Cet homme a beau être fou, pourquoi aurait-il souhaité que tu aies les yeux bleus ?

La jeune femme-lynx se creusa la tête jusqu'à ce que la voix de Noé, mielleuse, exaltée, en jaillisse brusquement.

— Il désire faire de moi une humaine.

— Une humaine ? Qu'est-ce que c'est ?

— C'est ce qu'il est : un humain.

Le pumë ne comprenait pas à quoi elle faisait allusion.

— Selon Noé, les adem-bîst sont un mélange de deux êtres, l'éclaira Sachelle. Nous serions à la fois humains et animaux.

— Nous ne sommes pas des animaux ! se rebiffa l'homme-cougar.

Même si Sachelle semblait tout aussi déboussolée que lui par ce qui sortait de sa propre bouche, elle continua en affirmant :

— Pour lui, c'est ce que nous sommes. Il prétend que nous sommes des pécheurs qui avons transgressé les règles de notre Créateur et que, pour cette raison, ce dernier nous a abandonnés. Le grand projet de Noé consiste à me redonner le corps d'une femme humaine afin qu'ensemble, lui et moi, nous recréions l'humanité.

Dans la foulée, il prévoit également d'exterminer tous les adem-bîst du Nouvel-Éden.

Bouche bée, le pumë et la katze-lusän frissonnèrent. Puis, au bout d'un moment, Sachelle fit glisser un doigt le long d'une des canines de Benliam afin de sentir l'ébréchure à sa pointe.

Elle sut qu'elle ne le faisait pas pour la première fois.

Le jeune homme lui ouvrit les bras et elle s'y blottit avec reconnaissance.

— Nous ne le laisserons pas faire, murmura-t-il en lui caressant les cheveux. Cet homme est cinglé, mais il a raison sur un point : tu es la plus belle femme du monde.

Les lèvres de Benliam se posèrent sur les siennes. Lorsque Sachelle répondit à son baiser, des sensations qu'elle avait oubliées la firent à nouveau frissonner.

Chapitre 14

Marécages d'Ashshur, contrée de Cham

Noé avait quitté son atelier dans l'espoir de se détendre un instant dans la petite cavité obscure où, coupé de toute autre distraction, il parvenait à se connecter à la vision de Sachelle.

Ce fut ainsi qu'il fut témoin du baiser qu'elle échangea avec le pumë. La colère le submergea, le forçant à rester là, à regarder, tandis que le sentiment de fureur enflait en lui. De ce qui suivit, bien des détails lui furent épargnés, car la majorité du temps, Sachelle garda les paupières closes. Puis, l'émotion finit par couper Noé de Sachelle. Il était toujours hors de lui quand il s'arracha à cet endroit sans lumière pour retourner dans son atelier.

— Comment ose-t-il, cet animal ? vociféra-t-il. Cette jeune femme est mienne !

Ce n'était pas sa seule source de frustration. Le monstre qu'il s'ingéniait à créer lui donnait du fil à retordre. Depuis qu'il travaillait à partir de squelettes sortis de terre, il avait réussi à fabriquer deux êtres plus agiles et plus rapides que tous les autres. Il peinait toujours, cependant, à développer l'intelligence de ces monstres. Il ne souhaitait pas qu'ils réfléchissent par eux-mêmes, mais du moins devaient-ils comprendre ce qu'il attendait d'eux.

Les nerfs à vif, l'alchimiste se remit à l'œuvre sans toutefois parvenir à chasser de son esprit les images volées à l'œil de Sachelle. Dans les pupilles de l'homme-cougar, dilatées dans l'obscurité de la cabane, il revoyait sans cesse le reflet de la jeune femme-lynx souriant sous ses caresses. Puisqu'il était incapable de se focaliser sur la tâche à accomplir, ses diverses manipulations ne fournissaient aucun résultat.

Il explosa.

D'un poing rageur, il arracha le cœur de son cobaye, un grenat carmin qui tenait tout juste dans sa main. La pierre lançait mille éclats en réfléchissant la lumière des torches, mais elle n'était pas encore assez grosse pour réanimer un mort. À grands coups de massue, Noé se mit à frapper le squelette à demi habillé de chair putrescente. Hurlant une insatisfaction séculaire, il s'acharna sur sa création inachevée bien après qu'elle se soit effondrée en morceaux. Le dernier coup ne vint que lorsque tous les os ne furent plus que miettes et poudre.

L'alchimiste ne se calma pas pour autant.

— Elle me reviendra ! rugit-il. Elle finira bien par me revenir !

Le regard furieux de Noé s'attarda sur les carcasses désarticulées qui s'entassaient dans un coin de son atelier. Alors que trois d'entre elles n'étaient plus que des ossements depuis longtemps débarrassés du plus petit morceau de viande, la chair putréfiée d'une quatrième dégageait des effluves que même lui peinait à supporter. Sous l'assaut des larves de mouches, le cadavre semblait bouger.

Noé lança sa massue au fond de la cavité. Ayant grand besoin de se changer les idées, il se dirigea vers la chambre de Djouane.

La jeune femme-louve refusait désormais de lui parler, mais il avait bon espoir qu'elle cesse bientôt de bouder.

« Peut-être qu'en meublant sa chambre, comme je le lui ai promis le jour où nous nous sommes installés ici… »

La jeune vûlf-gayl était couchée sur le drap qui recouvrait le lit de feuilles faisant office de paillasse. Sur le flanc, les genoux remontés contre sa poitrine, les yeux dans le vague, elle ne porta aucune attention à l'arrivée de son ravisseur. De l'avis de Noé, Djouane n'avait jamais été aussi belle que Sachelle, loin de là, mais ce fut avec tristesse qu'il constata que le charme qu'il avait fini par lui trouver s'était étiolé.

Remplacée par de la pitié, sa colère tomba d'un coup.

La jeune femme-louve était propre et bien nourrie ; il y veillait. En revanche, que pouvait-il pour son âme ?

« Après tout ce qu'elle a vu, tout ce qu'elle a fait… »

Il tenta de lui redonner le sourire.

— Tu as été merveilleuse, ma chérie. Je n'ai que des félicitations à te faire. Ce monstre à trois têtes que j'ai façonné grâce à toi fut, à ce jour, ma plus belle création. Je l'ai lâché dans la nature, et j'ai bien peur qu'il ne rentre jamais au bercail, mais sa fabrication m'a permis de progresser.

Contrant le sort qui protégeait la petite cavité où il gardait la vûlf-gayl prisonnière, il s'agenouilla à côté d'elle. Il lui souleva la tête, ses pouces creusant son visage. Il la caressait sans douceur, comme s'il cherchait à remodeler ses traits.

— C'est terminé, murmura-t-elle d'une voix tout juste audible. Tuez-moi si vous voulez, mais plus jamais je ne vous aiderai à attirer quelqu'un ici.

Au prix d'un effort surhumain, Noé bloqua la colère qui fondait de nouveau sur lui. Réussissant à garder son calme, il dit :

— Tu m'as bien servi, Djouane. Ta mort sera rapide et sans souffrance.

Tendrement, il embrassa ses cheveux fauves sur le dessus de sa tête, puis son front. Des larmes coulèrent des yeux de Djouane. Ce fut sa seule réaction à l'apparition du couteau que l'alchimiste sortit de la poche de son tablier. En la prenant sous les bras, il l'obligea à se lever complètement. Sur sa gorge, il plaqua sa lame et, au coin de sa bouche, il plaqua ses lèvres. La retenant fermement contre lui, il fit quelques pas comme s'il voulait l'entraîner dans une danse d'adieu. Or, il se mit à trembler. Ce fut contre son gré que le couteau entailla la chair tendre du cou de la jeune femme.

— Je ne peux pas ! finit-il par hurler en jetant l'arme au sol.

Noé rechignait à l'admettre, mais il n'avait pas la certitude que Sachelle reviendrait. Il se devait d'envisager un plan de rechange. Ce plan, c'était Djouane. Heureusement, la blessure qu'il venait de lui infliger était superficielle. Passant à plusieurs reprises un pouce sur son cou, il écrasa quelques gouttes de sang chaud. Quand il porta le doigt à sa bouche et qu'il relâcha l'étreinte de ses bras, le corps de Djouane s'affaissa sur sa couche. Seules les larmes qui continuaient à couler sur ses joues prouvaient qu'elle était encore en vie. Se préparant à la quitter, Noé s'immobilisa brusquement. Puis, sa surprise se mua en allégresse. Un rictus mauvais retroussa ses lèvres.

— Qui voilà ? s'exclama-t-il. Es-tu venu seul ?

— Nous sommes quatre, Maître. Nous vous avons amené un invité. Il vous attend à l'extérieur.

Un enfant-cerf faisait face à Noé, son œil rouge rivé à la hauteur du sternum de l'homme, ses cheveux courts si ébouriffés qu'on aurait dit un nid fait de bardanes séchées.

— Un invité ? Eh bien, allons le recevoir comme il se doit ! Djouane, je compte sur toi pour te faire belle !

Une fois dehors, l'alchimiste alluma une lueur magique qui s'étendit en formant un cercle couvrant un diamètre d'une dizaine de pas devant l'entrée de la grotte. Cette lumière engloba un homme-couleuvre occupé à se tordre nerveusement les mains. Noé ne se figura pas une seconde qu'il pouvait s'agir de Nahash. Même si le puissant magicien pouvait prendre une apparence autre que la sienne, il lui était impossible de changer son regard, et Noé n'avait aucune incertitude à ce propos : les yeux qui se posaient sur lui par à-coups n'avaient jamais vu la nuit des temps. Trois petits elagsaw, deux garçons et une fillette, se tenaient un peu en retrait du schlaang-fídi.

— Je suis Sertram Langue-Fourchue, se présenta ce dernier en tendant une main que l'alchimiste ignora. Vous êtes Noé, n'est-ce pas ?

— Qui t'a dit mon nom ?

La main fébrile de Sertram, moite malgré le froid, retomba contre sa cuisse. Il l'essuya sur son pantalon.

— Je l'ai entendu de la bouche de Nahash, notre souverain caché.

Le garçon-cerf aux cheveux broussailleux avait rejoint les siens, et tous les quatre s'étaient figés, telles des statues. Comme s'ils dormaient, une de leur paupière s'était refermée sur leur œil marron. Seul leur œil rouge, cerné d'une cicatrice mal guérie, restait grand ouvert.

— Que me veux-tu, Sertram Langue-Fourchue ?

— L'immortalité.

Noé éclata d'un rire aussi soudain que bref.

— Tu n'y vas pas par quatre chemins, toi.

— J'attends ce jour depuis presque quinze ans. J'ai du mal à croire que je me trouve enfin devant vous…

L'homme-couleuvre avait terminé sa phrase en déplaçant ses yeux rouges cerclés de jaune de l'entrée de la grotte à l'orée de la forêt. Devinant un certain trouble dans ce regard, Noé tourna la tête, curieux.

— Cette jeune femme…, se permit Sertram. Serait-elle en train de fuir ?

Noé se fustigea. Comment avait-il pu oublier de réactiver le sort fermant la prison de Djouane ? Il avait même négligé de ramasser le couteau qu'elle serrait dans une main en courant à perdre haleine.

— Rattrape-la, ordonna-t-il sèchement au schlaang-fídi.

— Moi ? bredouilla Sertram. N'avez-vous pas des pouvoirs qui… ? Ne pourriez-vous pas la ramener à vous d'un seul sortilège ?

— Bien sûr que je le pourrais, répondit Noé, agacé par l'insubordination de l'étranger. Ce serait néanmoins beaucoup moins amusant. Rattrape-la. Prouve-moi que je peux avoir confiance en toi, Sertram Langue-Fourchue.

— Je… Oui.

L'homme-couleuvre s'élança vers les arbres entre lesquels Djouane venait de se faufiler.

— Attention, le prévint Noé, mais seulement lorsqu'il fut hors de portée de voix. Elle manie plutôt bien le couteau !

Et pour que les réjouissances soient plus grandes encore, il éteignit la lumière magique qui éclairait la nuit.

Chapitre 15

Territoire DeGriffe, contrée de Cham

En s'éveillant ce matin-là, Sachelle avait le sourire aux lèvres. Sereine, elle avait l'impression d'avoir retrouvé son chemin après avoir déambulé trop longtemps loin de chez elle.

Loin d'elle-même.

Du coin-cuisine où il venait de poser deux gobelets de métal sur le plan de travail, Benliam la contemplait. De l'eau chauffait sur le feu.

— C'est moi qui te fais cet effet-là ? la questionna-t-il, arborant le même sourire détendu qu'elle.

— En partie, oui.

Elle n'émergea de sous les fourrures du lit qu'une fois habillée. L'homme-cougar vint alors vers elle, une tisane fumante à la main. En le remerciant, elle prit le gobelet dont se dégageait une bonne odeur de menthe poivrée.

— Tu m'aimes ? lâcha-t-il.

La jeune femme perdit son air paisible. En approchant le gobelet de son visage, elle y avait aperçu son reflet.

— Mon œil est encore bleu, mentionna-t-elle, contrariée, en passant un doigt dans le creux de son orbite, observant toujours son reflet sur le métal. Je m'étais imaginé que si mes vrais souvenirs revenaient, il retrouverait sa vraie couleur.

— Et ma question, tu l'as entendue ?

— Benliam... Laisse-moi un peu de temps, veux-tu ?

— Du temps pour quoi, exactement ?

— Pour remettre de l'ordre dans mes idées. Pour savoir où j'en suis.

Le pumë prit une longue gorgée de son breuvage, tandis que Sachelle se contentait de souffler sur le sien, qu'elle supposait encore trop chaud pour l'avaler.

— Pourquoi attendre ? demanda-t-il. La plume t'aidera à y voir clair.

Redressant soudain les épaules, Sachelle regarda fébrilement autour d'elle.

— Où est-elle, d'ailleurs, cette plume ?

— Ne t'énerve pas, je l'ai mise dans ce tiroir avant de partir à tes trousses cette nuit.

Le jeune homme lui désignait une petite commode près du lit. La katze-lusän y déposa son gobelet et ouvrit le tiroir. Après un bref examen visuel de son contenu — un encrier, une plume blanche servant à l'écriture et quelques pierres sans grande valeur —, elle décréta que la plume n'y était pas.

— Que dis-tu ?

— La plume du kräengjëll n'est pas dans ce tiroir ! répéta-t-elle, incapable de museler son appréhension.

D'un geste mal contrôlé, Benliam posa son gobelet à côté de celui de Sachelle. Le liquide brûlant se renversa sur sa main. Poussant un juron, il jeta un œil sous le meuble, puis derrière.

Sachelle soulevait déjà les couvertures du lit. Ensemble, ils retournèrent même le matelas. À quatre pattes, ils fouillèrent partout. Légère, la plume aurait pu être emportée par le vent qui n'avait pas manqué de s'engouffrer à l'intérieur de la cabane quand, tour à tour, ils en étaient sortis pendant la nuit.

— Quelqu'un nous l'a prise, grogna finalement Sachelle.

— Nous n'avons pas encore vérifié sous le…

Le regard de Benliam s'arrêtant au même endroit que celui de la jeune femme-lynx, il découvrit une empreinte boueuse sur le sol, près du lit. Elle était à peine visible, mais nettement plus grande et plus large que celle que Sachelle aurait pu laisser. En mettant le pied dessus, Benliam élimina leur dernier doute ; le pied responsable de cette trace était plus court que le sien.

— La perdrix, mentionna Sachelle en fixant le crochet auquel elle avait suspendu le gibier. Elle a également disparu.

Ils prirent leurs manteaux, leurs armes et se précipitèrent sur la galerie. Préférant emprunter l'escalier qui descendait autour du tronc de l'arbre plutôt que la plateforme mécanisée, ils atteignirent rapidement le sol et, aussitôt, ils coururent droit vers le bosquet de chênes.

— Vacnar ! hurla Sachelle, la tête levée vers les dix cellules suspendues aux branches de ces arbres.

Dans quelques-unes d'entre elles, des têtes apparurent entre les barreaux.

— Vacnar n'est plus ici ! cria une voix.

Celle de Joleg.

— Où est-il ? rugit Benliam.

— Un peu avant l'aube, Metig est venu le chercher pour son jugement. Il se balance peut-être déjà au bout d'une corde.

— Ce serait trop beau pour être vrai, maugréa Sachelle.

Benliam l'entraîna plus loin, dans une autre clairière. Le gibet était prêt. À la branche d'un bouleau était attachée une solide corde au bout de laquelle pendait un nœud coulant. Une dizaine de guerriers de la paix montaient la garde, et trois fois plus de badauds s'étaient déjà rassemblés. Or, il n'y avait là aucune trace de Vacnar ou de Metig.

— Que se passe-t-il ? se renseigna Benliam auprès des hommes en fonction.

Vacnar a plaidé coupable. Il a demandé une dernière faveur avant de mourir.

— Comment ça, une faveur ? pesta Sachelle.

— Il désirait manger un bon repas. Metig l'a invité chez lui.

— Par l'arc noir ! ragea Benliam.

Les deux jeunes gens reprirent leur course. Chez Metig, ils trouvèrent Vacnar attablé seul. Un sourire hautain sur le visage, il piochait à grands coups de fourchette dans une assiette remplie d'œufs brouillés, de galettes de viande et de haricots baignant dans le lard. Sachelle plaça le chef corrompu dans sa mire, tandis que Benliam visait de sa flèche le fond de la cabane, là où quelqu'un bougeait derrière un rideau.

— Metig ! appela le jeune homme-cougar. J'ai pourtant insisté sur l'importance de garder ce gredin à l'œil !

De l'autre côté du rideau, qui délimitait la chambre du reste de la cabane, le guerrier de la paix riposta :

— Nous n'avons aucune preuve contre lui, Benliam. J'ai dû le relâcher.

Pendant quelques secondes, Benliam fut certain que Sachelle allait exécuter Vacnar sans plus de cérémonie.

— C'est toi qui es venu prendre la plume chez moi, Metig ?

Vacnar désigna au jeune homme la chaise voisine de la sienne.

— Assieds-toi, Benliam, le pria-t-il en parlant la bouche pleine. Toi aussi, Sachelle.

Vacnar se mit debout, se déplaça vers le foyer, attrapa une casserole et en vida le contenu dans deux assiettes, qu'il déposa sur la table.

— Mangez un peu, dit-il, et je vous expliquerai tout.

— Tu me lèves le cœur, Vacnar, résista Sachelle. Je n'ai pas faim.

Écartant les deux pans de rideaux, Metig sortit de sa chambre. Un énorme sac sur le dos, trois ceintures garnies de couteaux en bandoulière, il visait Sachelle d'une arbalète. Vacnar leur prit alors toutes leurs armes, qu'il lança à l'autre bout de la cabane.

— Mangez, ordonna Metig. Croyez-moi, vous serez contents de l'avoir fait.

— Pardon, fit Vacnar, visiblement amusé par la situation. J'ai avalé toutes les galettes de perdrix et les œufs. Mais les haricots sont délicieux ; la femme de Metig est bonne cuisinière.

— Où est Kella ? demanda Benliam au guerrier de la paix. Elle va bien ?

— J'ai confié la femme de Metig aux bons soins d'un ami, répondit Vacnar.

Comprenant la menace et ne voyant pas d'autre issue, Benliam se décida à prendre une chaise, ainsi qu'une bouchée de ce qui flottait dans son assiette. Lorsque Sachelle eut fait de même, Vacnar consentit à leur fournir un éclaircissement sur ses projets.

— Il me fallait un nouvel homme de main, commença-t-il en se rassoyant à la table, à côté de Sachelle. Joleg et Oksar ont eu la bêtise de me trahir, ils seront pendus à ma place. Le premier boulot de Metig a été d'aller reprendre ma plume. Ça a été un jeu d'enfant, à ce qu'il paraît. Vous n'êtes pas très prudents, mes chers. Un objet de cette importance…

Benliam l'interrompit pour s'adresser à Metig :

— Cette plume a le pouvoir de…

— Je sais, Ben ! Comment crois-tu que Vacnar a pu m'obliger à le libérer ?

— Metig, intervint à son tour Sachelle. Quoi que tu aies pu faire, ça ne peut pas être pire que ce qu'il te forcera encore à faire !

— Tu as envie de parler, petite peste ? s'exclama Vacnar.

Il l'attrapa si vite par le cou qu'elle ne put s'écarter à temps. Sortant la plume noire de sous sa veste, il la lui passa prestement sous le nez. Ceci fait, il repoussa la jeune femme contre la table.

— Mon fils, dit sourdement Vacnar. Où est-il ?

— Je l'ignore.

— Avec qui est-il ?

Se sachant impuissant, Benliam ne tenta rien pour empêcher Sachelle de parler. Il resta aux aguets, prêt à réagir si la moindre possibilité s'offrait à lui.

— À moins d'un imprévu, Jémikim voyage en compagnie d'une vûlf-gayl et de deux schlaang-fídi. Ne te fais pas de souci pour lui, Rowën et Tomek les escortent.

Dans une situation moins dramatique, l'expression éberluée de Vacnar aurait prêté à rire.

— Où vont-ils tous ? s'étonna-t-il.

— Où exactement, je ne sais pas.

— Où espèrent-ils aller ?

— Le chemin qu'ils suivent doit les conduire au magicien.

— Un magicien ?

Dehors, des éclats de voix retentirent jusqu'à l'intérieur de la cabane. Les DeGriffe voulaient être mis au courant de ce qui se passait. Leur chef était-il coupable de ce dont on l'accusait ? Si tel était le cas, qu'attendait-on pour le pendre ?

— Tu connais ce chemin qui mène à ce magicien ? demanda Vacnar à Sachelle.

À peine avait-elle acquiescé d'un signe de tête que Vacnar s'essuyait la bouche sur une serviette et quittait la table.

— Nous partons, avisa-t-il Metig. Sachelle sera notre guide. Pour le reste, elle me révélera tout en route.

— Que fait-on de Benliam ? s'inquiéta Metig.

— Il vient aussi. On ignore ce qu'il sait. Si des questions me viennent en chemin, je l'aurai sous la main. Prenons leurs arcs, ils sont plus légers et leur cadence de tir est plus rapide que celle des arbalètes.

Quand Vacnar fut armé de l'arc de Sachelle, le responsable des guerriers de la paix échangea son arbalète pour l'arc de Benliam et sortit sur sa galerie afin de s'adresser à la petite foule agglutinée au pied de son arbre. Tendu, il frottait d'une main son crâne aux cheveux ras.

— Benliam a menti ! clama-t-il. Sa preuve accuse bel et bien Joleg et Oksar d'être au service de l'alchimiste. En revanche, elle innocente Vacnar. Nous pensons que Benliam et son amie Sachelle, la katze-lusän, agissent eux aussi sous les ordres de l'alchimiste !

Des murmures agitèrent la foule. Quelques personnes demeurèrent suspicieuses, mais le soulagement se peignit sur le visage de la plupart d'entre elles.

— Ne tentez rien de stupide, murmura Vacnar à l'adresse de Sachelle et de Benliam. Pensez à Kella.

— Joleg et Oksar seront pendus sans délai, annonça Metig. Ceux qui désirent assister à leur mise à mort doivent se rendre immédiatement sur la place de la potence !

— Et Benliam ? cria quelqu'un. Que ferez-vous de lui ? Est-il dangereux ?

— Benliam est sous bonne garde, ne craignez rien. Avant de décider de son sort, Vacnar et moi devons faire enquête. Nous quitterons le quartier un certain temps, et nous l'emmènerons avec nous. Écoutez-moi bien, et répétez mes ordres : que tous en soient informés, surtout les gardiens de nos frontières. Tant que nous ne serons pas de retour, personne d'autre ne devra entrer ou sortir du quartier. Personne ! Me suis-je bien fait comprendre ?

Au pied de l'arbre, les pumë commencèrent à s'échanger des regards méfiants.

Chapitre 16

Territoire DeLaCendre, contrée de Cham

En ouvrant les yeux, Lovann ne parvint pas tout de suite à déterminer où il était. Sa couche et ses couvertures étaient chaudes et douillettes. Au-dessus de lui, le plafond était fait de larges poutres. Une bonne odeur de pain et de poisson frais flottait dans l'air.

« Le chef des utter-lou nous héberge, se souvint-il. Parce que nous combattons les monstres de l'alchimiste. »

Le monstre à trois têtes lui revint alors en mémoire. Ce fut un véritable coup de poing au ventre, mais Lovann ne ploya pas sous l'assaut. Au contraire, il se leva et il s'activa. Les couvertures de Jastïng étant soigneusement pliées et rangées dans un coin de la pièce, il fit de même avec les siennes avant de rejoindre son ami à la cuisine. Attablé, ce dernier trempait un gros morceau de pain dans un bouillon épais et parfumé.

— Te revoilà enfin parmi nous ! s'exclama-t-il. Le soir est déjà là ; tu as dormi presque toute la journée. J'étais sur le point d'aller vérifier si tu respirais encore. Ça va ?

— Je ne me suis pas senti aussi bien depuis longtemps !

Jastïng prit un air perplexe.

— Ah oui ? Malgré...

— Oui, malgré ce qui nous est tombé dessus la nuit passée.

— Ce ne serait pas étonnant que tu...

— Bientôt, l'alchimiste paiera pour ça, et pour tout le mal dont il est responsable.

— Et à propos de Djouane ? Est-ce que...

— Même dans son état normal, Elkin racontait n'importe quoi. Djouane n'a rien à se reprocher, je le sais.

— Donc, tu es prêt à retourner à la crique du Perdu dès ce soir ?

— Je t'assure, je me sens plus en forme que jamais.

Révélateur, le silence de l'homme-cerf fit sourire le vûlf-gayl. S'approchant du chaudron sur le feu, il en huma les vapeurs avec un réel plaisir.

— Je sais ce que tu te dis, Jastïng. Que c'est la magie jaune qui me fait autant de bien. Que bientôt, il m'en faudra plus. Et toujours encore plus.

— C'est vrai, cette idée m'inquiète.

— Tu t'inquiètes pour rien. Je me sens... désintoxiqué. La force de la magie jaune n'a pas seulement tué le monstre à trois têtes : elle a aussi tué celui qui sévissait en moi. Et tu sais quoi ? Je meurs de faim !

— Sers-toi, madame DeLaCendre en a fait pour dix.

Lovann prit le bol vide qui l'attendait sur la table, le remplit à ras bord de gros morceaux de poisson blanc et vint s'asseoir face à Jastïng. Malgré sa lèvre fendue, il avala plusieurs énormes bouchées. Puis, tout en arrachant un bout de pain à une miche, il demanda :

— Où sont nos hôtes?

— Ils ont senti la terre trembler cette nuit, comme beaucoup de leurs voisins. J'ai expliqué à Gwenor ce qui s'était passé. Il doit être quelque part en train de vanter tes mérites. Quant à sa mère, elle est partie au marché chercher une épice dont le nom m'échappe. Demain, elle tient à nous cuisiner la spécialité des utter-lou : un crabe en croûte de quelque chose...

La bouche pleine, Lovann articula :

— Demain, on ne sera sans doute plus ici.

— Ça fait du bien de t'entendre parler de façon aussi positive! Et de te voir manger avec tant d'appétit!

— C'est tellement bon, s'extasia le vûlf-gayl sans cesser de s'empiffrer. Ma mère était une excellente cuisinière... Je ne crois pas te l'avoir déjà dit.

Sans s'annoncer, les larmes montèrent aux yeux de Lovann, mais Jastïng n'y vit aucun problème, au contraire. Ces larmes de joie, tout autant que de tristesse, prouvaient que son ami était réellement revenu parmi les vivants.

La porte s'ouvrit et la mère du chef DeLaCendre entra avec une bourrasque.

— Quel temps, marmonna-t-elle pour elle-même. Seulement dix minutes sur le bord de la fenêtre, et ma tarte aura tiédi!

Sa dernière bouchée de pain dévorée, Jastïng se leva pour aller prendre les sacs de la vieille femme-loutre.

— Merci, mon cher. Ah, mon petit Lovann! Tu es debout! Regarde comme tu as bonne mine!

— C'est votre ragoût, madame DeLaCendre. Un véritable délice!

Flattée par le compliment, la dame fit signe à son invité de se taire et de manger.

— Mais vous rougissez, madame DeLaCendre !

— Parlant de couleur, les garçons, avez-vous vu l'arc-en-ciel, aujourd'hui ? Une deuxième couleur s'est ajoutée à la verte : le jaune !

— Oui, nous l'avons vue, répondit Jastïng.

— On ne parle que de ça au Tracassier ! s'enthousiasma la femme-loutre.

— Madame DeLaCendre, fit Lovann sur un ton outré, ne me dites pas que vous fréquentez ce genre d'endroit !

— Mais non, grand fou ! répliqua la vieille femme dans un petit rire gêné. J'ai rencontré Gwenor sur la grand-route. Il revenait de la gargote, où on l'avait fait mander. Et d'ailleurs, il a un message pour vous deux : rendez-vous là-bas dès que vous le pourrez.

— Il ne veut plus de nous chez lui ? supposa Jastïng.

— C'est chez moi, ici, jeune homme, et vous y resterez aussi longtemps que ça vous plaira !

Lovann échafauda à son tour une hypothèse :

— Gwenor aurait-il des raisons de croire qu'un monstre s'approche de l'auberge ?

— Un monstre, non, mais une jeune femme-louve a pris une chambre au Tracassier. Il ne s'agit peut-être pas de la vûlf-gayl que vous cherchez, mais Gwenor tenait à vous en informer.

~

Ce n'était pas un combat qui secouait la grande salle de la Gargote du Tracassier ce soir-là. Hommes et femmes tournoyaient sur le plancher en tapant du pied au rythme de la musique festive des cornes de flûte et des musettes.

Dès que Jastïng et Lovann franchirent le seuil de l'auberge, ce dernier repéra la jeune femme-louve. Parmi les danseurs, vêtue d'une jolie robe et accrochée au cou d'un homme, elle suivait la cadence, un grand sourire aux lèvres. Son partenaire, les traits cachés dans l'ombre d'un capuchon, était particulièrement maladroit, mais elle ne semblait pas s'en formaliser. Coupés négligemment, ses cheveux étaient très courts.

— Éluna!

Malgré la musique et la distance, la vûlf-gayl entendit son prénom. Ses doigts, entrelacés derrière la nuque de l'étranger, s'en détachèrent et son regard croisa celui de Lovann. Se précipitant à travers les fêtards, elle vint se jeter dans ses bras. Mal à l'aise, son partenaire de danse alla s'asseoir à une table que partageaient déjà quatre personnes. Lovann enlaça la jeune femme-louve. Choqué, il murmura à son oreille :

— Ton visage... Qui t'a fait ça?

— Dorgam a su que je t'avais aidé à fuir le refuge.

L'étreinte de Lovann se resserra.

— Comment m'as-tu retrouvé, Éluna? Par quel hasard l'arc t'a-t-il mené jusqu'à moi?

— Ça n'a rien d'un hasard, dit-elle, mystérieuse.

Éluna salua chaleureusement Jastïng, puis elle conduisit les deux amis à ses compagnons de voyage, assis autour d'une cruche de vin chaud.

— Voici Lovann LeGris et Jastïng DuBois. Les héros du jour!

Éluna prit place à côté de l'étrange jeune homme au capuchon, dont elle révéla le prénom : Jémikim. Deux des occupants de la table étaient des pumë. Lovann ignorait leurs noms, mais en consultant Jastïng du regard, il sut qu'il les avait reconnus lui aussi. Lorsqu'ils étaient allés quémander l'aide des hommes-cougars afin de retrouver Djouane, ces hommes — l'un avec des bandes noires d'une largeur inhabituelle sous les yeux, et l'autre avec un chignon sur la tête — faisaient partie des guerriers qui leur étaient tombés dessus dans la forêt de Cham.

— Rowën et Tomek DeGriffe, les présenta Éluna.

En contournant la table pour s'y installer, Lovann et Jastïng reconnurent une troisième personne, une femme-couleuvre d'une trentaine d'années. En revanche, ils rencontraient pour la première fois le vieux schlaang-fïdi au dos courbé.

— Éricine et Nahash Langue-Fourchue.

Dès que les politesses d'usage prirent fin, Jastïng apostropha la femme-couleuvre :

— Qui prend soin de Jordrew? Est-il toujours dans le nid Langue-Fourchue?

— Sertram a quitté le nid en emmenant le petit elagsaw, lui apprit Éricine d'un air contrit. Il a prétexté que des hommes-cougars cherchaient à lui mettre la main dessus.

Le regard inquisiteur de Jastïng se porta sur les pumë.

— C'est des histoires, grogna Rowën.

— Je suis désolée, Jastïng, j'ignore tout des manigances de mon frère. Je ne sais pas ce qu'il compte faire de Jordrew.

Trois pichets de bière furent déposés sur la table, ainsi que deux verres supplémentaires. Dudsön DeLaCendre lui-même les avait apportés.

— En vous remerciant, les gars.

Le propriétaire de l'auberge accompagna ses mots de deux bonnes tapes dans le dos des chasseurs de monstres. Autour d'eux, les fêtards leur jetaient des regards reconnaissants, tandis que d'autres levaient les pouces en l'air en signe de gratitude, mais sinon, on les laissa tranquilles. Le tenancier ne s'attarda à leur table que le temps d'y passer un rapide coup de chiffon.

Les hommes-loutres n'aimaient pas qu'on se mêle de leurs affaires, et ils ne se mêlaient pas de celles des autres.

— Que faites-vous tous ici ? voulut savoir Lovann.

Éluna commença par raconter comment Jémikim l'avait secourue sur le sentier de l'Hystobal. L'homme-loup essaya alors de mieux voir les traits du sauveur de son amie sous la large capuche. Il lui parut jeune, encore un adolescent.

— Tu es un DeGriffe ? lui demanda-t-il. Un guerrier ?

Le garçon ne répondit pas.

— Jémikim est un peu timide, expliqua Éluna.

Puis, en tournant les yeux vers le vieil homme-couleuvre assis à côté d'Éricine, elle affirma d'un ton solennel :

— Nahash est un prophète, ainsi qu'un grand guérisseur. C'est grâce à ses soins si je suis encore en vie.

— Un prophète ? répéta Lovann, qui ne comprenait pas la signification de ce mot. Et si tu en venais au fait, Éluna ?

Jastïng constatait avec bonheur que son ami, même s'il était impatient d'en savoir plus, ne se montrait ni irrité ni agressif.

— Si nous sommes tous ici, c'est pour combattre l'alchimiste à tes côtés, Lovann, l'informa Rowën.

— À mes côtés ? s'étonna le vûlf-gayl. Aurais-je été nommé à la tête des troupes armées des pumë ?

Le vieil homme-couleuvre prit alors la parole pour la première fois.

— Tu es le magicien, Lovann LeGris, celui par lequel le Créateur veut rebâtir son alliance avec les habitants de ce monde.

Dérouté, le jeune homme-loup dévisagea Éricine.

— C'est encore une de vos histoires de Langue-Fourchue ?

— C'est une histoire à laquelle toi seul peux assurer une fin heureuse, répliqua la schlaang-fïdi.

S'adressant à Nahash, Lovann demanda :

— Pour commencer, comment savez-vous pour la magie ?

— La katze-lusän nous a parlé de tes prouesses dans les marécages, mon garçon. Ton exploit concordait avec l'apparition de la bande verte de l'arc, n'est-il pas vrai ?

— Oui, mais... Sachelle ? Vous savez où elle est ?

— Avec Benliam DeGriffe, l'éclaira Rowën. Ils recrutent des combattants.

— Sachelle va revenir, alors ? Mais... elle ignore où je suis... Comment m'avez-vous trouvé ?

— Nous avons suivi l'arc, Lovann ! s'exclama Éluna. Il pointe vers toi !

Alors que le vûlf-gayl prenait un instant pour digérer toutes ces informations, Jastïng se rembrunissait.

— Pour Jordrew, commença Éricine, je...

— Nous avons un problème plus urgent, l'interrompit l'homme-cerf. Les utter-lou ne nous regardent plus de la même façon, tout à coup... Je n'aime pas ça.

Tandis que les instruments de musique faisaient une pause entre deux ritournelles, des éclats de voix attirèrent l'attention de tous vers le bar. Fustigé par un client, Dudsön DeLaCendre argumentait à grands mouvements de bras. L'importun portait un long manteau qui lui battait l'arrière des genoux, et son impressionnante chevelure cendrée était presque aussi longue. Entre les deux hommes-loutres, un troisième, plus trapu, tentait de calmer le jeu tout en lançant des coups d'œil vers la table des voyageurs. Lovann reconnut le chef du clan. Du bec de sa pipe, il lissait sa moustache en dents de scie. Une fois le client récalcitrant expulsé de la salle par les fiers-à-bras de Dudsön, ce dernier continua à rouspéter, visiblement irrité par la situation. De quelques mots à son oreille, Gwenor le tranquillisa. Puis, il s'enligna vers les chasseurs de monstres. Sur son passage, les gens s'écartaient respectueusement. L'odeur de sa pipe arriva à destination avant lui. Posant une main sur l'épaule de Lovann, puis l'autre sur celle d'Éluna, il s'écria, satisfait :

— Je vois que ma mère vous a transmis mon message ! Est-ce bien... ?

— Non, ce n'est pas ma sœur.

La déception plissa les traits de l'homme-loutre.

— Éluna est une bonne amie, chef Gwenor. Merci de m'avoir prévenu de sa présence.

— Ah, une amie ! C'est aussi précieux qu'une sœur. Je vous souhaite officiellement la bienvenue chez les DeLaCendre, mademoiselle Éluna !

Le chef utter-lou salua également les pumë ainsi que les schlaang-fídi, même si ce dernier geste parut lui coûter un certain effort.

— Que voulait cet homme qui asticotait le propriétaire de l'auberge ? s'enquit Jastïng.

L'homme-loutre souffla la fumée de sa pipe vers le plafond, et les poils de sa moustache se trémoussèrent.

— Sachez que Dudsön DeLaCendre n'a jamais refusé l'entrée de son établissement à qui que ce soit, si ce n'est, bien évidemment, aux mauvais payeurs et aux fauteurs de troubles. Il clame haut et fort que ce n'est pas aujourd'hui que ça va changer.

— Cet homme aux longs cheveux est un fauteur de troubles, devina Lovann.

— Uldrig est un agitateur notoire.

— En quoi cela nous concerne-t-il ? grogna Tomek.

Malgré la répartie insolente de l'homme-cougar, c'est sur Jémikim que l'homme-loutre darda un œil sévère.

— Uldrig prétend que l'un de vous serait un hybris.

Jémikim, la tête déjà baissée, s'enfonça plus encore dans sa chaise.

— Vous ne m'avez pas présenté votre jeune ami, insista Gwenor. D'où viens-tu, mon garçon ?

— Il s'appelle Jémikim LeRoux, intervint Éluna d'un ton qui montrait bien ce qu'elle pensait de ce genre de médisances. C'est un funch-jakkal.

— Vous savez, les utter-lou ont l'habitude de garder le nez dans leurs affaires, déclara Gwenor DeLaCendre. Mais Uldrig est bien remonté. Il brandit une vieille loi du clan interdisant aux hybris d'entrer dans un établissement public.

— Vous avez l'habitude de faire respecter cette loi ? le questionna Rowën.

— Pour être honnête, je ne crois pas que personne ici, de mon vivant, n'ait eu l'occasion de la faire respecter.

Gwenor aspira une grande bouffée de fumée, qu'il repoussa bruyamment par ses narines.

— Comme je le disais, ce n'est pas Dudsön qui va vous demander de quitter les lieux, mais avant qu'il ne s'attire des ennuis…

— Nous allions justement partir, chef Gwenor, déclara Nahash avant de boire une dernière gorgée de vin chaud.

Il se leva, et les autres firent de même.

— Je vous sais gré de vous montrer aussi raisonnable, vieil homme. C'est idiot, mais avec tout ce qui se passe depuis quelque temps, certains s'emmêlent les pinceaux. Ceux qui manquent un peu de jugeote en viennent à associer les hybris, issus de deux races différentes, aux monstres de l'alchimiste.

— Mes amis sont justement ici pour nous aider à mettre l'alchimiste hors d'état de nuire, lui confia Lovann.

Ce fut d'un regard plus que sceptique que Gwenor DeLaCendre fit le tour de la tablée. Or, comme il lui tardait de voir les étrangers sortir de la gargote, il ne chercha pas, pour le moment, à en savoir plus long sur leurs intentions.

— Venez avec moi, offrit-il. J'ai ma petite idée sur l'endroit où vous pourrez tous vous abriter pour la nuit.

Ils quittaient tout juste la table lorsque la porte de l'auberge s'ouvrit brutalement. La musique cessa tout aussi soudainement. Une torche à la main, Uldrig pénétra dans la grande salle. Armés de harpons de pêche, trois hommes-loutres l'accompagnaient.

— Que l'hybris sorte d'ici ! hurla l'énergumène à la longue chevelure. Qu'il sorte, ou la place brûlera !

— Uldrig, espèce de fou furieux ! rugit Dudsön, derrière son comptoir. Je t'ai interdit de remettre les pieds ici !

Une dizaine d'enjambées séparaient les perturbateurs des voyageurs. Les premiers firent quelques pas dans la direction des derniers, réduisant cette distance de moitié. Extirpant des couteaux de leurs fourreaux, les pumë se placèrent devant Jémikim, qui se serra contre Éluna. Même si la plupart des clients de l'auberge gardèrent profil bas, quelques-uns unirent leur voix à celle d'Uldrig. Dans un chahut tapageur, ils réclamaient le départ immédiat de Jémikim.

— Ils ont déjà oublié qui les a débarrassés du monstre qui rôdait sur leurs terres, ronchonna Lovann.

— Que personne ne s'énerve ! les enjoignit Jastïng. Nous sortons, et nous ne reviendrons plus.

Lentement, le petit groupe se mit à avancer vers la porte. Cependant, au lieu de s'écarter pour les laisser passer, les hommes à la solde d'Uldrig les menacèrent des barbelures de leurs harpons.

— Uldrig ! s'indigna Gwenor. L'hybris respectera la loi. Assure-toi de faire de même !

— C'est un monstre ! s'époumona le fauteur de troubles.

Du haut de son comptoir, Dudsön se jeta sur lui. Il voulait lui arracher sa torche, mais avant qu'Uldrig s'écrase au sol, le manche lui glissa entre les doigts. Le bâton atterrit sur une table, où il faucha une bouteille d'eau-de-vie. L'alcool attisa la flamme et le meuble de bois prit feu. En déguerpissant, les occupants de la table la renversèrent, propageant rapidement l'incendie.

En panique, les clients du Tracassier se précipitèrent eux aussi sur la porte d'entrée en se bousculant les uns les autres. Plus d'alcool fut répandu et, dès que la porte de l'auberge fut ouverte, les flammes se décuplèrent et gagnèrent en intensité. Même si Rowën et Tomek s'évertuèrent à y mettre bon ordre, les deux seules issues, la porte et la fenêtre, se retrouvèrent vite bloquées par tous ceux souhaitant sortir en même temps. Uldrig et ses acolytes avaient réussi à fuir les lieux, mais de nombreuses personnes y demeurèrent captives. À l'intérieur du bâtiment, la chaleur devenait intenable. La fumée était si dense que respirer s'avérait difficile. Certains couraient vers l'escalier montant aux chambres.

— Non ! cria Dudsön à travers les hurlements d'épouvante. La fumée monte ! À terre, et couvrez-vous le nez dans vos vêtements !

Des hommes se mirent à taper à grands coups de pied dans les murs.

— Ne pouvez-vous rien faire ? demanda Éluna à l'oreille de Nahash.

Accroupie, elle aidait le vieillard à s'étendre à plat ventre sur le plancher. Entre deux quintes de toux, il déclara :

— À l'origine, l'arc était fait de sept bandes colorées.

— Et alors ? répliqua Éluna. Le temps presse, il…

— Oui, le temps presse, approuva le prophète. Nul ne peut vaincre la magie noire sans l'apport des sept magies. Le jeune magicien doit apprendre sans tarder.

— Jastïng, tes haches ! hurla Rowën à l'homme-cerf.

Ce dernier, assistant jusque-là les plus mal pris, se jeta contre le seul mur qui n'était pas encore en feu. À coups de hache, il s'efforça de le démolir. Au calme et à la précision de ses mouvements, Lovann comprit que son ami ne doutait pas une seconde qu'ils seraient tous bientôt tirés de ce mauvais pas. Ce qui n'était pas le cas de tout le groupe.

— C'est trop long, gémit Éricine en s'étendant auprès de Nahash, une main couvrant le bas de son visage.

Un homme-loutre se rua alors vers Jastïng. Il voulait être le premier à sortir par cette nouvelle issue qui se créait. Dans sa précipitation, il heurta violemment Éluna. Elle tomba à la renverse.

— Mes cheveux ! glapit-elle, assise sur le plancher.

Des flammèches zébraient sa courte chevelure. En dépit des tapes qu'elle se donnait sur la tête, le feu s'embrasa. Sans même bouger d'où il était, à plus de vingt pas de la jeune femme-louve, et sans réfléchir à ce qu'il faisait, Lovann souffla dans sa direction. Les cheveux d'Éluna furent repoussés vers l'arrière et retombèrent aussitôt, plus courts encore. Le feu avait quitté sa tête, qu'une lueur violette auréolait. Même les hautes flammes lançant des tisons derrière elle s'étaient recroquevillées au sol.

Lovann inspira profondément. Les joues gonflées, il se mit à tourner sur lui-même tout en expirant. Les flammes ayant envahi la salle devinrent violettes. Elles crépitèrent avec plus de force, comme si elles tâchaient de combattre le magicien, mais elles abdiquèrent rapidement, mourant l'une après l'autre, ne laissant autour d'elles qu'une fumée âcre et des traînées de suie.

— C'est fini ! lança Rowën à la ronde. Le danger est écarté ! Que tout le monde se calme ! Nous quitterons cet endroit un par un !

— Ça va s'effondrer, chuchota Jastïng en revenant vers Lovann, ses haches dans les mains.

— Que ceux qui sont en mesure d'aider les blessés à sortir le fassent ! commanda Tomek.

En dehors de leur petit cercle, Gwenor était un des rares à avoir été témoin de la prouesse de Lovann. Il balbutia :

— C'est... C'est toi qui as... qui as...

— Montrez-nous l'endroit dont vous nous avez parlé, exigea Lovann. S'il y a des blessés graves, assurez-vous qu'ils soient conduits là-bas eux aussi.

D'un mouvement de tête hébété, le chef utter-lou s'y engagea.

Une fois dehors, après avoir aspiré une grande bouffée d'air frais, Lovann héla son ami.

— Jastïng, tu ne me demandes pas comment je me sens ?

— Léger, j'imagine.

La bande violette de l'arc perçait vivement le noir de la nuit.

Chapitre 17

Territoire DeLaCendre, contrée de Cham

Sachelle avait mal aux mâchoires à force de les serrer de frustration.

Benliam et elle, mis en joue avec leurs propres arcs, étaient contraints de marcher en forêt en suivant la courbe de l'arc-en-ciel. Au cours des jours précédents, Sachelle avait plusieurs fois tenté de faire faux bond à Vacnar et à son acolyte. Or, les deux guerriers n'étaient pas nés de la dernière pluie. À chaque opportunité saisie par la jeune femme-lynx, ils s'étaient montrés plus rapides et plus malins qu'elle. Elle rageait encore en pensant à Kella. Tandis qu'ils quittaient le quartier, elle avait aperçu la femme de Metig, supposément retenue en otage, en train de se balader en compagnie de sa vieille mère.

Alors que la nuit venait de tomber, ils traversaient le territoire DeLaCendre. N'ayant pas de délimitations précises, ce repaire n'était gardé ni par une palissade ni par des hommes. Pour la plupart, les habitations des utter-lou étaient installées le long du fleuve, mais quelques-unes étaient dispersées dans les bois.

Entrevoyant entre les arbres une femme ramassant des branches à la lumière d'une lanterne, non loin d'une maisonnette, Sachelle songea à capter son attention. Sachant que Vacnar n'hésiterait pas une seconde à tuer des innocents, elle resta muette.

Ce qui enrageait le plus la jeune femme, c'était l'oisiveté de Benliam. Pas une fois il n'avait essayé de les sortir de cette fâcheuse position !

— Que crois-tu que Vacnar fera de nous lorsqu'il aura récupéré son fils ? maugréa Sachelle, de façon à ce que seul le jeune homme puisse l'entendre. Nous ne lui serons plus d'aucune utilité !

— Vacnar ne récupérera pas Jémikim, rétorqua Benliam, aussi contrarié qu'elle. Il est hors de question qu'il approche Nahash.

— Je te signale que nous marchons droit sur eux !

— Et si tu arrêtais de faire n'importe quoi et que tu me laissais réfléchir ?

Venant se placer entre eux pour les séparer, Metig beugla :

— Ce n'est pas un peu fini, les manigances ?

Il partagea un bout de pain entre les deux prisonniers tout en murmurant :

— Désolé, Benliam. Tu sais que je n'ai pas le choix.

— Je ne sais rien, Metig. Quelle que soit la faute pour laquelle tu te sens pris au piège par Vacnar, personne d'autre n'a besoin de la connaître.

— Vacnar mort, tu n'aurais plus de soucis à te faire, ajouta Sachelle.

— Il a écrit une lettre, chuchota le pumë victime du chantage de son chef. Il raconte tout dedans. Si je retourne au quartier sans lui, la lettre sera décachetée.

— Hé ! lança Vacnar, qui s'était rapproché dans leur dos. Puis-je participer à votre petite conversation ?

Sachelle regarda vers le ciel. Ses yeux vairons suivant la courbe de l'arc aux trois bandes de couleur, ils vagabondèrent au loin, où une clairière perçait la forêt. Ses gestes furent parfaitement synchronisés. Tandis qu'elle faisait culbuter Metig d'un croc-en-jambe, elle subtilisa une flèche dans son propre carquois, que le guerrier de la paix avait au dos. Se jetant ensuite sur lui, elle darda la pointe de sa flèche contre sa gorge comme s'il s'agissait de la lame d'un couteau.

— Vas-y, ma chère, la pria Vacnar dans un ricanement. Tue-le, et je me débarrasserai de Benliam. Nous pourrons alors continuer notre chemin seuls, toi et moi. C'est ce que tu préférerais ?

La katze-lusän ne bougea pas. Les deux genoux enfoncés dans le ventre de Metig, l'écrasant de tout son poids, elle piqua son cou de sa flèche, évitant de peu d'en percer la peau.

— On peut y passer le reste de la nuit, dit-elle.

Vacnar soupira. Lui aussi discernait le hangar au bout du sentier qu'ils foulaient. Six cents pas les en séparaient, pas plus.

— On y est presque, signala-t-il. Tout ce que je veux, c'est reprendre mon fils. Ce que vous ferez après, tous les trois, je n'en ai strictement rien à battre.

— Bien sûr, grogna Sachelle.

Vacnar sortit la plume de kräengjëll de son sac et se la passa lui-même sous le nez.

— Questionnez-moi ! s'écria-t-il, sommation à laquelle Benliam s'empressa d'obéir.

— Que comptes-tu faire de nous lorsque tu auras récupéré ton fils ?

— Rien du tout. Vous serez tous les trois libres de faire ce qui vous chante.

Sachelle s'en mêla.

— Puisque ton but est de livrer Jémikim à l'alchimiste afin qu'il le transforme en un parfait petit pumë, c'est que tu sais où se terre ce fou. Où est-ce?

Vacnar accueillit cette question d'un regard sombre.

— Je l'ignore.

— Comment espères-tu te rendre auprès de lui, dans ce cas?

À l'expression du barbu, Sachelle comprit qu'il n'avait pas prévu que l'interrogatoire s'étirerait au-delà d'une question ou deux, et qu'elle venait de poser celle à laquelle il ne voulait surtout pas répondre. Forcé, il lâcha :

— J'ai...

— Quelqu'un approche, l'interrompit Metig.

Les oreilles aux augets, la katze-lusän et les deux autres pumë entendirent eux aussi d'étranges bruits.

— Qu'est-ce... Qu'est-ce que c'est? râla Metig, toujours maintenu au sol par Sachelle.

Dans les positions où ils se trouvaient tous les quatre, elle seule avait l'angle pour voir l'apparition. Vacnar, gardant son arc pointé sur la nuque de Benliam, dut tourner légèrement la tête vers l'arrière afin de savoir qui venait troubler leurs négociations : un squelette articulé. Semblant plus mort que vivant, il avançait vers eux en traînant les pieds, ses os crissant contre les roches dont son chemin s'encombrait. Sous les côtes de son torse, une grosse pierre rouge-sang étincelait au rythme d'un cœur battant. Vu son gabarit et la forme de son crâne, cette carcasse avait été celle d'un baèr-krel.

D'un bond, Vacnar pivota et dirigea sa flèche sur cette créature. Reprenant son arc à Metig, Sachelle se redressa, permettant du coup au guerrier de la paix d'en faire autant. Alors qu'elle encochait une flèche, ce dernier bégaya :

— Je... Je ne crois pas qu'une flèche puisse quoi que ce soit contre cette... ce...

Sachelle échangea un regard avec Benliam. Une seconde plus tard, ils détalaient tous deux sur le chemin du hangar. Vacnar s'apprêtait à lâcher son projectile dans leur sillage, mais voyant du coin de l'œil le squelette se mettre à courir vers lui avec une rapidité surnaturelle, il préféra en faire sa cible. Sa flèche passa entre ses côtes, dévia en heurtant son cœur de pierre et s'immobilisa en se plantant dans le tronc d'un arbre.

La lourde créature fut à peine ralentie.

Sautillant sur place, Metig hésitait quant à ce qu'il devait faire : s'échiner à rattraper Sachelle et Benliam, fuir au plus profond de la forêt ou combattre l'apparition cauchemardesque ? Le squelette s'élançant dans sa direction, il poussa de longs hurlements. Il mit un moment à comprendre que l'ennemi était passé entre Vacnar et lui sans leur porter la moindre attention.

— C'est la katze-lusän qu'il veut, affirma Vacnar.

Agrippant Metig par une manche, il le traîna aux trousses de la monstruosité qui pourchassait leurs otages. Sachelle et Benliam avaient parcouru les trois-quarts du chemin les séparant du hangar lorsque le squelette happa Sachelle, la propulsant face contre terre. Les coups de pied que Benliam asséna au crâne dépouillé ne servirent qu'à le vider de la gibelotte rosâtre le garnissant. Être privé de cette infâme parodie de cerveau n'empêcha pas le squelette de reprendre le dessus. De retour à la verticale, il assomma l'homme-cougar d'un coup de son os frontal, puis il se saisit de Sachelle, tout juste remise sur ses pieds. La jeune femme eut beau se démener et gesticuler dans tous les sens, elle ne frappait que des os durs, se faisant elle-même plus de mal qu'elle n'infligeait de dégâts à son assaillant. Le squelette de l'homme-ours l'entraînait hors du sentier quand Vacnar et Metig, courant à vire allure, les dépassèrent sans s'arrêter, tâchant à leur tour d'atteindre le hangar.

— Lovann ! s'époumona Sachelle.

Une main s'ingénia à la faire taire. La katze-lusän referma les dents dessus. Ce fut pire que de mordre dans une pierre qui aurait eu un goût de charogne. Victime de violentes nausées, Sachelle fut incapable de crier une deuxième fois. Benliam, encore un peu étourdi, mais revenu à lui, prit la relève. Voulant prévenir leurs alliés de l'arrivée de Vacnar, il hurla vers le hangar.

— Lovann ! Rowën ! Tomek !

Les doigts d'os enserraient maintenant le cou de Sachelle. En dépit de la forte pression, le squelette n'avait pas l'intention de la tuer, la jeune femme-lynx le savait.

Noé ne l'aurait pas toléré.

Or, la créature essayait sûrement de lui faire perdre connaissance afin de la ramener plus aisément à son maître. Privée d'air, la katze-lusän se débattit encore un peu, mais de plus en plus mollement, jusqu'à perdre tout tonus musculaire.

— Sachelle ! s'affola Benliam en revenant sur ses pas pour lui porter secours.

Elle ouvrit les yeux une seconde, le temps de lui montrer qu'elle feignait l'inconscience. Benliam comprit qu'elle souhaitait le voir courir vers le hangar. Il ne fit pas demi-tour pour autant, refusant de laisser le cadavre emmener la jeune femme dans l'obscurité de la forêt. Les cris paniqués de Metig lui firent toutefois tourner la tête. Vacnar et son compère foulaient déjà les herbes hautes de la clairière. Même d'aussi loin, Benliam vit s'ouvrir un des deux battants de la porte du hangar. C'est alors que, venue du ciel, une énorme forme noire faucha les deux guerriers, mettant un terme à leur avancée en les propulsant au sol. Une seconde plus tard,

Benliam se jetait de côté, évitant d'être à son tour heurté de plein fouet par la créature ailée.

— Sachelle ! appela-t-il.

Elle s'était volatilisée. Le squelette, pourtant, était toujours là. Massacrant l'écorce d'un arbre des phalanges de ses doigts, il s'efforçait d'y grimper. Levant les yeux, Benliam retrouva la femme-lynx perchée sur une haute branche, blottie dans les bras d'un adem-bîst aux ailes noires. Si l'une était faite de longues plumes, l'autre était constituée d'un amalgame d'algues, de feuilles mortes et de poils. Ces deux ailes se refermèrent sur Sachelle.

— Lâche-la ! hurla Benliam à cet homme en noir.

Se saisissant d'une grosse branche, il l'abattit plusieurs fois sur le crâne du squelette. Celui-ci s'échinant malgré tout à escalader l'arbre, le jeune pumë décida de cibler plutôt ses bras. Frappant encore et encore, il finit par atteindre son but. Les os d'un des avant-bras du squelette se fracturèrent. Tandis que le mort-vivant examinait sa blessure, Benliam s'avisa de ce qu'il advenait des hommes-cougars. Metig s'était tordu une cheville. Sur les talons de Vacnar, toujours en direction du hangar, le guerrier de la paix courait tant bien que mal en sautillant.

Alertés par les cris, Lovann, Jastïng et leurs alliés pumë se tenaient dehors, devant les vantaux fermés du hangar où ils s'étaient cantonnés après l'incendie du Tracassier.

— Laissez-nous entrer ! beugla Vacnar, presque arrivé devant eux. Un monstre nous poursuit !

Même sans connaître tous les crimes dont leur chef était coupable, Rowën et Tomek n'avaient plus confiance en lui. Tout comme l'homme-loup et l'homme-cerf, ils continuèrent à bloquer l'accès au hangar de leurs corps.

— Poussez-vous ! s'énerva Vacnar, contraint de s'arrêter.

Son compère, un pumë vieillissant et à bout de souffle, le rejoignit, mais aucun monstre n'était en vue.

— Metig ? s'étonna Rowën.

Puis, adressant sa question à Vacnar, il demanda :

— Que faites-vous ici, tous les deux ?

Vacnar grimaça. Il se mordit la langue si fort que du sang perla aux coins de sa bouche. Il ouvrit tout de même subitement les lèvres pour divulguer à contrecœur :

— Je viens chercher mon fils.

Tandis que sa révélation était accueillie par un silence médusé, Vacnar vit un des battants de la porte du hangar s'entrebâiller et un garçon s'encadrer dans son embrasure. Ne contenant pas sa joie, l'homme s'exclama :

— Jémikim ! Je suis Vacnar DeGriffe, ton père !

Même chauve et petit en comparaison des autres pumë, avec son épaisse barbe bouclée et ses traits plus durs encore que ceux de Tomek, l'homme-cougar avait de quoi impressionner l'hybris. Celui-ci fit un pas à l'extérieur du bâtiment. Levant un bras devant lui, Rowën lui conseilla de ne pas avancer davantage.

— Que lui veux-tu, Vacnar ? l'interrogea Lovann.

Encore sous le pouvoir de la plume dont il s'était lui-même chatouillé le nez, le chef pumë avoua :

— Je ne lui veux pas de mal. Au contraire, je souhaite réparer mon erreur. Je veux offrir à mon fils une apparence normale.

— Et comment comptes-tu t'y prendre ?

— L'alchimiste s'en occupera.

Les yeux du vûlf-gayl s'emplirent de haine. Rowën et Tomek saisirent leurs couteaux. Ayant lui-même entraîné ces deux guerriers, Vacnar savait que leurs lancés, de près ou de loin, étaient toujours précis.

— Viens avec moi, Jémikim !

Sous le choc, le jeune homme était resté planté à un pas du seuil de la porte. Éluna, venue elle aussi voir ce qui se passait, sortit le nez dehors. Lovann exigea qu'elle fasse rentrer Jémikim.

— Que tout le monde reste à l'intérieur !

Le vantail du hangar se referma derrière la femme-louve et l'hybris. Esquivant des questions supplémentaires, Vacnar leva contre Lovann l'arc volé à Benliam.

— Dégagez tous de là ! vociféra-t-il. Jémikim est mon fils ! Il n'a que treize ans, je peux l'emmener de force si je veux !

— Est-ce bien votre fils ? intervint Jastïng. Il nous a dit avoir seize ans.

— Il est plutôt grand pour un funch-jakkal, justifia Vacnar. On lui a sûrement menti sur son âge. Les pumë grandissent plus vite.

— Quitte le territoire des utter-lou de ton plein gré, Vacnar, l'enjoignit Lovann. Ne m'oblige pas à te mettre définitivement hors d'état de nuire.

— Tu es magicien, à ce qu'on raconte, se gaussa l'homme-cougar. Je demande à voir !

Aussitôt, les iris ambrés de Lovann prirent une teinte jaune beaucoup plus vive. Alarmé, Vacnar détendit les doigts qui retenaient la corde de son arc. Or, au moment où il la relâcha, la terre trembla. Ce fut tout juste perceptible, mais suffisant pour le déstabiliser. Sa flèche passa entre Lovann et Jastïng, et alla se ficher dans une planche du bâtiment. N'attendant pas qu'il se remette de sa surprise, le magicien ouvrit la bouche, inspira profondément, et souffla vers son ennemi. Son expiration traça un nuage violet dans l'air. Repoussés par une bourrasque soudaine, Vacnar et Metig titubèrent vers l'arrière, s'éloignant du hangar contre leur volonté. Lovann souffla une deuxième fois, et ils basculèrent sur leur séant. Perturbé par le phénomène, Metig articula d'incompréhensibles onomatopées.

— Ne restons pas là, gronda Vacnar.

Après s'être relevé, il aida son guerrier à en faire autant, et tous deux se précipitèrent en direction de la forêt. En dépit de sa blessure à la cheville, Metig courut aussi vite que son chef.

— L'homme-corbeau ! rugit Vacnar. Tout ça est de sa faute ! S'il est encore dans les parages, je vais lui arracher une par une ses plumes de malheur !

Chapitre 18

Territoire DeLaCendre, contrée de Cham

Au pied de l'arbre, le squelette s'acharnait sur Benliam en le cognant avec son propre cubitus, un des deux os arrachés à son avant-bras cassé. Son radius gisait au sol en deux morceaux distincts, dont l'un était encore attaché à la main. L'extrémité de l'autre, aussi coupante qu'un tesson de verre, était rouge et poisseuse. Assis par terre, le dos contre l'arbre, Benliam n'était plus en mesure de se défendre. Les yeux ouverts, il était conscient, mais apathique. Au niveau du ventre, ses vêtements s'imbibaient de sang.

Dans l'arbre, l'homme-corbeau retenait toujours Sachelle contre lui.

— Va l'aider ! le supplia-t-elle. Je te promets de ne pas bouger d'ici !

L'homme à la chevelure de plumes déploya ses ailes et se laissa planer en bas de son perchoir. Empoignant le squelette par les clavicules, il le projeta contre un arbre voisin. Une des côtes du baèr-krel, déjà fragilisée, se détacha de son sternum pour pendre comme un troisième bras trop petit et difforme.

— Kräengjëll !

Faisant irruption dans la forêt, Vacnar se rua sur l'homme-corbeau, l'entraînant avec lui dans une roulade au sol. Remarquant alors la présence de Metig, le squelette abandonna Benliam à ses souffrances afin de s'en prendre au guerrier de la paix. En proie à la panique, ce dernier voulut fuir, mais il n'alla pas bien loin. S'étant accroché un pied dans une racine, il trébucha et tomba face contre terre. Son crâne heurta une pierre.

Metig regretta de ne pas être mort sur le coup.

Trop sonné pour se relever, il subit les tortures de son agresseur. Les doigts d'os du squelette se plantèrent dans ses yeux et en perforèrent les globes. Un liquide clair s'en écoulait encore lorsque le pumë poussa son ultime hurlement. Les phalanges esquintées avaient aussi forcé sa bouche, s'étaient entortillées autour de sa langue et avaient tiré dessus sans glisser. Quand elles s'infiltrèrent dans ses orbites vides, cherchant à piquer l'organe mou que protégeait sa boîte crânienne, le guerrier de la paix avait déjà perdu connaissance.

De son côté, l'homme-corbeau s'était dépêtré du corps de Vacnar avant que celui-ci parvienne à lui enfoncer un couteau dans le ventre. Les jambes écartées et les genoux pliés, il attendait de voir ce que son adversaire allait tenter. L'homme-cougar se précipitant à nouveau sur lui, il changea de posture. Ne gardant qu'un pied au sol, il laissa tout son poids reposer sur cette jambe et il leva haut l'autre genou, pointant les orteils vers le bas. Hésitant, Vacnar recula. C'est alors que des pas de course se firent entendre dans son dos. Reculant encore pour se donner le temps de tourner la tête une fraction de seconde, il aperçut Lovann, Jastïng et un troisième homme. Ils se pressaient vers lui. Même si la nuit était toujours aussi sombre, Vacnar voyait beaucoup mieux, comme si la lumière reflétée par la lune avait soudain doublé en intensité.

— Tu ne perds rien pour attendre, kräengjëll, maugréa-t-il. Si je te retrouve sur mon chemin, je te tue !

Cette menace lancée, Vacnar chercha son complice des yeux. Il le découvrit mort, maculé de sang, le rouge éclatant atténué par d'autres liquides. Soulevant le cadavre de Metig, Vacnar s'appropria le sac qu'il avait au dos. Ne s'éternisant pas sur place, il prit ses jambes à son cou et fonça à travers les arbres.

— Kräengjëll ! appela Sachelle.

Ayant une fois de plus jeté son dévolu sur Benliam, le squelette s'empara du couteau que le pumë venait tant bien que mal de sortir de son fourreau. Le mort-vivant retournait l'arme contre son propriétaire lorsque l'homme-corbeau le saisit par l'humérus. Pour soustraire son demi-bras à cette prise, le squelette tira plus fort que nécessaire, se propulsant lui-même contre le tronc auquel s'adossait Benliam. Il eut le temps de faire volte-face avant de recevoir Sachelle sur les épaules. Agrippant le bras encore complet du squelette, la jeune femme-lynx le lui tordit vers l'arrière. Tandis que l'homme-corbeau attrapait la créature tenace par les côtes de son abdomen, Sachelle s'ingéniait à lui faire lâcher le couteau de Benliam. Tirant de toutes ses forces sur les longs os, l'homme-oiseau déchira le tissu cartilagineux qui les retenait ensemble. En se débattant, la carcasse animée participa à détacher d'elle ses propres côtes. Ainsi libéré de la poigne du kräengjëll, le squelette bascula vers l'arrière, directement sur Benliam. Écrasée entre les deux, Sachelle évita au jeune homme-cougar d'être touché par la lame que maniait toujours leur adversaire. Bondissant sur ses pieds aussi vite que ce dernier, elle éloigna le squelette du pumë d'un coup de pied au bassin. Puis, elle resta postée devant Benliam, faisant bouclier de son corps.

L'ennemi se trouvait maintenant face à Lovann. Brandissant ses haches, Jastïng se tenait prêt à défendre l'homme-loup. Cassées, les vertèbres du cou du mort-vivant laissaient pendre son crâne d'un côté, donnant un air perplexe à son visage pourtant impassible.

Le magicien gonfla les joues. Sortant d'entre ses lèvres, une fumée d'un violet vif se faufila entre les côtes du squelette pour passer derrière son sternum et aller entourer le rubis qui lui servait de cœur. La dépouille articulée se mit à osciller sur place, incapable de contrôler ses mouvements. Ses phalanges se relâchèrent, laissant tomber le couteau. Cependant, Lovann arriva au bout de son souffle avant de parvenir à détacher la pierre rouge de la cage thoracique. Privé d'une partie de ses forces, le vûlf-gayl chancela à son tour. Reprenant la maîtrise de ses os, le squelette rectifia à la verticale l'alignement de sa colonne vertébrale.

Dans le corps du jeune Andrak Langue-Fourchue, Nahash prit le relais. Sans même qu'il ouvre la bouche, une émanation d'un violet à peine visible fondit sur le monstre de l'alchimiste. Provoquant, en s'entortillant autour du rubis, un bruit de frottement particulièrement désagréable, l'imperceptible magie s'agitait derrière les côtes encore attachées au sternum, secouant toute la carcasse et faisant cliqueter l'un contre l'autre chacun de ses os. Malgré la puissance du magicien, le cœur tenait bon. La fumée qui s'enroulait fermement autour du rubis devint visible, et de plus en plus colorée et brillante à mesure que les efforts fournis par le schlaang-fídi s'intensifiaient.

Le créateur de ce monstre avait plus d'un tour dans son sac.

Toujours sur les lieux, le kräengjëll intervint en entourant par-derrière le torse du squelette et en tirant sur les côtes encore en place. Cette fois, la créature fut incapable de se défendre. Dans un sinistre mélange de déchirures et de craquements, l'homme-oiseau se retrouva avec deux os recourbés dans les mains. N'étant plus protégé, le cœur du squelette fut emporté par la fumée violette que

Nahash aspirait. La pierre fusa à la vitesse de l'éclair. Levant prestement un bras, le prophète la saisit au vol avant qu'elle ne lui fracasse la mâchoire. Le rubis disparut dans la poche de sa toge cependant que le squelette, dépossédé de sa deuxième vie, s'effondrait sur le sol piétiné par les luttes venant de s'y dérouler. Et alors, l'apparence de Nahash changea pour redevenir celle d'un très vieil homme. Contre toute attente, Lovann, Sachelle et Jastïng virent le kräengjëll se débarrasser des côtes du squelette pour se ruer rageusement sur l'homme-couleuvre.

— Non ! hurlèrent-ils de concert.

Il ne devait rien arriver à Nahash. Or, sachant que l'homme-corbeau veillait sur Sachelle, Lovann et Jastïng souhaitaient également éviter de blesser cet allié. Tandis que l'elagsaw se plaçait devant le schlaang-fïdi, le vûlf-gayl se jeta à genoux et ramassa une poignée de terre. Il la lança entre lui et le kräengjëll. S'assemblant en une boule de lumière jaune, le sable, les cailloux et les débris végétaux, en touchant le sol, y créèrent instantanément une large brèche. Pour ne pas y sombrer dans son élan, l'homme-corbeau dut s'envoler subitement.

— N'approche pas ! le mit en garde Lovann.

De petits coups d'aile rapides le gardant suspendu dans les airs, le kräengjëll décocha à Nahash un regard rempli d'une haine farouche. Puis, jugeant sans doute Sachelle hors de danger, et conscient qu'il n'était pas de taille à affronter deux magiciens, il amplifia ses battements d'ailes et disparut dans la pénombre de la forêt.

— Lovann ! l'interpella Sachelle en s'élançant vers lui. Vite, Benliam a besoin de…

Sa phrase n'était pas finie qu'on l'attrapait par-derrière. Une main se plaqua sur son œil bleu, une autre sur sa bouche. On lui fit tourner les talons et on la traîna vers l'arrière. Elle essaya de planter ses pieds dans le sol, mais son agresseur était si fort que cette tentative ne le ralentit même pas. De son œil orange, Sachelle vit Lovann, insensible à son sort, s'agenouiller devant Benliam, fouiller la sacoche d'herbes lui ayant appartenu et en sortir une poignée de brindilles séchées. À ses côtés, Nahash lui chuchotait des instructions ou des conseils. La lueur verte qui avait tant fait peur à la jeune femme s'alluma dans la main du vûlf-gayl.

« Pourquoi ne me vient-il pas en aide ? s'étonna-t-elle. N'a-t-il pas vu qu'on m'emmenait contre mon gré ? »

Même le kräengjëll l'avait abandonnée !

Sentant le souffle de son ravisseur près de son oreille, Sachelle saisit l'occasion et projeta sa tête vers l'arrière, frappant une mâchoire de son crâne. Après le grondement mécontent d'un homme, elle entendit une porte grincer et on la fit entrer dans le hangar. Ne comprenant rien à ce qui se passait, elle vit Tomek et Rowën jeter un œil prudent dehors avant de refermer le battant de la porte. Une forte odeur de poisson la prit à la gorge. Le hangar s'avérait être un entrepôt de nourriture où s'empilaient des caisses et des sacs.

— Je vais enlever ma main de ta bouche, Sachelle, la prévint l'homme robuste qui la retenait encore contre lui. Surtout, ne crie pas. On ne veut pas appâter un autre monstre. Pas tout de suite, du moins.

— Jastïng ?

C'était la voix de l'elagsaw, Sachelle en était certaine.

Sa bouche fut dégagée dès qu'elle hocha la tête en signe d'assentiment. Son œil bleu, toutefois, demeura caché sous la main gauche de l'homme-cerf. Sans tergiverser, celui-ci lui mentionna :

— Quand Lovann et moi sommes arrivés dans l'antre de l'alchimiste, il n'y était plus. Y serais-tu allée avant nous? L'aurais-tu prévenu de notre approche?

— Quoi? Non... Bien sûr que non! Lâche-moi, Jastïng!

— Nahash prétend que Noé peut voir par ton œil bleu.

La gorge de la katze-lusän se serra douloureusement. D'un filet de voix, elle réussit à articuler :

— Ça me paraît possible, en effet. Il y a mis un poison.

— Je vais retirer ma main, assure-toi de bien fermer l'œil.

Une fois de plus, Sachelle hocha la tête, disposée à contenter les exigences de l'homme-cerf. De son œil orange, elle vit Éluna sortir de derrière un empilage de caisses pleines de poissons salés. Un bandeau dans les mains, la vûlf-gayl venait vers elle. En cuir, l'accessoire était semblable à celui que Sachelle s'était mise à porter lorsque la lumière, en pénétrant son œil blessé, avait fait naître de sombres images dans son esprit.

— Je l'ai cousu pour toi, mentionna Éluna en lui plaçant le bout de cuir sur l'œil.

Quand il fut noué derrière sa tête, Sachelle se tourna vers Jastïng.

— Où est passé Noé?

— Nous n'en avons aucune idée.

— Quoi? Mais...

— Nous le retrouverons, Sachelle.

— Vacnar sait où le trouver! s'exclama la jeune femme-lynx. Il vient de filer vers l'ouest!

Séance tenante, Rowën et Tomek quittèrent le hangar. Quant à Sachelle, guidée par les murmures qu'elle entendait, elle contourna le mur de caisses de bois, Jastïng et Éluna sur les talons. Adossées à des poches de farine ou de sucre, cinq personnes étaient assises autour d'un feu contenu dans un foyer de fortune, un vieux tonneau de métal éventré. Un tuyau relié au toit s'insérait dans le couvercle, permettant à la fumée de s'échapper hors du hangar. Sachelle identifia Jémikim, qu'elle voyait pour la première fois à tête découverte, et Éricine, la femme-couleuvre. Trois utter-lou s'étaient greffés au groupe : un jeune d'une vingtaine d'années, un autre ayant l'âge d'être son père et une trentenaire. Ils se présentèrent à Sachelle à tour de rôle : Samuyr, Olyster et Vydra. Cette dernière, un peu boulotte, avait de petits yeux rieurs, des cheveux courts lissés vers l'arrière et, comme Sachelle, elle portait un pantalon. L'aîné avait les cheveux en brosse et une moustache grisonnante, alors que le plus jeune avait le visage et le crâne rasés de près.

— Leur chef, Gwenor DeLaCendre, nous a permis de nous installer ici, expliqua Jastïng à Sachelle. Ce hangar est habituellement rempli à craquer de denrées, mais ce n'est pas le cas cette année.

Le front de Sachelle se plissa.

— Les poissons auraient-ils déserté le fleuve ? s'inquiéta-t-elle auprès des trois utter-lou.

— Dans les environs, l'informa Olyster, les clans qui se nourrissaient jusqu'ici de sangliers, de lièvres et de volailles survivent aujourd'hui grâce aux poissons et aux coquillages. Certains s'essayent à la pêche, mais la plupart préfèrent nous les acheter.

À l'appel de Lovann, Jastïng, Sachelle et Éluna retournèrent à l'avant du hangar pour en ouvrir les vantaux. Nahash, revêtant sa véritable apparence, entra le premier, suivi de l'homme-loup, sur lequel s'appuyait Benliam. Même si les habits du jeune pumë étaient détrempés par une impressionnante quantité de sang, Sachelle le savait hors de danger. D'un sourire gêné, elle remercia Lovann de l'avoir arraché à la mort. Pendant que Jastïng barricadait l'endroit en plaçant horizontalement trois larges planches devant les battants de la porte, Éluna alla fouiller dans un sac de voyage, duquel elle extirpa du linge propre pour Benliam.

Laissant son ami aux bons soins de la jeune femme-louve, Sachelle rejoignit Lovann, occupé à se nettoyer les mains et le visage dans une bassine d'eau. Ceci fait, la katze-lusän s'attendait à ce que le vûlf-gayl la prenne dans ses bras et qu'il l'étreigne avec force. Elle avait prévu de devoir le pincer pour se dégager d'une accolade s'éternisant. Elle n'eut pas même droit à une tape dans le dos. Lovann était content de la voir, elle n'en douta pas. Il lui sourirait, bienveillant. Or, ce sourire n'atteignait pas ses yeux. Cet accueil froid la laissa déconfite.

Un frisson glacial lui parcourut tout le corps.

Imitant Nahash ainsi que Lovann et Jastïng, elle s'approcha du groupe autour du feu. Évitant qu'un malaise ne s'installe entre elle et Lovann, l'elagsaw demanda :

— Qu'est-ce qui se passe avec Vacnar, Sachelle ? Benliam et toi êtes venus ici avec lui ? Ne deviez-vous pas rassembler des combattants ?

— Vacnar nous a mis des bâtons dans les roues.

La jeune femme-lynx répéta brièvement ce qu'elle savait des agissements répréhensibles du chef pumë.

— Cet homme est vraiment mon père ? la questionna Jémikim, fébrile.

Sachelle alla s'asseoir à côté de lui.

— Vacnar est ton père, lui confirma-t-elle, mais tu dois rester loin de lui. Il n'a qu'un but : te livrer à l'alchimiste afin que ce malade te donne l'apparence normale d'un pumë.

— Et si je souhaitais...

— Non, le coupa fermement la katze-lusän. As-tu idée du nombre de gens qui sont morts dans d'atroces souffrances à cause de cette stupide obsession ? Sans compter que l'expérience aurait plus de chances de te tuer qu'autre chose.

Le garçon tourna les yeux vers Benliam. Aidé d'Éluna, il s'assoyait parmi eux, fort et fier malgré ses blessures. Puis, Jémikim baissa la tête. Sans doute par habitude, il recouvrit de sa capuche sa chevelure blond vénitien.

Accaparant l'attention de tous, Lovann adressa une question à Nahash :

— Pourquoi l'homme-corbeau a-t-il voulu vous tuer ?

Dans un regard aussi triste que mystérieux, les iris rouges du schlaang-fídi s'élargirent avant de reprendre leurs dimensions normales.

— Parce qu'il sait qui je suis.

Chapitre 19

Territoire DeLaCendre, contrée de Cham

Onze personnes formaient un cercle autour du feu. Avant de s'asseoir à la gauche de Nahash, Éluna avait distribué des bols de bouillon dans lesquels baignaient quelques moules, prises à même les réserves des utter-lou. À l'opposé du cercle, Lovann faisait face au prophète avec Sachelle à sa gauche et Jastïng à sa droite. Il n'avait pas touché à sa ration, qu'il avait déposée devant lui.

— Le kräengjëll sait qui vous êtes, dit-il au schlaang-fídi. Qu'est-ce que cela signifie ? Qui êtes-vous ?

Ceux ayant de l'appétit continuèrent à manger, mais en faisant le moins de bruit possible. Le vieil homme-couleuvre sirota un peu de son bouillon. Il ne parla que lorsqu'il se fut essuyé le bout des lèvres de la manche de sa toge verdâtre.

— Je suis le premier pécheur, révéla-t-il à la ronde. Je n'ai pas su respecter les commandements de notre Créateur. De cette faute ont découlé toutes les autres.

— Qui est ce Créateur dont vous parlez toujours ? s'enquit Éricine, assise à la droite du prophète.

— C'est le plus ancien, le plus grand et le plus puissant de tous les magiciens. En six jours, il créa le Monde. Au premier jour, de son imagination surgirent la terre, la lumière et la nuit. Le deuxième jour fut celui où il inventa le firmament et le ciel. Vinrent ensuite, au troisième jour, l'eau, puis la mer, qui sépara les continents les uns des autres. Le même jour, la nature, les arbres et les fruits apparurent. Le lendemain, notre Créateur tira du néant les étoiles et les saisons. Le cinquième et sixième jour naquirent les poissons, les oiseaux, les animaux sauvages et les animaux domestiques.

— Ce n'est qu'une histoire, n'est-ce pas? demanda le jeune Samuyr DeLaCendre, tout en mâchouillant un bout de poisson coriace. Une vieille légende des Langue-Fourchue?

Nahash profita de la pause pour extraire une moule de sa coquille et la gober.

— Légende ou pas, c'est la première fois que j'entends cette histoire, intervint Éricine.

Le prophète regarda un à un tous ceux qui, autour du feu, étaient pendus à ses lèvres. À Lovann et Éluna LeGris, Sachelle, Jémikim LeRoux, Benliam DeGriffe, Jastïng DuBois, Olyster, Samuyr et Vydra DeLaCendre, ainsi qu'à Éricine Langue-Fourchue, il certifia :

— La création du Monde s'est déroulée telle que je vous la raconte, mes enfants. J'arrivai le sixième jour, alors que les reptiles étaient les derniers animaux à être engendrés. Je fus l'un d'eux, un serpent, un être rampant, à l'instar du lombric. Le jour même, l'Éternel aménagea son royaume : l'Éden.

L'évocation de ce nom provoqua une surprise visible sur tous les visages, mais Nahash ne fut pas interrompu.

— Employant terre et poussière, le Créateur façonna Adam, le premier humain, à son image : sans crocs, sans queue, et avec très peu de poils sur le corps. Puis, d'un souffle, il l'anima. La compagnie des animaux ne satisfaisant pas Adam, l'Éternel donna vie à Ève. Le septième jour, il se reposa enfin.

— Et les adem-bîst ? voulut savoir Benliam. Quand furent-ils créés ?

— Beaucoup plus tard. Adam et Ève cultivèrent seuls les terres de l'Éden où le Créateur, dans sa bonté, leur permit de vivre. Dans ce royaume majestueux coulait un fleuve d'eau pure qui irriguait un immense jardin dont la végétation était si luxuriante et diversifiée qu'elle suffisait à pourvoir aux besoins élémentaires de l'homme et de la femme. Ce jardin fut également un abri pour les animaux que le Créateur affectionnait le plus. Les loups, les lynx, les cerfs et les cougars allaient alors à quatre pattes, nus comme au jour de leur naissance. Dans ce lieu enchanteur, les oiseaux ne craignaient aucun chasseur.

Dans le hangar, on aurait pu entendre une mouche voler. Les plats, vides ou pas, avaient été posés au sol. Tous écoutaient l'exposé du prophète avec attention.

— J'étais le préféré du Créateur, se remémora Nahash avec une certaine pointe de fierté dans la voix. Il avait confiance en moi ; quel mal aurais-je pu faire ? J'étais le plus prudent et le plus discret des êtres vivants. L'Éternel me fit cadeau de la parole afin que je puisse discuter avec Adam et Ève et qu'ils profitent de ma sagesse.

La façon dont l'homme-couleuvre avait prononcé ce dernier mot laissait supposer que la suite de son récit n'allait pas le présenter sous un jour aussi honorable. Rivant son regard rouge à celui de Lovann, il dit :

— Au centre du jardin d'Éden poussait un grand arbre dont les branches portaient les fruits de la connaissance des magies du bien et du mal.

— Un pommier, devina Jastïng.

Nahash opina du chef.

— Les habitants de l'Éden avaient tous les privilèges et toutes les permissions, sauf celle de mordre dans les pommes de cet arbre. Dès lors que le Créateur nous l'a formellement interdit, l'idée d'acquérir d'incroyables pouvoirs magiques commença à m'obséder. J'en rêvais jour et nuit.

— C'est donc cette pomme, dans les marécages, qui a donné des pouvoirs à Lovann, comprit Sachelle.

— J'ai insisté pour que Jastïng et toi la goûtiez aussi, se souvint l'homme-loup.

— Mais tu l'as balancée dans l'eau, rappela l'homme-cerf à la jeune femme-lynx.

S'adressant directement au prophète, cette dernière demanda :

— Le Créateur espérait-il nous léguer les connaissances de la magie à tous les trois?

— Ma chère, les voies de l'Éternel sont impénétrables.

Impatiente d'apprendre ce qui s'était passé dans l'Éden, Vydra présuma :

— Vous avez croqué une pomme contre la volonté de votre bienfaiteur?

Le schlaang-fîdi eut un petit rire triste.

— Si là était ma faute, je crois que le Créateur me l'aurait pardonnée. Non, j'étais trop prudent pour planter mes crochets dans un de ces fruits sans d'abord être certain qu'il ne cachait pas un piège. Par la parole que le Créateur m'avait accordée, je réussis à convaincre Ève de tenter l'expérience la première. J'y investis du temps, à répéter inlassablement à quel point les pommes dégageaient un doux parfum sucré, à rabâcher qu'il était injuste que nous n'ayons pas le droit de les goûter.

— Ève a pu faire de la magie ? s'enthousiasma Samuyr.

— Et elle était douée, précisa Nahash. Or, dès qu'elle maîtrisa un premier enchantement, Adam se montra jaloux. Il prit à son tour une bouchée de pomme. Les jours passèrent. La magie paraissait rendre les humains heureux, et le Créateur ne semblait pas vouloir sévir. Convaincu que tout irait bien, je me suis décidé à croquer moi aussi un de ces fruits, dont j'ai sucé le jus jusqu'à l'assécher complètement. Je commençai alors à me transformer et je finis par devenir plus homme que serpent.

— Vous êtes le premier adem-bîst, souligna Jastïng.

— En quelque sorte, oui.

— Vous ne vieillissez donc pas ?

— Je vieillis, affirma Nahash à Samuyr, mais avec une extrême lenteur. J'étais encore jeune lorsque je mordis dans ma première pomme. Pendant de longues années, rien ne vint altérer le bonheur dont nous jouissions dans le jardin d'Éden. Puis, un jour, il ne resta plus que trois fruits dans l'arbre. Que ces pommes soient pourries et contaminées par les vers n'empêcha aucun de nous d'en avaler une jusqu'au trognon.

Éluna grimaça, ce qui arracha un sourire à Jémikim.

— La pourriture nous donna accès à une forme de magie dont nous ne connaissions rien jusqu'alors : la magie noire. Il s'agissait de la magie du mal. À mesure que nous en usions, la végétation de l'Éden se dénaturait et moisissait, et les arbres se mirent à mourir un à un. Profondément meurtri, l'Éternel exigea des explications. Au travers d'amers sanglots, Ève lui avoua tout.

— Comment le Créateur a-t-il réagi ?

La question venait de Benliam. Sous l'effet calmant de la magie verte, il combattait le sommeil afin de connaître le dénouement de cette histoire.

— Il nous chassa tous trois du paradis terrestre. Jugeant que la plus grande faute me revenait, il me maudit et me condamna à vivre en ermite éternellement. Il s'assura également que je ne puisse jamais me servir de ma magie contre un humain.

— Vous ne vivez plus en ermite, nota Lovann.

— L'éternité touche à sa fin. La mienne, du moins.

— Qu'est-il arrivé à Adam et Ève ? s'enquit Éricine.

— Ils partirent ensemble loin de l'Éden, et ils eurent des enfants. Des siècles plus tard, l'Éternel constata que le mal et la perversion étaient partout sur la Terre. Affligé, se repentant d'avoir créé l'humain, il décida de l'exterminer. Un seul homme trouva grâce à ses yeux : Noé. Malgré ses pouvoirs magiques, que peu possédaient encore, ce descendant direct d'Adam était juste, intègre, et il avait la foi. L'Éternel le choisit donc pour survivre et perpétuer sa lignée. Il ordonna à Noé de construire une arche afin d'échapper au déluge qu'il prévoyait déclencher. Il lui recommanda d'utiliser du bois résineux et des roseaux, et d'enduire l'embarcation de poix. Cette grande barge sans mât devait avoir trois étages et être assez spacieuse pour qu'y entrent Noé, sa famille, un couple de chacune des cinquante mille espèces animales, que le Créateur désirait sauver, ainsi que des vivres pour les nourrir tous.

Avant de continuer, Nahash avala les quelques gorgées de bouillon qui restaient dans son bol.

— La construction de l'arche s'échelonna sur vingt ans. À son achèvement, l'Éternel annonça à Noé qu'il avait sept jours pour y engranger la nourriture et y faire monter tous les animaux. Pendant une journée et une nuit entière, Noé parlementa avec le Créateur. Il disait avoir connu, durant les vingt années venant de s'écouler, de nombreux hommes et tout autant de femmes qui, marchant eux aussi dans la lumière divine, méritaient de vivre. « Il n'y a pas de place pour eux sur l'arche», argumenta l'Éternel. Noé demanda alors la permission d'emmener quarante mille hommes et femmes, et de ne préserver que les couples des espèces animales pouvant leur être utiles à se nourrir ou à se vêtir.

— Le Créateur se laissa convaincre, murmura Lovann.

— L'arche me fut interdite, vous vous en doutez, mais je m'y faufilai sans qu'on me reconnaisse. Lorsque les écluses du ciel s'ouvrirent, la pluie tomba sur la Terre sans discontinuer pendant quarante jours et quarante nuits. Couvrant même les plus hautes montagnes, l'eau effaça de la surface du sol toutes les créatures terrestres n'ayant pas pu monter sur l'arche de Noé.

— Que s'est-il passé, une fois la tempête terminée? s'informa Vydra.

La femme-loutre était pratiquement hypnotisée par l'histoire du schlaang-fídi. Même si elle était des plus incroyables, personne n'avait envie de la mettre en doute.

— Après trois cent soixante et onze jours de navigation, l'arche arriva dans une grande baie que Noé baptisa Emzara, en l'honneur de sa femme. Il emprunta ensuite un long fleuve qui le mena à une terre du nord, où les riches forêts n'avaient subi que peu de dommages. Noé nomma cet endroit fertile le Nouvel-Éden. L'immense fleuve reçut le nom de Sem, son fils aîné. Il avait deux autres fils. Japhet prêta son prénom aux terres de la rive sud, Cham à celles de la rive nord. Les hommes s'établirent dans ces contrées avec les animaux de l'arche et les insectes s'y étant infiltrés.

— Le Nouvel-Éden était-il alors aussi beau que l'avait été l'Éden?

— Rien ne se compare à l'Éden, Samuyr, mais j'étais le seul à l'avoir connu. Redevables, les hommes firent de nombreuses offrandes au Créateur. Satisfait de leur foi, ce dernier s'engagea pour sa part à ne plus jamais détruire la vie de cette manière. Afin d'entériner cette promesse, il créa l'arc-en-ciel, dont il fit le signe de son alliance avec les humains. Ainsi, il plaça en eux toute sa confiance, leur faisant cadeau de la connaissance des sept magies du bien, une pour chacune des couleurs de l'arc-en-ciel.

— Le vert, le jaune et le violet sont réapparus, mentionna Éluna. Quelles étaient les autres couleurs?

— Le rouge, le bleu, l'orange et l'indigo, répondit Lovann.

Nahash avait déjà partagé cette information avec lui.

— Les années passèrent, et les humains peuplèrent le Nouvel-Éden, enchaîna le vieil homme. Grâce à la magie, ils prospérèrent. Aucun, toutefois, ne devint aussi puissant que Noé. À cent cinquante ans, ce dernier était toujours de ce monde. Ayant développé d'extraordinaires pouvoirs, il avait découvert le secret de l'immortalité. À le voir, on le croyait âgé d'à peine quarante ans.

Des murmures s'échangèrent dans le cercle, que personne n'avait encore quitté.

— Sans égard pour le Créateur dont Noé leur avait tant parlé, les hommes commencèrent à glorifier l'alchimiste. Les offrandes lui furent désormais destinées. Ashnaël, le meilleur ami de Noé, s'efforça de le retenir sur le droit chemin, mais en dépit de ses conseils avisés, l'alchimiste en vint à se prendre lui-même pour l'Éternel.

Le dos de Nahash se courbait de plus en plus.

— Vous êtes fatigué, lui fit remarquer Éricine. Peut-être devrions-nous…

— L'histoire achève, mon enfant, répliqua-t-il en tapotant sa main. Le véritable Créateur fut oublié des hommes. Il se désola alors de ne pas avoir sauvé les ours, les lions, les singes, les loups et les lézards plutôt que ces hommes ingrats, qui adoraient un faux dieu. Près d'un siècle après le Déluge, le Créateur entra à nouveau dans une colère épouvantable. Or, il avait fait une promesse, et il la tint. Nul ne mourut sous son courroux. Les conséquences furent néanmoins terribles. Les humains du Nouvel-Éden furent touchés par sa malédiction. Il souhaita que tous, sur ce large territoire recouvert de forêts, de rivières, de lacs et de montagnes, soient changés en un animal d'une espèce qu'il avait un jour créée, et qu'il avait sacrifiée pour la survie de ceux qu'il considérait désormais comme des traîtres. Les métamorphoses se produisirent brusquement, simultanément et sans le moindre avertissement, dans des hurlements et des lamentations. Ces transformations n'étaient néanmoins qu'à moitié complétées lorsque le Créateur, une fois de plus, eut pitié des humains. Il les abandonna en larmes, à genoux dans la terre, prisonniers de corps mi-humain, mi-animal, à crier leurs souffrances vers l'arc-en-ciel devenu noir sous les foudres du ciel.

— Il venait de créer les adem-bîst, souffla Lovann.

— Mais Noé, lui, ne fut pas transformé, spécifia Sachelle.

Nahash secoua la tête.

— À Noé, l'Éternel n'accorda pas même un regard. En le laissant conserver son apparence humaine, il le punissait de sa vanité. Les hommes-bêtes ne virent pas cette injustice d'un bon œil, et l'alchimiste devint la cible de leur rage. Tenant Noé pour responsable de leur malheur, ils le traquèrent jusqu'aux confins de la contrée de Cham, où il s'enfonça dans les tréfonds de la forêt pour ne plus en ressortir. Après la disparition de l'alchimiste, les adem-bîst ne connurent plus de dieux. Noé s'estompa de leur mémoire comme le Créateur avant lui. De génération en génération, les adem-bîst oublièrent peu à peu avoir été des humains à part entière. Les secrets de la magie de leurs ancêtres se perdirent dans la nuit des temps. Toutefois, l'idée qu'un jour l'arc-en-ciel fut coloré perdura longtemps en eux.

— C'est pour cette raison que nous partageons tous la superstition que l'arc qui apparaît dans le ciel après la pluie a le pouvoir de réaliser les vœux, mentionna Jastïng.

— L'arc annonce des jours meilleurs, soutint Éluna avant que Nahash poursuive.

— Huit siècles s'écoulèrent encore, au cours desquels de nombreux clans d'hommes-bêtes, ne s'adaptant pas au rude climat hivernal du nord du Monde, furent décimés par la faim ou le froid.

— Le Monde continua de tourner, énonça Lovann.

— Et peu à peu, conclut le prophète, la colère de l'Éternel s'apaisa.

Chapitre 26

Territoire DeLaCendre, contrée de Cham

Quelques jours après avoir quitté le hangar, Rowën et Tomek DeGriffe y revinrent sans avoir mis la main sur Vacnar.

— Nous avons rapidement perdu sa trace, grommela Tomek.

— C'est à croire qu'il marchait nuit et jour sans jamais s'arrêter, gronda Rowën, tout aussi contrarié.

En se plissant, l'épaisse bande noire qui bordait ses paupières inférieures formait deux pointes de flèches.

En apprenant de la bouche de Benliam que l'ancien chef de leur clan était coupable de la disparition de nombreux individus, les deux pumë accusèrent rudement le choc. La frustration de ne pas l'avoir rattrapé n'en fut que plus grande. Le jeune homme leur précisa que Metig, comme tous ceux ayant travaillé pour le compte de Vacnar, l'avait fait sous le joug du chantage.

Le responsable des guerriers de la paix fut mis en terre derrière le hangar. Le rubis qui avait servi de cœur au monstre ayant causé sa mort fut déposé dans sa tombe. Après l'enterrement, Lovann resta dehors malgré le froid. Sachelle s'attardant aussi, ils s'installèrent côte à côte dans une vieille barque au fond percé, abandonnée contre le mur arrière du bâtiment. Emmitouflés sous plusieurs fourrures, ils veillèrent à la belle étoile. Pendant un long moment, aucun d'eux ne prononça un mot. Puis, prenant son courage à deux mains, Sachelle raconta à Lovann ce qui lui était revenu en mémoire à propos de Djouane et du grand projet de l'alchimiste. L'homme-loup ne voyait pas les petits nuages blanchâtres que formait le souffle de la jeune femme, car ses yeux fixaient l'arc qui ne quittait plus le ciel.

— D'une certaine façon, je savais déjà tout ça, avoua maladroitement Sachelle. C'est juste que... tout s'emmêlait dans ma tête. Et... Par l'arc noir, Lovann, je ne sais pas quoi te dire ! J'étais morte de peur !

— Je sais, dit-il en croisant enfin son regard. Jastïng et moi avons vu les cadavres qu'il a laissés dans la grotte de spectrolite. Je comprends, Sachelle. Je ne t'en veux pas.

La katze-lusän aurait aimé poser sa tête contre l'épaule du vûlf-gayl, mais elle s'en garda bien. La simple idée qu'il puisse la repousser la paralysait.

— Tu crois que Noé pourrait vraiment arriver à ses fins ? demanda-t-elle. Que s'il me capturait à nouveau, il parviendrait à me transformer en une femme qui ressemblerait à la Ève de l'Éden ?

— Il est puissant, répondit Lovann. Le kräengjëll le connaît bien et il pense qu'il peut réussir. Sinon, il ne s'acharnerait pas à te tenir loin de lui.

Nahash leur avait raconté ce qu'il savait de l'homme-corbeau. Ashnaël était venu au monde au Nouvel-Éden, mais il était né humain. Contrairement à tous les autres, jamais il n'avait tourné le dos au Créateur. Aux yeux divins, Ashnaël était le plus pur des hommes. Si le Créateur ne l'avait pas pour autant épargné, du moins l'avait-il doté de grandes ailes de plumes noires. Le kräengjëll était le seul adem-bîst à posséder l'incroyable capacité de voler. Il était aussi le seul à avoir persévéré jusqu'à retrouver la trace de Noé dans les tréfonds des marécages d'Ashshur.

— Bon nombre d'elagsaw de la harde DuBois sont sortis vivants de la traversée du Sem, mentionna Lovann. L'alchimiste les gardait prisonniers dans sa grotte.

Sachelle serra les dents et les poings. Une boule se forma dans sa gorge.

— Je l'ai appris, avoua-t-elle. Ce sont les hommes de Vacnar qui les ont conduits aux monstres.

Le jeune vûlf-gayl tourna la tête vers elle.

— Dans ce cas, le cousin de Jastïng le savait… C'est ce qu'il a tenté de nous dire le soir où il a été retrouvé errant près du quartier DeGriffe. L'antidouleur que le guérisseur pumë lui a concocté…

— Joleg s'est porté volontaire pour le faire boire à Ébrek. Il y a sûrement mélangé un poison. Sans son intervention, Ébrek aurait peut-être survécu à ses blessures.

— Peut-être… Jalfonce, le père de Danléhoc, était parmi les cadavres de la grotte.

La katze-lusän hocha tristement la tête. Après un long silence, elle articula péniblement :

— Et Jastïng, comment va-t-il ?

Lovann lui servit une fois encore cette expression, cet étirement des lèvres n'ayant que peu à voir avec un sourire.

— Jastïng est fait d'un bois rare, dit-il.

— C'est vrai, oui.

Sachelle étouffa un bâillement.

— Tu as sommeil ? Va te coucher, je peux rester seul.

— Je n'ai plus envie de te laisser seul, Lovann. Rentre aussi. Si tu veux progresser en magie, tu dois dormir.

— On ne sait même pas où est l'alchimiste, souligna le vûlf-gayl.

En pointant du menton l'arc-en-ciel aux trois couleurs, il ajouta :

— Je travaille d'arrache-pied depuis des jours et des jours, et je n'ai toujours pas réussi à faire éclore les quatre autres formes de magie. Sans les sept, Nahash prétend qu'il serait vain d'essayer de se battre contre Noé.

— Tu y arriveras, affirma la jeune femme en s'extirpant de la barque. Personne ici n'en doute à part toi.

Elle fit quelques pas en s'éloignant, mais avant de tourner le coin du hangar pour rejoindre la porte, elle pivota sur elle-même et demanda :

— Éluna et toi, vous... ?

Lovann haussa les épaules.

— Et toi ? Qu'est-ce qu'il y a entre Benliam DeGriffe et toi ?

Elle fit un mouvement aussi vague qui disait tout et rien à la fois. Des larmes lui montèrent aux yeux. Elle n'était plus la même qui, dans les marécages d'Ashshur, avait fui loin de Lovann. Le jeune homme n'était plus tout à fait la même personne, lui non plus, et cette constatation ne concernait pas seulement l'apparition de ses pouvoirs magiques.

Ce ne fut qu'en pensées que Sachelle revint vers le vûlf-gayl pour poser un baiser sur sa joue.

— Bonne nuit, dit-elle simplement.

Les choses s'organisaient promptement. Tandis qu'auprès de Nahash, Lovann apprenait à maîtriser l'utilisation des diverses possibilités qu'offraient les magies verte, jaune et violette, Sachelle et les pumë inculquaient à leurs camarades l'art de se battre. Jémikim suivait Benliam comme son ombre. La façon qu'il avait de regarder l'homme-cougar, de l'imiter et de vouloir lui plaire frisait l'idolâtrie. L'hybris mettait tant d'ardeur à faire ce que son mentor espérait de lui qu'il devint rapidement habile au tir à l'arc. Désirant voir son corps ressembler à celui du pumë, il entreprit également des exercices variés destinés à le muscler davantage. Éricine ayant de la facilité à se déplacer sans faire de bruit, elle se consacra surtout à développer ce talent inné. Samuyr et Olyster étaient costauds, ce qui donnait aux deux utter-lou un avantage au corps à corps. Quant à Vydra, après des débuts ardus, elle vit ses efforts récompensés lorsque, grâce à l'enseignement de Rowën, le maniement des couteaux devint sa plus grande force.

— Ce n'est pas plus difficile que de vider un poisson, ironisait maintenant la femme-loutre.

Pour sa part, Éluna préparait les repas, cherchait et ramassait le bois pour le feu, entretenait et réparait les vêtements et les armes. Elle dispensait aussi des soins rudimentaires à ceux dont les petites blessures quotidiennes ne nécessitaient pas l'intervention de la magie. Tout en travaillant, la jeune femme-louve réfléchissait...

Une ou deux fois par jour, le chef DeLaCendre venait s'assurer que tout se déroulait bien pour les treize résistants. Dans la mesure de ses moyens, il veillait personnellement à mettre à la disposition des magiciens et de leurs fidèles tout ce qu'ils jugeaient utile à l'avancement de leur cause.

Ce jour-là, alors qu'une magnifique matinée ensoleillée tirait à sa fin, Gwenor se présenta aux abords du hangar avec une chaudrée de palourdes au maïs cuisinée par sa mère. Devant Nahash et Lovann, il fit une révérence d'une politesse exagérée. Alléchés par l'odeur, les combattants s'attroupèrent sans se faire prier. Ils mangèrent dehors, installés sur des bûches.

— Olyster, Samuyr et Vydra sont d'excellentes recrues, mentionna Rowën, lorsque tous furent assis et servis.

De la part de ce guerrier endurci, le compliment fit rayonner de fierté les trois DeLaCendre.

— D'autres utter-lou viendront-ils gonfler nos rangs ? s'informa Benliam auprès du chef de clan.

— Je n'ai encore convaincu personne, répondit l'homme-loutre dans une moue d'excuse.

— N'ont-ils donc aucune reconnaissance ? grogna Tomek. Combien d'entre eux Lovann a-t-il guéri après l'incendie de la gargote de Dudsön ?

Gwenor DeLaCendre secoua la tête.

— La plupart de mes hommes sont des pêcheurs, monsieur DeGriffe, pas des guerriers. La magie, même si elle leur a été bénéfique, leur a fait plus peur qu'elle ne les a mis en confiance.

— C'est compréhensible, admit Lovann.

Tomek, qui ouvrait rarement la bouche, refusa cette fois de se taire.

— Non, ce n'est pas compréhensible ! tempêta-t-il. L'alchimiste est tout près d'ici, peut-être même sur votre territoire ! Les utter-lou ne veulent-ils pas protéger leur famille ?

— Je n'aime pas vos insinuations, riposta le petit moustachu. Ceux qui en ont le courage et les compétences se relaient chaque nuit pour défendre le territoire contre les monstres.

— En est-il venu un cette nuit ? demanda Sachelle.

— Non… Non, nous n'en avons pas vu depuis un moment, mais…

— Parmi ces courageux chasseurs de monstres, n'y en a-t-il pas un ou deux qui seraient prêts à nous prêter main-forte ? insista Tomek.

— Ce... Ce n'est pas si simple, continua à bafouiller le chef des utter-lou. Ces hommes doivent aussi assurer votre protection.

— Qu'est-ce que vous nous chantez-là ? rouspéta Rowën.

— Uldrig DeLaCendre a de plus en plus d'adeptes dans le clan. Il colporte l'idée que votre bande, même si elle prétend vouloir combattre l'alchimiste, serait plutôt à son service. Ce perturbateur se doute que vous êtes encore quelque part sur nos terres.

— Après l'incendie qu'il a déclenché à la Gargote du Tracassier, ne devrait-il pas être au cachot ? s'indigna Éricine.

— Il le sera dès qu'il aura été intercepté.

— Vous voulez que je m'occupe de lui ? lança Tomek, hostile.

— Je vous prierais de ne pas vous mêler de nos affaires, le rembarra l'homme-loutre.

— Chef Gwenor, l'interpella alors Nahash. N'oubliez surtout pas de remercier votre mère pour ce plat délicieux.

Éricine profita de cette intervention pour souligner que le clan de Gwenor, en plus de leur fournir un abri, les nourrissait à même leurs maigres réserves, et que les couvertures, les armes et les outils leur avaient été offerts gratuitement par des gens qui n'avaient déjà pas grand-chose.

— Les utter-lou contribuent à leur façon, déclara Lovann, et le sujet fut clos.

Pendant quelques minutes, les résistants mangèrent en silence et de bon appétit. Après avoir levé les yeux sur l'arc arborant toujours les mêmes trois couleurs, Gwenor questionna Lovann sur ses progrès en magie :

— Seras-tu bientôt en mesure d'affronter notre terrible ennemi ?

— J'apprends beaucoup de choses, répondit le vûlf-gayl.

Il embrassa sa propre paume, puis il souffla dessus. Une petite brise, visible sous la forme d'une vapeur violâtre, voleta jusqu'à Éluna en passant entre Sachelle et Benliam. Sentant le baiser comme si Lovann avait réellement posé ses lèvres sur sa joue, la jeune femme-louve, rougissante, toucha sa peau du bout des doigts.

— Eh bien ! réagit Gwenor, perplexe. C'est très... mignon. N'es-tu pas en mesure de lancer des sortilèges plus... agressifs ?

Les rires envahirent la clairière.

— Je vois, fit l'homme-loutre, bon joueur. Vous vous moquez de moi !

Seul Benliam ne s'amusait pas. Au contraire, il s'était renfrogné. Ayant observé la réaction de Sachelle lorsque Lovann avait envoyé le baiser à Éluna, il n'était pas arrivé à déchiffrer son expression. Il avait plusieurs fois tenté de savoir si les retrouvailles des vûlf-gayl dérangeaient son amie, mais, d'une manière ou d'une autre, elle détournait toujours la conversation. Songer à ce que Sachelle lui avait un jour dit sur la façon dont les katze-lusän acceptaient les relations entre toutes les races d'adem-bîst, même les plus différentes, le rendait nerveux.

— Je t'aime, Sachelle, lui souffla-t-il à l'oreille.

Elle ne lui jeta qu'un regard avant de se concentrer sur sa chaudrée.

— C'est à cause de Lovann ? insista-t-il. Il te faut du temps pour voir où tu en es avec lui ?

— N'avons-nous pas des questions plus importantes à régler ?

Cette réponse acheva d'irriter le jeune guerrier pumë. Se levant brusquement, il laissa son bol à moitié plein sur la bûche qu'il venait de libérer.

— Merci, Gwenor, lâcha-t-il, c'était effectivement délicieux. Jémikim, Samuyr, Olyster, on reprend l'entraînement!

À cet ordre manquant d'affabilité, les hommes-loutres froncèrent les sourcils. Ils se contentèrent de mâcher leurs palourdes un peu plus rondement avant de les avaler. En revanche, Jémikim abandonna son repas séance tenante. Il courut ramasser les flèches qu'Éluna l'avait aidé à empenner avec les plumes rousses d'une perdrix et il se rua vers Benliam, qui tournait le coin du hangar.

— Il voudrait tellement être comme lui, murmura tristement la jeune femme-louve.

Le départ précipité du pumë jeta un froid dans le groupe. Quelques-uns avaient une vague idée de ce qui l'ennuyait. Essuyant consciencieusement l'épais bouillon perlant aux dents de scie de sa moustache, Gwenor s'étonna soudain :

— Où est donc notre cher Jastïng?

— Il est parti pour le marais des zimender, l'informa Lovann. Puisque j'ai sauvé la vie de l'un d'entre eux, certains accepteront sûrement de joindre notre cause.

— Je nous le souhaite! déclara l'homme-loutre en soulevant ses fesses de sa bûche. Je vais faire un bout de chemin.

Le chaudron ayant été vidé et nettoyé à l'aide de quignons de pain, il se pencha pour le reprendre. Ce faisant, il chuchota à l'oreille de Lovann :

— Ne distribue pas des baisers à tout vent, jeune homme. Il serait fort dommage que la troupe s'en trouve divisée.

Chapitre 21

Marécages d'Ashshur, contrée de Cham

En se retrouvant nez à nez avec Lovann LeGris, Vacnar DeGriffe n'avait pas tardé à comprendre qu'il lui serait impossible de forcer l'entrée du hangar dans lequel le magicien et sa petite bande séquestraient son fils. Persuadé que Jémikim viendrait à lui en temps et en lieu, il n'avait pas insisté. Grâce à la plume du kräengjëll, il avait appris de la bouche de Sachelle l'intention qu'avait son groupe de s'en prendre à Noé.

« S'ils pensent pouvoir le battre sur son propre terrain, ils se bercent d'illusions ! »

Après avoir abandonné le cadavre de Metig sur les terres des utter-lou, il avait coupé le fil qu'il avait lui-même cousu afin de refermer la profonde entaille qu'il s'était faite sous l'aisselle gauche. En enfonçant un doigt dans cette pochette de peau, il en avait retiré la petite pierre rouge aux stries blanches et noires que lui avait remise l'alchimiste sept ans auparavant.

« Grâce à cette pierre, même si Noé a quitté la grotte de spectrolite, je le retrouverai », s'était dit l'homme-cougar en avalant le jaspe rouge. Pendant que la pierre glissait en lui, il avait gémi de douleur. Cette souffrance n'était rien, toutefois, en comparaison de celle qui allait le ramener à lui quelques jours plus tard.

Saturé d'une forte odeur de sang et de pourriture, l'air était difficilement respirable. Vacnar était allongé sur le dos et Noé était penché au-dessus de lui. Le visage de l'humain lui paraissait tout aussi étrange et fascinant que la première fois qu'il l'avait vu. En fait, il n'avait pas changé d'une ride. Dans ses cheveux bruns, les fils gris ne s'étaient pas propagés. Entre le pouce et l'index, l'alchimiste tenait le galet de jaspe. Sans même le nettoyer des immondices qui l'engluaient, il le jeta dans un bocal contenant déjà une vingtaine de pierres du même genre. Constatant que l'homme sanglé à sa table de travail était éveillé, il demanda :

— Tu es?

— Vacnar DeGriffe, éructa celui-ci, terrassé par l'intensité du mal qui lui brûlait le ventre. Vous ne vous souvenez pas de moi?

— Rafraîchis-moi la mémoire, veux-tu? J'ai fait la connaissance de tellement de gens au cours des siècles!

— Il y a sept ans... Mon fils... Hybris...

— Ah oui, le père du hideux petit pumë-funch-jakkal. Le voyage s'est bien passé?

Vacnar réalisa alors que ses derniers souvenirs remontaient au moment où il avait avalé la pierre magique. En agissant à la façon d'un aimant, elle lui avait permis de marcher jusqu'à Noé, mais en le maintenant dans une transe où il était plus mort que vivant. Incapable de se rappeler le chemin parcouru, il ne risquait pas de le refaire sans la magie du jaspe.

— Est-ce que... Aaaaargh! glapit l'homme-cougar. Par cet arc maudit, qu'êtes-vous en train de me faire?

— Sois poli, mon cher, le chapitra l'alchimiste. Tu ne veux tout de même pas rester dans l'état qui était le tien quand tu es arrivé ici, n'est-ce pas?

L'homme-cougar hurla de douleur. Soulever la tête pour inspecter les alentours l'avait obligé à contracter des muscles que Noé avait charcutés afin d'extraire la pierre de son estomac. Voir son ventre ouvert et l'énorme aiguille avec laquelle l'homme était sur le point de le recoudre ne fit rien pour calmer ses plaintes.

— Sertram? appela l'alchimiste. Trouve-moi quelque chose qu'il pourra mordre. Je commence à en avoir ma claque d'entendre vagir sans arrêt.

Des bruits incitèrent Vacnar à tourner la tête sur sa gauche. Nerveux, un homme-couleuvre trifouillait le bric-à-brac contenu dans une caisse de bois.

— C'est pour aujourd'hui ou pour demain? s'impatienta le mage noir. Dois-je te proposer d'utiliser ton bras, Sertram?

— Non, Maître Noé, je...

Le schlaang-fídi retira sa tunique. Pareilles à celles qui se hérissaient sur son crâne, des écailles couvraient la peau sombre de ses épaules, de ses pectoraux et de ses avant-bras annelés de bandes corail. Il plia plusieurs fois le vêtement et le glissa entre les dents de Vacnar. Quand l'aiguille se planta dans sa chair, le pumë mordit le tissu de toutes ses forces. L'ampleur de ses cris en fut à peine atténuée. Le goût salé de la sueur de l'homme-couleuvre envahit sa bouche. L'aiguille traversa sa peau à de nombreuses reprises. Puis, comme pour prolonger son supplice, l'alchimiste suspendit son geste.

— Au fait, que fais-tu ici sans ton fils? N'es-tu pas venu dans le but que je le transforme?

— Je… Je n'ai pas réussi à le convaincre de me suivre. Mais il viendra…

— Oh oui, il viendra ! assura Noé en braquant ses yeux bleus dans ceux de Vacnar. Tu sais, je vois des choses. Dans une petite cabane dans les bois, j'ai vu de quelle façon ton fils regardait l'un des tiens, un grand et beau jeune homme aux longs cheveux blonds. Non seulement cet enfant ne s'opposera pas à sa transformation, mais il la désire plus que tout au monde.

Entre deux séries de lamentations, Vacnar se promit de se réjouir plus tard de cette bonne nouvelle. Lorsque l'alchimiste contourna la table pour achever sa besogne, l'homme-cougar constata que cinq enfants elagsaw se tenaient sur sa droite. Un seul d'entre eux était assez vieux pour avoir de petites dagues sur la tête. Quant au plus jeune, il n'avait pas plus de cinq ans. Bien droits, parfaitement immobiles, ils évoquaient des statues montant la garde. Leur œil gauche était entièrement rouge, opaque et plein de stries, comme s'il était fissuré.

— Ces gamins donnent froid dans le dos, commenta Vacnar d'une voix chevrotante.

— Tu étais pire encore avant que je te retire le jaspe du ventre ! s'amusa Noé.

Le pumë se demanda si ces enfants avaient eu peur lorsque ses hommes, après les avoir repêchés sur la berge nord du Sem, les avaient livrés aux terribles monstres de l'alchimiste.

« La plupart étaient sans doute déjà morts. Je leur ai offert une deuxième vie. »

Cette pensée suffit à redonner bonne conscience à Vacnar. Ce soulagement de l'âme fut cependant de courte durée. En s'introduisant dans la grotte, la lumière de l'aube lui dévoila ce qui, jusque-là, était resté caché dans l'obscurité. Ses tripes se tordirent aussi vivement qu'elles l'avaient été par les mains cruelles du mage noir. Derrière la barrière d'enfants-cerfs, une créature chancelait, bougeant par brefs à-coups comme si elle dormait debout.

Pourtant, ses yeux suppliants étaient posés sur Vacnar.

« Une vûlf-gayl. »

Du moins, c'était ce que cette jeune femme avait été. Cousues à son crâne, des feuilles mortes remplaçaient sa chevelure tondue, formant sur sa tête un casque pourrissant. Elle croulait sous le poids d'un vêtement moulant fabriqué de milliers de petits os. Tous troués, ils collaient à sa peau grâce à du fil, tels des sequins ornant une robe. Le visage et les membres de la jeune femme avaient été épargnés par l'aiguille, mais tout le sang qu'elle y avait fait couler donnait l'impression que des manches sombres et un masque macabre complétaient sa tenue.

— Ma dernière création ! s'exclama Noé avec fierté. Sertram m'a aidé, bien sûr ! Seul, j'y travaillerais encore ! Qu'en penses-tu, Vacnar DeGriffe ?

Après quelques secondes, il ajouta, l'air contrit :

— Je dois avouer qu'elle était plus jolie avant.

— Vous n'avez rien à vous reprocher, Maître Noé, intervint Sertram. Elle a été vilaine. Elle vous a forcé à la châtier.

Chapitre 22

Territoire DeLaCendre, contrée de Cham

Ce jour-là, Nahash entraîna Lovann à travers la forêt. Une vingtaine de minutes de marche les éloigna du hangar. Malgré le soleil brillant à son zénith, le vieil homme-couleuvre s'était muni d'une torche enflammée.

— Pourquoi sommes-nous ici ? l'interrogea Lovann en s'approchant du fleuve sur ses talons.

— La magie orange peut être dangereuse.

Sans s'expliquer davantage, le magicien somma son apprenti de mettre le feu à un casier à homard déglingué qui gisait sur la berge, à moitié enfoncé dans le sable.

— Sans toucher à la torche, précisa-t-il.

Lovann n'eut aucun mal à satisfaire cette demande. En sortant un flot violet de ses poumons, il projeta cet air sur les flammes de la torche, les poussant vers le cageot de bois. D'un deuxième souffle, il éteignit le feu.

— Tu maîtrises bien la magie de l'air. Nous le savions déjà. Aujourd'hui, tu dois découvrir comment activer la magie du feu.

— Montrez-moi comment faire.

— Je ne peux pas t'enseigner à libérer la première vague d'une magie, Lovann. Cette connaissance est en toi, tu dois t'en imprégner, tout simplement.

Énervé, le vûlf-gayl donna un coup de pied dans le cageot.

— Toutes ces belles phrases ne me sont d'aucun secours ! Pendant que nous jouons dans le sable, qui sait ce que ma sœur subit aux mains de Noé ?

Nullement impressionné par cette manifestation de colère, Nahash insista :

— Concentre-toi, Lovann. Tu te sens impuissant, mais tu ne l'es pas. Le feu est là, tu n'as qu'à le déplacer.

— Vous m'interdisez de le toucher ! se rebiffa l'élève.

— Tu as reçu comme consigne de ne pas toucher la torche.

Passant une main dans la flamme, le prophète lui prouva qu'il pouvait fort bien toucher le feu. S'appropriant une partie de ce feu, il en fit une boule qu'il lança vers l'homme-loup. Surpris et effrayé, ce dernier s'écarta de la trajectoire de la sphère ardente. En tombant au sol, elle se consuma.

— Attrape celle-ci.

L'apprenti magicien saisit la deuxième boule de feu au vol, mais la lâcha aussitôt.

— C'est beaucoup trop chaud ! se plaignit-il.

Des heures durant, l'exercice se poursuivit. Sans bouger d'où il était, sans même que s'allume la plus petite lueur verte, Nahash guérissait une après l'autre les brûlures aux mains de Lovann. Puis, le vûlf-gayl en vint à pouvoir jongler deux ou trois secondes avec une boule de feu. À peine ressentait-il un léger inconfort. Quand finalement il réussit à en tenir une assez longtemps pour être capable de l'envoyer à l'endroit exact où il le désirait, le casier à homard s'enflamma.

Dans le ciel, la bande orange de l'arc apparut au-dessus de la bande jaune.

— Étouffe ce feu, maintenant, exigea le vieux schlaang-fídi.

— Sans utiliser la magie de l'air, j'imagine, bougonna Lovann, malgré sa bonne humeur retrouvée.

Heureusement, le bois était mouillé, ce qui conféra à l'élève un laps de temps suffisant pour enchaîner quelques tentatives. Lorsqu'il tira la quantité d'énergie nécessaire pour asperger le cageot de l'eau du fleuve, celui-ci était à demi calciné. Avant même que la dernière flamme soit disparue, une bande bleue s'arqua entre la bande verte et la bande violette de l'arc-en-ciel. Ce ne fut qu'à ce moment-là que Lovann, éreinté, remarqua à quel point il faisait noir. Hâtive, la nuit d'hiver était tombée, et quelques nuages se succédaient devant la lune. Dans la main de l'homme-couleuvre, le flambeau s'était éteint.

— Il est temps de rentrer, décréta le vieillard.

Le jeune homme-loup lui demanda de rallumer la torche afin qu'ils puissent retrouver leur chemin dans l'obscurité.

— C'est à toi de le faire.

Plus amusé que contrarié, Lovann soupira.

— Je ne peux pas tirer le feu du néant, il me faut au moins une étincelle.

— Regarde bien partout, Lovann.

Ce qu'il fit.

— La seule lumière nous vient de…

Croyant comprendre ce que le vieil homme cherchait à lui dire, il leva les yeux vers le ciel.

— Je peux me servir du feu des étoiles?

Les essais infructueux se succédèrent, mais puisqu'il était maintenant armé d'une bonne dose de confiance, le vûlf-gayl ne se laissa pas décourager. Quelques minutes plus tard, une lueur orangée fusait de sa main et embrasait la torche.

En regagnant la clairière, Lovann et Nahash arrivèrent devant Benliam, qui gardait l'entrée du hangar. L'arc-en-ciel témoignant des progrès de Lovann, le pumë le félicita en lançant :

— Jolies couleurs !

— Plus que deux ! s'exclama le jeune homme-loup.

— Ne t'attends pas à ce qu'on célèbre ce succès, le prévint Benliam. La journée a été rude : ils dorment tous là-dedans.

« Et moi, ronchonna intérieurement Lovann, tu crois que j'ai paressé toute la journée, peut-être ? »

— Dommage, dit Nahash. Sachelle aurait aimé savoir que toute une volée de canards vient de se poser sur les berges du fleuve.

— Vous voulez du canard rôti à la broche ? grogna le jeune homme-cougar en s'emparant de la torche que portait Lovann. Je m'en occupe.

Il s'éloignait déjà quand les magiciens l'entendirent maugréer dans sa barbe :

— C'est moi qui ai appris à Sachelle à chasser, je vous signale.

Guidé dans la bonne direction par les traces de pas que les deux hommes venaient de laisser, il disparut entre les arbres.

— Des canards ? fit Lovann sur un ton badin. Je n'ai pas vu de canards.

— Ah non ? Ta vue doit pourtant être meilleure que la mienne.

Au lieu d'entrer directement dans le hangar, le vieil homme-couleuvre en longea le mur frontal, les yeux au sol.

— Que cherchez-vous, Nahash ?

Le schlaang-fìdi se pencha pour ramasser une grosse branche débarrassée de ses rameaux. Trop large pour être taillée en une pique ou en une lance, elle avait sans doute été mise de côté pour alimenter un feu. L'homme-couleuvre surprit Lovann en plaçant ce bâton de façon à barricader l'abri depuis l'extérieur.

— Pourquoi les enfermez-vous ?

Sans la torche, il faisait maintenant trop noir pour que le vûlf-gayl puisse voir l'expression de Nahash. Désarçonné, il leva les yeux vers les étoiles, desquelles il canalisa l'énergie. Une flamme sphérique de la grosseur d'une cerise apparut dans sa main, illuminant les alentours d'une lueur orangée.

Nahash souriait.

— Ton évolution est prodigieuse, commenta-t-il.

Puis, sans que Lovann ait le temps de réagir, la boule de feu lui fut ravie. Projetée sur le vantail gauche du hangar, elle y perça un trou en s'introduisant dans l'abri à la vitesse de l'éclair.

— Qu'est-ce que vous faites ? hurla le vûlf-gayl en se précipitant sur la branche qui bloquait l'unique issue du bâtiment.

Il ne s'acharna pas longtemps dessus. Même si aucune lumière colorée n'entourait Nahash, il savait que le vieil homme la maintenait en place par une force magique.

— Pourquoi ? vociféra-t-il en pivotant vers lui.

— Éteins ce feu, Lovann.

— C'est ridicule ! J'ai prouvé tantôt que j'étais capable de le faire !

Dans l'idée de souffler dans le trou foré par la boule de feu, il approcha son visage du battant. Cependant, il eut beau tâter tout le pan de bois, il ne décela de percée nulle part. Le trou s'était refermé.

La panique qui envahit Lovann était palpable.

— Utilise la magie bleue, mon garçon.

Le ton calme du vieillard n'eut pas l'effet apaisant escompté.

— Comment ? Il n'y a pas la moindre goutte d'eau ici !

— Tu peux y arriver, Lovann.

À l'intérieur du hangar, les flammes commençaient à crépiter. Le jeune homme-loup les entendait.

— C'est ridicule, dit-il pour la deuxième fois. Vous ne laisserez pas vos fidèles mourir, je le sais !

— Le temps file, Lovann. Tu dois découvrir au plus vite l'étendue de tes capacités, voilà le plus important. Pour le reste, ne sois sûr de rien.

L'apprenti magicien se jeta sur la porte.

— Sachelle ! hurla-t-il en y frappant farouchement des deux poings. Réveille-toi ! Rowën ! Éluna ! Levez-vous !

— Tu perds de précieuses secondes, Lovann.

— Sachelle ne dort jamais sur ses deux oreilles, souligna ce dernier en continuant de cogner.

— Et pourtant, tout ce bruit ne suffit pas à la réveiller. Le sommeil qui les tient tous endormis n'est pas de ceux dont on s'échappe facilement.

Les bras du vûlf-gayl tombèrent le long de son corps.

— Vous les avez… envoûtés ? Avec quelle magie ?

— Est-ce vraiment le temps d'en discuter, mon garçon ?

Poussant un cri de rage, Lovann flanqua un coup de pied dans un des pans de la porte. Puis, rassemblant ses idées, il se mit en quête de quelque chose susceptible de lui être utile, n'importe quoi, comme un fond d'eau dans une chaudière ou une petite flaque de neige fondue.

Complètement perdu et affolé, il tournait en rond.

— Faites quelque chose ! ordonna-t-il à Nahash, les crocs dénudés. Cessez ça tout de suite !

L'absence de réaction du vieil homme eut raison du sang-froid de Lovann. Or, à peine eut-il esquissé un mouvement pour s'en prendre physiquement à Nahash qu'il fut brutalement poussé vers l'arrière. Il s'en serait arraché les cheveux de sur la tête. Des larmes de colère et d'impuissance roulèrent sur ses joues. D'un index, il cueillit celle qui lui chatouillait le coin des lèvres. Pendant quelques secondes, il examina cette goutte d'eau salée. Puis, ayant repris la maîtrise de lui-même, passant les doigts sous ses yeux, il essuya ses larmes. Secouant les mains, il projeta ces gouttelettes en direction du hangar. Dans l'air, elles se multiplièrent. Sous la puissance de la vague qui se forma, la branche craqua et les battants de la porte furent forcés.

L'eau s'engouffra dans le hangar.

Lovann s'élança à l'intérieur. À la pâle lueur d'une lampe à l'huile, il ne vit qu'une faible quantité d'eau sur le sol. Quant au tonneau de métal servant de foyer, il fumait encore un peu, mais ne contenait plus que des braises.

— Pourquoi avez-vous éteint le feu ? marmonna Samuyr en s'agitant sous ses couvertures. On gèle !

Rien ne permettait de penser qu'un début d'incendie avait eu lieu dans le hangar.

— Ils n'ont jamais été en danger, râla Lovann. Le seul feu ici n'a toujours été que celui qui réchauffe la place !

Sentant la présence de Nahash dans son dos, l'homme-loup évita de se retourner, car l'envie de lui cracher au visage était difficile à réprimer.

— Où est Benliam ? voulut savoir Sachelle.

En s'éveillant, elle avait rapidement fait le décompte de ses camarades.

— À la chasse aux canards imaginaires, lui répondit Lovann en rallumant le feu d'une pensée distraite. Rendors-toi, je vais te le ramener.

Quittant l'abri en fulminant, Lovann passa devant Nahash en l'ignorant superbement. L'homme-couleuvre lui emboîta le pas. Afin de suivre le rythme du vûlf-gayl dans la clairière, le vieillard changea son corps pour celui d'Andrak. Il ne prit toutefois pas la peine de compléter la transformation, et c'est de sa propre voix qu'il questionna son apprenti.

— De quoi t'es-tu servi pour rallumer le feu dans le tonneau, Lovann?

— De la lumière des étoiles, pesta le jeune homme en poursuivant son chemin. Foutez-moi la paix, Nahash, je ne suis pas d'humeur.

— La lumière des étoiles? À l'intérieur du hangar? En es-tu certain?

Les pas rapides de Lovann s'arrêtèrent net. Il fit volte-face.

— De quoi me serais-je servi, selon vous?

La colère avait déserté sa voix.

— Des connaissances qui sont en toi, tout simplement. Il est vrai que la magie est plus facile à manier lorsque l'on s'aide de certains éléments, surtout au début. Mais tu as passé ce cap, Lovann, et avec brio. Tu sais maintenant que tu n'as besoin ni de plantes, ni d'étincelles, pas plus que de larmes. Tu n'as qu'à visualiser une couleur et t'en inspirer.

— Vous m'avez pourtant incité, tout à l'heure, à me servir de la lumière des étoiles.

— Je t'ai dit de regarder partout.

— C'est en moi que je devais regarder…

Dans un profond soupir, Lovann se frotta les yeux. Il se massa ensuite les tempes.

— Va au lit, le somma Nahash. Tu as grand besoin de sommeil.

— Vous oubliez Benliam. S'il s'entête à mettre la main sur un canard, on ne le reverra pas de sitôt.

Le jeune homme-loup reprenait sa marche lorsqu'une dizaine d'oiseaux, frôlant la cime des arbres, vinrent se poser dans la clairière en cancanant.

— Ne t'inquiète pas pour Benliam, il est déjà sur le chemin du retour.

Lovann arqua un sourcil, songeur.

— Quel goût ont ces canards ? demanda-t-il.

Il avait retrouvé le sourire.

— Ils ne sont pas réels. La magie indigo est celle de l'invisible et de l'illusion. Tu t'y attaqueras demain. C'est la plus difficile à révéler, mais une fois qu'elle l'est, elle se manie aisément.

— C'est grâce à cette magie que vous m'avez fait croire que le hangar était en feu, comprit Lovann.

Nahash le lui confirma d'un hochement de sa tête piquetée d'écailles.

— Allons au lit, maintenant.

Mais Lovann avait d'autres interrogations.

— Je ne vois presque jamais de lumière lorsque vous usez de magie.

— Tu apprendras à ne rien gaspiller, toi aussi. Une lumière visible est une quantité de magie perdue, sans aucun effet.

Lovann observa un moment les canards qui broutaient l'herbe ou la fouillait à la recherche de vers. Ils avaient l'air tellement vrais ! L'idée d'utiliser la magie indigo lui donnait le vertige.

— Et qu'en est-il de la magie rouge ?

— Comme toutes les autres, elle est en toi. C'est celle qui s'avère la plus difficile à contrôler. Plus encore que la magie noire, prétendait-on. Pourtant, du temps où les magiciens peuplaient le Nouvel-Éden, c'était la forme de magie que la plupart d'entre eux parvenaient à libérer en premier, et beaucoup y arrivaient avec une étonnante facilité.

— Pourquoi ne l'ai-je toujours pas libérée, dans ce cas ?

— Pour certains, cette magie possède une puissance effrayante.

— Comment pourrais-je avoir peur de quelque chose que je ne connais pas ?

— Je te l'ai dit, Lovann : la magie rouge est en toi. Tu la connais.

Le vieil homme reprit le chemin du hangar. Les quelques canards flânant sur son passage s'éloignèrent. Lovann se pencha pour vérifier s'il lui était possible d'en toucher un, mais, sautillant et caquetant, les palmipèdes ne lui permirent pas de faire cette expérience.

— Je ne comprends toujours pas ce qu'est la magie rouge, dit le vûlf-gayl en rejoignant le schlaang-fídi.

Le prophète sembla hésiter à répondre. Sans doute cherchait-il la meilleure manière de s'expliquer.

— Cette forme de magie te viendra des autres, en quelque sorte, de ce qu'ils t'inspirent. C'est la magie des sentiments, de l'amour et de toutes les passions. On l'appelait « la magie du cœur ».

— Que pouvez-vous me dire de plus ?

— Je ne peux rien t'enseigner de plus au sujet de la magie rouge, car jamais je n'ai pu m'en servir.

Lovann écarquilla des yeux surpris.

— Je suis né serpent, mon garçon. J'étais un être froid, dénué de tout sentiment.

« Ceci expliquant cela », songea le jeune homme-loup.

Ils comblèrent dans le silence l'espace les séparant encore du hangar. Une fois devant la porte, Lovann se retourna. Les canards avaient disparu.

Comme Djouane.

Comme son père et son frère.

Comme tout ce qui, jusqu'au printemps dernier, avait été sa vie.

— Nahash ? La haine et la colère peuvent-elles libérer la magie rouge ?

— La magie rouge n'a rien à voir avec la haine ou la colère.

— Dans ce cas, j'ai bien peur de ne pas pouvoir faire mieux que vous.

Chapitre 23

Marécages d'Ashshur, contrée de Cham

Jamais l'éternité n'avait paru trop longue à Noé ; il détestait même dormir. D'ailleurs, quatre ou cinq heures de sommeil par nuit lui suffisaient. Il en allait autrement pour ses nouveaux associés, assis avec lui à la table où s'empilait une dizaine de vieux grimoires. Malgré l'implication que pourrait avoir un débouché de leurs recherches, Sertram Langue-Fourchue et Vacnar DeGriffe peinaient à garder les yeux ouverts sur les livres qu'ils étudiaient. On aurait pu croire que Djouane, debout à quelques pas de là, cherchait à lire les pages noircies de notes et de schémas, alors qu'elle somnolait, la tête pendante. À cause des centaines de sutures couvrant son corps, s'étendre ou s'asseoir relevait de la torture. Au fond de l'atelier, plus morts que vivants, les enfants-cerfs jouaient toujours les sentinelles.

— J'ai forcément manqué quelque chose, serinait l'alchimiste en compulsant les pages du grimoire qu'il avait sur les genoux.

— Vous nous avez menti, osa prétendre le schlaang-fídi. Vous n'êtes en mesure ni de me rendre immortel ni de guérir le fils de Vacnar de sa difformité.

Noé leva le nez de son ouvrage.

— À ce stade-ci de mes travaux, j'ai bien peur que non, mon cher Sertram. À moins que Jémikim et toi vouliez errer mi-vivant, mi-mort perpétuellement.

— Pourtant, c'est bien vous qui avez fait du kräengjëll un immortel, non? s'en mêla Vacnar.

— Oui, admit Noé. Mais je lui ai fait tant de choses à celui-là que j'ignore ce qui a fini par porter fruit!

Il tourna une page, la parcourut rapidement, puis dit :

— En fait, à l'époque, je maniais encore les magies du bien. C'est ce qui me fait défaut, aujourd'hui. J'ai trop longtemps négligé ces sept formes de magie. Mes connaissances se limitent désormais à la magie du mal.

— Il n'y a rien dans ces bouquins à propos des magies du bien, pesta Vacnar.

Il aurait bien voulu se servir de l'un d'eux comme d'un oreiller.

— La magie noire était tellement plus intéressante, se défendit Noé sur un ton dramatiquement nostalgique.

Sertram se plaignit.

— Vous m'aviez promis que…

L'alchimiste referma son livre dans un claquement qui le fit taire.

— Un espoir demeure, l'informa-t-il. Tu seras immortel à condition que je mette la main sur un diamant noir. Mes travaux ont beaucoup progressé depuis que le kräengjëll m'a volé le mien.

— Je n'ai jamais vu ni même entendu parler de diamants qui seraient noirs, spécifia l'homme-couleuvre.

— Il n'en existe probablement qu'un seul.

— Et d'où venait ce diamant? se renseigna l'homme-cougar. De la bouche d'un volcan?

— Des foudres de l'Éternel, plutôt ! s'amusa Noé. Il est tombé du ciel après que l'arc soit devenu noir.

De cette information, Vacnar conclut :

— Il suffit donc d'obliger l'homme-corbeau à avouer ce qu'il a fait de ce diamant.

— Tu t'imagines sans doute que je n'y ai pas pensé avant toi ? grogna Noé. Cet empêcheur de tourner en rond est le seul sur qui le pouvoir de ses plumes ne fonctionne pas ! Et crois-en ma longue expérience, la torture n'a pas plus de succès sur lui.

Déterminés à obtenir ce qu'ils souhaitaient, le pumë et le schlaang-fídi replongèrent le nez dans leurs livres. Les observant, l'alchimiste ricana par-devers lui. Il n'avait toujours eu que du mépris pour les adem-bîst. Pas un jour ne passait sans qu'il regrette ce qu'il avait permis de se produire en encourageant les magiciens à le vénérer comme un dieu. Relire ses notes prises au cours des siècles à la lumière de tout ce qu'il savait aujourd'hui avait fini par le convaincre : s'il remettait la main sur cette pierre à l'énergie surpuissante, l'humanité renaîtrait des cendres du Nouvel-Éden. Et alors, les adem-bîst disparaîtraient. L'unique récompense qu'obtiendraient Vacnar DeGriffe et Sertram Langue-Fourchue pour leurs loyaux services serait le repos éternel.

Noé ne pleurerait pas sur leur sort.

La dernière fois qu'il avait versé une larme remontait à près de huit siècles. C'était le jour où Ashnaël l'avait retrouvé aux confins des marécages d'Ashshur.

Grâce à ses ailes, Ashnaël survola la vaste contrée de Cham, et ce fut ainsi qu'il retrouva Noé. En voyant la créature qu'était devenu son vieil ami, Noé pleura de rage. Même si l'homme ailé acceptait son sort avec philosophie, l'alchimiste refusait de partager sa sérénité.

— Je vais arranger ça, affirma-t-il en l'invitant dans son antre.

L'homme-corbeau opposa une fin de non-recevoir. Il fut séquestré.

S'acharnant à lui rendre son apparence humaine, Noé travailla d'arrache-pied. Mais d'expérience en expérience, rien, pas même son précieux diamant, ne vint à bout de contrer la malédiction de l'Éternel. Les souffrances que la magie noire infligeait à Ashnaël n'avaient pas de limites. Maintes et maintes fois, l'homme-corbeau supplia son ami de mettre un terme à ses essais.

— Quand cesseras-tu de te prendre pour le Créateur ? lui demanda-t-il un jour.

Noé s'investissant corps et âme dans sa quête, ses échecs répétés le plongeaient dans de violentes colères.

— La magie noire n'est pas un art qui se pratique sans risque, l'avertit Ashnaël. Ne vois-tu pas qu'elle te conduit directement à la folie ?

Ce furent ces dernières paroles.

En pleine expérimentation, Noé lui trancha froidement la langue. La blessure saigna abondamment, le sang imbiba les ailes d'Ashnaël. À l'insu des deux hommes, ce fut au cours de cette séance de magie noire que les plumes de l'homme-corbeau acquirent leur étrange pouvoir.

Les années passèrent. Afin d'être en mesure de poursuivre ses travaux aussi longtemps que nécessaire, Noé fit d'Ashnaël un être immortel. Or, malgré sa ténacité malsaine et l'apport du diamant noir, jamais il ne parvint à lui rendre son apparence d'origine. Vint une nuit où l'homme-corbeau s'échappa de l'antre de spectrolite en emportant la pierre magique. Ses supplices, inutilement subis, s'étaient échelonnés sur plus d'un siècle.

Ashnaël envolé, l'alchimiste ne mit pas pour autant un terme à ses sordides expériences. De quelques voyageurs perdus, il fit ses cobayes. Il étudia également plus attentivement les diverses gemmes de la région, ainsi que la façon dont elles pouvaient augmenter la puissance de sa magie.

Puis, malgré sa folie, il comprit que jamais il ne pourrait annuler la malédiction du Créateur. Il n'y vit qu'une alternative : se charger lui-même de repeupler le Nouvel-Éden. Pour que ce projet grandiose voie le jour, il lui fallait une femme dont le physique s'apparentait le plus possible à celui des femmes humaines. Ses caractéristiques animales ne devaient pas l'enlaidir. Estimant que travailler à partir d'une créature presque parfaite était un défi à sa hauteur, Noé jeta son dévolu sur les femmes-lynx. Les katze-lusän étant nomades et solitaires, il enleva bon nombre d'entre elles avant de déclencher leur méfiance. Les hommes-lynx qui se dressèrent sur son chemin furent tués.

Dans la foulée, Ashnaël se fit le protecteur des katze-lusän, ainsi que de tous les adem-bîst. Des siècles durant, il s'efforça de limiter les dégâts occasionnés par l'obsession de Noé. Malheureusement, le kräengjëll ne pouvait pas être partout à la fois. Or, combinées, la folie et la magie faisaient de Noé un être des plus dangereux.

Même si les katze-lusän devenaient de plus en plus rares, Noé ne cessa jamais d'espérer qu'un jour il trouverait la jeune femme idéale. En attendant, il continuait de se faire la main en utilisant des corps pour ses tests, sans égards à leur sexe ou à leur race. L'idée de créer son premier monstre lui vint à la suite d'une expérience au résultat particulièrement désastreux.

Noé était âgé de neuf cent cinquante ans lorsqu'il aperçut Sachelle pour la première fois.

La perle rare.

Elle lui échappa, et à plus d'une reprise, mais il ne perdit pas confiance en ses moyens. Chez les adem-bîst, les disparitions se multiplièrent soudainement. L'alchimiste fabriquait des monstres qu'il lançait à la recherche de Sachelle.

Il était conscient que cette jeune katze-lusän pouvait fort bien être la dernière d'entre elles.

Perdu dans ses pensées, Noé n'avait pas vu Vacnar et Sertram piquer du nez. Il se redressa d'un mouvement si brusque que sa chaise tomba à la renverse. Face à lui, les deux hommes se réveillèrent en sursaut. Djouane, cependant, ne sourcilla même pas.

« Elle est peut-être morte », se dit l'alchimiste.

Pour le moment, il n'y accordait pas la moindre importance. Il vérifierait plus tard.

— À quoi me servez-vous, fainéants ?

— Je... Je ne dormais pas, balbutia l'homme-couleuvre.

— DeGriffe ? l'apostropha Noé. Tu as toujours la plume que je t'ai confiée il y a sept ans ?

— Je l'ai toujours, oui. En quoi est-ce que...

— Donne-la-moi ! Et tous les deux, débarrassez-moi cette table de ces livres inutiles !

Les mains tremblantes, l'alchimiste entreprit de fouiller ses étagères. Reniflant le contenu d'une fiole, puis d'une autre, il les mit de côté pour en choisir une troisième.

— Sertram !

Il pointa un bocal au schlaang-fídi, qui dut grimper sur une chaise et le lui attraper.

— C'est une langue ? fit Vacnar, dégoûté, lorsque Noé dévissa le couvercle de ce récipient.

— Pas n'importe quelle langue, murmura l'alchimiste. Celle du kräengjëll !

Il était excité comme une puce.

— Toi ! héla-t-il un enfant-cerf.

Il fit étendre l'elagsaw sur la table et l'y sangla.

— Tire la langue, je te prie.

D'un coup de couteau, l'alchimiste trancha l'organe. À la place, il cousit la langue de l'homme-corbeau. Il saupoudra dessus des herbes à l'odeur indéfinissable, avant de transvider trois liquides différents dans la bouche du garçon et de le forcer à tout avaler. Noé s'empara ensuite de la plume noire que lui tendait l'homme-cougar et en chatouilla la langue, qui se contorsionna.

— Vacnar, mon grimoire ! Prends des notes !

Quand le pumë fut prêt à obtempérer, Noé interrogea l'organe charnu.

— Où est le diamant noir ?

S'éleva alors une voix que l'alchimiste n'avait pas entendue depuis des siècles. En s'agitant dans la bouche de son nouvel hôte, la langue produisait des mots. Suivant les instructions qu'elle fournissait, l'homme-cougar se mit à tracer des lignes qui, bientôt, représentèrent une carte.

— Parfait ! se réjouit Noé en examinant le résultat. Je vois très bien où c'est !

Le matin arrivé, Noé était trop excité pour dormir. Il se rendit dans la cavité où il avait pris l'habitude d'aller pour se connecter à la vision de Sachelle. Une vive surprise l'attendait.

— Je reconnais cet endroit !

Des murs de pierre jaune s'érigeaient autour de Sachelle. Le paysage était si particulier que Noé était certain de ne pas se tromper.

— Ma promise est sur les terres LeNoir !

Il s'était souvent approvisionné en soufre dans cette ancienne mine, jadis exploitée par les zimender.

— Pourquoi te débats-tu ainsi, ma tendre amie ?

Noé vit un homme à la peau noirâtre s'approcher de la katzelusän. Les globes oculaires de cet adem-bîst étaient totalement noirs, et de larges plaques jaunes tachetaient son crâne. Son visage reptilien se plissa d'un air menaçant.

— Ne t'inquiète pas, ma jolie, susurra l'alchimiste. Je cours à ton secours !

Chapitre 24

Territoire LeNoir, contrée de Cham

Prisonnière de la mine de soufre, son bandeau de cuir autour du cou, Sachelle était calme. En comparaison de l'homme-salamandre qui l'avait attachée là, du moins. Évidemment, le bâillon sur sa bouche et les cordes lui liant les poignets et les chevilles la contraignaient à rester assise dans son coin et la privaient de la possibilité de se plaindre. Non loin d'elle, le zimender faisait les cent pas, allant et venant de l'extérieur à l'intérieur de la grotte. D'une main, il jouait nerveusement avec un couteau, tandis que, de l'autre, il n'avait de cesse de palper son crâne lisse. Dans le silence du marais, le nasillement d'un canard le fit sursauter.

— C'est le signal ! s'exclama-t-il.

La fébrilité du zimender s'accentua. Il marcha rapidement vers Sachelle, se positionna derrière elle et remit en place son bandeau de cuir afin de cacher son œil bleu. Revenu face à elle, il coupa ses liens. Il voulut l'aider à se lever, mais malgré les fourmis lui engourdissant les jambes, la jeune femme s'élança sans délai hors de la mine. Zigzaguant à toute allure entre les aulnes à l'écorce crevassée, elle s'engouffra à l'abri de la futaie. Sans chercher à la retenir, l'homme-salamandre s'enfonça un peu plus profondément dans la soufrière, où il se dissimula derrière un amoncellement de cailloux jaune vif.

Celui dont il attendait la venue ne fut pas long à se manifester.

Le zimender croyait voir arriver un robuste gaillard au visage féroce, mais l'individu n'était pas plus grand que la moyenne des hommes. Quant à sa carrure, il n'était pas aisé de la déterminer alors qu'il se baladait engoncé dans un épais manteau de fourrure aux couleurs bigarrées. Sur ce vêtement, des dizaines de queues ballottaient et autant de gueules s'ouvraient. Ses traits, que l'on disait singuliers, n'auraient pas manqué de confirmer son identité, mais ils s'enténébraient sous une large capuche composée d'un scalp auquel s'attachait une longue chevelure fauve aux allures de crinière.

Ce fut d'un pas déterminé, quoique précautionneux, que Noé pénétra dans la mine. En apercevant les cordes coupées sur le sol de cailloux, il s'immobilisa. L'homme qui l'épiait eut du mal à contenir la colère que la vue de cet être fit monter en lui. Le sol se mit à vibrer. Ce fut à peine perceptible, et peut-être même que l'alchimiste n'en eut pas connaissance, mais l'amas de pierres menaça de s'écrouler et de dévoiler la présence du zimender. Heureusement, Noé ne s'attarda pas dans la mine de soufre. Il courut dehors et leva les yeux au ciel.

L'homme-salamandre savait ce qu'il regardait.

S'intercalant entre la bande bleue et la bande violette, une bande indigo enjolivait désormais l'arc-en-ciel. Elle y était apparue depuis quelques heures déjà. Or, trop pressé de retrouver Sachelle, Noé ne la remarquait qu'à l'instant.

Parce que le zimender reprenait la maîtrise de ses émotions, le mur de cailloux se stabilisa et le sol cessa de lui chatouiller la plante des pieds. L'alchimiste s'éloignait à grands pas. Il avait sûrement compris qu'on lui avait tendu un piège. En sortant à son tour de la mine, l'homme-salamandre vit Benliam et Rowën DeGriffe se lancer silencieusement sur les traces du mage noir. Quelques minutes plus tard, Tomek quittait à son tour sa planque pour suivre le même chemin. Si Noé surprenait les premiers, le troisième irait en avertir les autres membres de l'équipe.

Lorsque Sachelle revint vers l'homme qui, dans la soufrière, serrait encore compulsivement le manche de son couteau dans sa main, ce magicien avait repris sa véritable apparence.

— Bientôt, nous saurons où ce fumier retient ta sœur prisonnière, dit-elle à Lovann.

Au retour de Lovann et de Sachelle, les résistants mirent de côté leurs occupations respectives pour venir aux nouvelles. Rassemblés dans la clairière, ils se réjouirent d'apprendre que le plan établi par Éluna avait fonctionné comme prévu. La jeune femme-louve avait eu cette idée la veille, lorsque Jastïng était revenu au hangar accompagné d'Aztrall LeNoir. À part cet homme-salamandre qui devait la vie à Lovann, aucun zimender n'avait accepté d'être mêlé, de près ou de loin, à une histoire concernant l'alchimiste. C'était avec l'apparence d'Aztrall que Lovann avait trompé Noé.

— L'alchimiste a certainement compris qu'on l'avait attiré dans la mine intentionnellement, résuma Lovann. En revanche, je n'ai pas eu l'impression qu'il se savait suivi.

— Il devait plutôt s'attendre à être attaqué, poursuivit Sachelle. Il a filé sans s'attarder.

— Si Benliam, Rowën et Tomek demeurent prudents, le reste du plan devrait se dérouler tout aussi bien, espéra Éluna.

Elle retourna surveiller le prochain repas, qui cuisait sur le feu. Éricine et les utter-lou reprirent également leurs tâches, laissant Lovann et Sachelle en compagnie de Jastïng, d'Aztrall et de Nahash. Quant à Jémikim, plutôt que de quitter le hangar, il y traîna sous prétexte d'en balayer le sol.

— C'est donc la magie indigo qui vous permet de prendre l'apparence d'Andrak Langue-Fourchue, dit Sachelle en s'adressant au prophète.

— Pas exactement. Un sortilège de cette nature demande effectivement l'apport de la magie indigo, mais celui de la magie noire également.

— Lovann ne fait pas de magie noire, riposta Jastïng. Comment a-t-il pu s'approprier les traits d'Aztrall ?

— C'est moi qui ai transformé Lovann, révéla Nahash.

— C'est ce que l'alchimiste ferait pour moi ? le questionna Jémikim. Ma transformation ne serait qu'une illusion ?

Toutes les têtes se tournèrent vers l'hybris. Ses doigts s'accrochaient si fort à son balai qu'ils en étaient tout blancs.

— Non, mon garçon. Noé ne manie que la magie noire. S'il possédait encore les connaissances des magies du bien, son projet serait déjà réalisé. Il ne peut donc pas se transformer ni transformer qui que ce soit en utilisant ce sortilège.

Revenant aux autres, Nahash enchaîna :

— Dès que les DeGriffe reviendront et que nous saurons où est l'antre de Noé, nous réfléchirons à une stratégie et nous la mettrons en branle.

— Sans attendre l'apparition de la bande rouge ? s'étonna Jastïng. N'avez-vous pas dit que vaincre l'alchimiste sans l'apport des sept magies serait impossible ?

Avant de reprendre la parole, le prophète échangea un bref regard avec son apprenti.

— Pour le moment, l'absence de la bande rouge jouera en notre faveur.

— Noé n'anticipera pas notre venue, comprit l'homme-cerf. Nous le prendrons par surprise.

Ceci mit un terme à la discussion. Jémikim resta seul dans le hangar avec Nahash.

— Vous êtes en mesure de me donner une autre apparence. J'aimerais ressembler à Benliam DeGriffe.

— Ce n'est pas envisageable, mon garçon.

— Pourquoi? se rebiffa l'hybris. Vous êtes un magicien très puissant, non?

— Pour commencer, si je voulais te donner l'apparence de Benliam, il faudrait que je puisse le toucher.

— Il sera de retour d'ici quelques jours.

— Penses-tu que Benliam aimerait se retrouver devant son jumeau, Jémikim?

— N'a-t-il pas perdu un frère qui lui ressemblait comme deux gouttes d'eau?

— N'y songe plus. Si aujourd'hui j'ai pu changer la physionomie de Lovann, c'est parce qu'il a libéré sa connaissance de la magie indigo. Hier encore, j'aurais été dans l'incapacité de parvenir à ce résultat.

Conscient de l'immense déception de l'hybris, le prophète ajouta :

— Ces transformations ne sont d'ailleurs que temporaires et, surtout, elles ne changent en rien la vraie nature des gens.

Le balai tomba au sol. Sa mince queue fouettant l'air, Jémikim sortit du hangar.

L'hiver n'allait plus tarder à s'installer et les jours s'enchaînaient avec une lenteur horripilante. Alors que Benliam, Rowën et Tomek n'étaient toujours pas rentrés au hangar, l'angoisse devenait palpable. Même le redoux inattendu ne raviva pas l'humeur des combattants. Ils s'exerçaient aussi fort, mais les progrès, moins spectaculaires qu'au début, n'amenaient plus autant de satisfaction. Seuls les discours de Nahash gardaient la troupe soudée.

Puis, un matin, au bout de douze jours, les hommes-cougars refirent leur apparition. Dans la clairière, Sachelle courut vers Benliam. Il voulut la prendre dans ses bras, mais elle le pressa plutôt de questions.

— Avez-vous découvert la nouvelle planque de l'alchimiste ?

— Nous savons où elle est, confirma le jeune guerrier. En revanche, nous ne le trouverons pas là-bas.

— Quoi ? s'énerva la katze-lusän.

Alors que tout le groupe s'entassait autour d'eux, Benliam dit :

— Noé a quitté son antre avec ses deux acolytes, Vacnar DeGriffe et Sertram Langue-Fourchue.

— Mon frère, maugréa Éricine. C'est donc l'alchimiste qu'il est parti rejoindre avec l'enfant-cerf.

— Pour qu'il guérisse Jordrew, supposa Jastïng.

— Certainement pas, le détrompa la femme-couleuvre. Il n'y a pas plus égoïste que Sertram !

— Jordrew est sur le bateau, ainsi qu'une bonne vingtaine de ses semblables, leur apprit Rowën en guettant la réaction de Jastïng. Ces enfants ont tous le même air hagard.

L'homme-cerf, ne sachant comment interpréter cette nouvelle, ne broncha pas.

— Un bateau ? fit Sachelle. De quoi parles-tu donc, Rowën ?

— Vacnar et Sertram ont volé un navire près du marais LeNoir.

— Ils ont déjà levé l'ancre, précisa Benliam.

— Ils ne sont quand même pas partis pêcher ! s'exclama Samuyr DeLaCendre.

Les pumë ignoraient quelles étaient les intentions de l'alchimiste. Cependant, ils avaient entendu Sertram et Vacnar parler d'un diamant noir, ainsi que de leur destination.

— Ils voguent vers l'île de Canaan, annonça Benliam.

— C'est donc là que nous irons, déclara Nahash. Olyster, il nous faut un bateau.

Lovann suivit les hommes-cougars jusque dans le hangar, où ils déposèrent leurs paquetages.

— Et Djouane ? demanda-t-il à Benliam. Tu l'as vue ?

— Il y a bien une jeune femme-louve auprès de l'alchimiste.

— Alors ? Elle va bien ?

— Elle… Écoute, Lovann, je ne l'ai pas vue de près, mais…

— Mais quoi ? rugit le vûlf-gayl.

Les vantaux du hangar étaient restés ouverts. Intriguée, Sachelle y entra à son tour.

— S'il s'agissait bien d'elle, Djouane ne doit probablement sa vie qu'à la magie de l'alchimiste, divulgua Benliam.

Pendant une seconde, Lovann crut que le soleil venait brusquement de s'éteindre. Il basculait dans un trou sans fond. Il revint vite dans le hangar, devant Benliam et Sachelle, mais ses jambes ne le soutenaient plus. Alors que Benliam le retenait, Sachelle approcha un banc et l'y fit asseoir.

Tout à coup, sans que Lovann s'explique la cause de ce branle-bas de combat, ses compagnons, dehors, se mirent à courir dans tous les sens. Le jeune homme-loup voyait leurs bouches articuler, mais leurs mots demeuraient des bruits étouffés, comme si son esprit ne parvenait plus à les déchiffrer. Puis, Vydra cria :

— C'est un monstre !

Cette fois, Lovann comprit la signification de ces mots.

Sachelle et Benliam agrippèrent leurs arcs et y encochèrent des flèches avec la même incroyable rapidité. À l'extérieur, le reste du groupe s'armait aussi. Lovann se leva.

Et alors, il vit ce qui approchait.

Bien que la créature à la chevelure en bataille était d'une grandeur normale pour une femme, elle avançait dans la clairière d'un pas erratique, ses mouvements amenant ses propres bras à frapper contre ses cuisses. Même de loin et dans la lumière du jour, Lovann voyait ses yeux briller d'une lueur rougeâtre surnaturelle. Quatre hommes marchaient derrière cette créature comme si elle était leur chef, des hommes qui, pourtant, ne semblaient pas sous l'emprise d'un quelconque sortilège.

Ce furent les vêtements de la créature que le vûlf-gayl reconnut en premier. S'élançant hors du hangar, il hurla :

— Ne tirez pas ! C'est ma mère !

Chapitre 25

Territoire DeLaCendre, contrée de Cham

Étendue sur une rangée de caisses de bois dans le vieux hangar des hommes-loutres, Jessanine LeGris revenait à elle dans la plus grande confusion.

— Où suis-je ? Je… Lovann, c'est bien toi ?

— Bonjour, maman.

Se redressant vivement, la femme-louve attrapa son fils par la nuque et le serra contre elle à l'étouffer.

— Ça va ? s'enquit-il. Tu n'as pas trop mal ?

— Non… Devrais-je avoir mal ?

L'opération avait été longue, mais Nahash n'avait pas eu besoin de lui ouvrir le ventre. Il avait réussi à faire remonter la pierre jusque dans la gorge de Jessanine grâce à un mélange de magie verte et de magie jaune. Aux côtés de Lovann, le schlaang-fídi était toujours au chevet de la femme. Forçant sa mère à se détacher de lui, Lovann lui fit voir le petit jaspe rouge brique qu'elle venait de recracher.

— Dorgam est mort, lui rappela-t-il. Tu as avalé sa pierre magique parce que tu savais qu'elle te conduirait à moi, ton enfant premier-né. Stärk m'a tout raconté. Lui, Chobran, Gulung et Kénès t'ont escortée jusqu'ici.

Les circonstances dans lesquelles Jessanine avait quitté le refuge LeGris lui revinrent en mémoire. En sortant de la chaumière où elle venait d'empoisonner son deuxième mari, elle s'était heurtée à Stärk, Chobran et Gulung. Elle avait d'abord cru que les trois hommes-loups allaient l'empêcher de fuir. N'ayant jamais accepté que Dorgam l'admis soit devenu leur chef, ils étaient plutôt là pour mettre un terme aux abus de pouvoir du rustre.

— Ton père et ton frère se sont échappés des cachots du refuge avec Pierik, dit Jessanine à son fils. T'ont-ils retrouvé ?

— Oui, maman, ils m'ont retrouvé.

Être informée de la mort d'Elkin, son plus jeune fils, et de celle de Goulven, le père de ses trois enfants, fut difficile à encaisser, mais la femme-louve sut se réjouir en entendant qu'Éluna avait survécu aux sévices subis sous le joug de Dorgam LeRouge. Au sujet de Djouane, malgré ce que Lovann venait d'apprendre de la bouche de Benliam, il se voulut rassurant : ils allaient bientôt la sortir d'entre les griffes de l'alchimiste.

Sous l'œil paternel de Gwenor DeLaCendre, de nombreux ouvriers utter-lou travaillèrent à remettre en état le *Bon Vent,* le plus gros navire de pêche du clan. Les voiles furent mouillées pour que le tissu se resserre et que le vent ne passe pas à travers, les trous et les fentes du bordage se virent calfatés avec de la poix et du goudron. On enduisit la coque de suif fondu et l'on trempa le vieux cordage dans du goudron afin de le rendre plus imperméable et plus solide. Pendant ce temps, la petite troupe de résistants apprenait à manœuvrer un gouvernail, à manier les voiles et à comprendre les astres qui, la nuit, les piloteraient vers leur ultime destination.

Deux jours après le début des travaux, le *Bon Vent* fut en état de prendre la mer. L'équipage allait larguer les amarres quand un passager de dernière minute se présenta pour l'embarquement.

— Godrok DuGlacier !

L'énorme baèr-krel fut reçu sur le pont du chalutier avec autant de gratitude que d'étonnement. Même si le navire était chargé au maximum de sa capacité, avec à son bord quinze hommes et cinq femmes, il commença son voyage en filant à bonne allure grâce à un vent en poupe.

Olyster, le plus expérimenté des trois pêcheurs, estima la durée totale de la traversée à cinq ou six jours.

— Si les conditions restent favorables, précisa-t-il.

— Dans ce cas, nous y serons dans trois jours, affirma Nahash.

Deux équipes furent formées. Tandis que celle de jour trouvait ses marques, celle de nuit s'installa dans la cale pour dormir en attendant la permutation. Olyster DeLaCendre tenait la barre, assisté d'Éricine Langue-Fourchue. Stärk LeGris et Vydra DeLaCendre veillaient au bon fonctionnement de la voilure, brusquée par le souffle magique de Nahash. Pour leur part, Jémikim LeRoux et Aztrall LeNoir surveillaient les filets jetés à l'eau. Plus tard, Jessanine préparerait et cuisinerait les poissons pêchés. Les trois DeGriffe avaient l'œil sur le Sem, ainsi que sur le rivage dont ils s'éloignaient. Rowën était à la poupe, et Tomek à la proue. Quant à Benliam, il occupait le nid-de-pie, un poste d'observation en forme de tonneau situé au sommet du plus haut des mâts.

Lorsque la première nuit tomba, le vent fit de même. Sorti sur le pont du chalutier pour relayer Nahash, Lovann dut faire appel à la magie violette afin de garder les voiles gonflées. À ses premiers essais, et en dépit des manœuvres de Samuyr DeLaCendre et de Chobran LeGris, les voiles s'affaissaient chaque fois que son souffle s'amenuisait. À force de concentration et de persévérance, l'apprenti magicien trouva toutefois le moyen d'extraire de lui un souffle qui perdura dans le temps. Il put alors faire le tour du bateau et s'assurer que tout se passait bien. Les pêcheurs de jour n'ayant pas rempli les coffres, Gulung et Kénès LeGris s'étaient attaqués à cette tâche. Lovann se réjouit de constater que, maintenant que le chalutier s'était écarté des zones de pêche habituelles, les filets s'emplissaient plus rapidement de poissons. À la proue, Godrok DuGlacier prenait son rôle de vigie au sérieux. Après sa visite au baèr-krel, le jeune homme-loup se rendit auprès de Jastïng, qui lui certifia qu'il ne rencontrait aucun problème particulier.

— Cette fois, je vous conduirai à bon port, promit l'elagsaw.

Lovann avait insisté pour que ce soit lui qui prenne la barre pendant la nuit. Jastïng était secondé d'Éluna. Entre tous, la jeune femme-louve s'était révélée la plus apte à déchiffrer le langage des astres. Elle montrait au magicien l'étoile qu'ils suivaient, quand il l'entraîna à l'écart. Éluna s'appuya sur le parapet du pont afin de contempler l'écume blanche qui léchait les flancs noirs du bateau. Puis, l'observant du coin de l'œil, elle s'enquit, espiègle :

— Qu'est-ce que c'est que cet air gêné ? Tu as quelque chose à me demander, Lovann ?

— Non, c'est plutôt que… Tu sais, cette promesse que je t'ai faite ? Je la tiendrai.

Se redressant, Éluna se tourna face à lui.

— Lovann, tu as promis de m'épouser devant un seul témoin : une hermine morte. Comme je te l'ai dit ce jour-là, rien ne t'oblige à m'épouser.

— Les choses ont changé. Ton visage… C'est ma faute, je…

— Tu crois qu'aucun homme ne voudra de moi?

— Je...

— Ce n'est pas toi qui m'as défigurée, Lovann. Et puis, que vaut désormais une promesse faite sous l'arc-en-ciel noir? Cette époque est révolue. Tu as raison, les choses ont changé. Cet homme qui veut nous changer, ce Noé, il a déjà en partie réussi. Tu n'es plus le même, Lovann, et je ne suis plus la même. C'est vrai pour la plupart d'entre nous.

Perdu dans la contemplation du ciel, le vûlf-gayl ne put qu'acquiescer aux paroles d'Éluna.

— L'apparence de mon visage m'importe peu, Lovann. Je suis en route pour combattre l'alchimiste et sauver ma meilleure amie. Crois-tu que je me soucie de la couleur de ma robe ou de la façon dont mes cheveux sont coiffés?

— Dans ce vent, j'espère bien que non!

Le rire de la jeune femme ne suffit pas à réchauffer le cœur de Lovann.

Oui, ils avaient changé.

— Tu ne devrais pas être ici, Éluna. Personne ne le devrait. C'est ma faute, je...

— Tu ne comprends pas, Lovann. J'ai peur, bien sûr, mais depuis que j'œuvre pour cette cause avec vous tous, je me sens pousser des ailes! Ma place n'est nulle part ailleurs qu'ici.

Ouvrant grand les bras, elle offrit son visage aux caresses du vent. Puis, elle plissa les yeux devant ce qu'elle voyait dans le ciel.

— Jastïng! appela-t-elle en abandonnant Lovann sur le bord de la rambarde. Il faut garder le cap, mon ami!

Alors qu'elle gambadait vers l'homme-cerf, un brusque mouvement du bateau la précipita contre lui. Leurs deux visages s'illuminèrent. D'un bras, Éluna se cramponna à la taille du robuste elagsaw et, de l'autre, elle lui pointa une étoile en lui expliquant son erreur.

« A-t-elle remarqué qu'il a donné un coup de barre exprès pour la faire tomber ? », se demanda Lovann.

Il se perdit dans la contemplation du ciel sans nuages. Pour lui, il était parfaitement logique qu'une fille comme Éluna sache si bien comprendre les étoiles.

« Jastïng l'aime bien », se dit-il, et il en fut réconforté au-delà de toute attente. « Il n'arrivera rien de fâcheux à Éluna », en conclut-il alors.

À ce moment précis, il vit Sachelle se raidir dans le nid-de-pie et porter une longue-vue à son œil orange. Il crut apercevoir une ombre dans le ciel, mais cette impression ne dura pas. En voyant le vûlf-gayl s'approcher du mât dans lequel elle était juchée, Sachelle quitta son poste pour se laisser glisser jusqu'au pont.

— Ashnaël est là, informa-t-elle Lovann.

— Je n'ai donc pas rêvé.

Avisant les joues et le nez rouges de la katze-lusän, il posa une main sur le côté de sa tête. Une pâle lueur orangée entoura la jeune femme, la réchauffant.

— Merci, Lovann. C'est vraiment frisquet, là-haut. Avant que j'y retourne…

— Qu'est-ce qui te tourmente, Sachelle ? Ce n'est pas le froid, et encore moins la présence du kräengjëll.

Il s'avéra qu'elle se questionnait à propos des quatre vûlf-gayl venus jusqu'à eux avec Jessanine. Trois d'entre eux travaillaient de nuit : les trentenaires Chobran et Gulung, ainsi que le jeune Kénès.

— Tu les connais bien ? voulut-elle savoir.

— Le plus vieux, Stärk, était un ami de mon père. Il faisait partie de son équipe de chasseurs. C'est un brave homme, tout comme

Chobran, son cousin. Ça ne me surprend pas que ces deux-là se soient rebellés contre Dorgam. Quant à Gulung, il a toujours su où se trouvait son intérêt. Tant que la main qui le nourrit ne le frappe pas, il ne la mordra pas.

— Et Kénès ? Il me paraît bien jeune. Un rien l'effarouche. A-t-il au moins quatorze ans ?

Lovann dut avouer qu'il ne connaissait pas Kénès LeGris, ce qui fit tiquer Sachelle.

— As-tu remarqué cette habitude qu'il a de se cacher le nez sous son col et les yeux sous son chapeau de fourrure ? Il n'enlève jamais ce fichu chapeau !

— Il fait froid, tu l'as dit, Sachelle. Que vas-tu t'imaginer ? Que Kénès est un espion envoyé par Noé ?

— Bien sûr que non, gros bêta. J'ai tout de même peur que ce gamin maigrelet nous cause plus de soucis qu'autre chose. Il regarde les poissons qu'il sort du fleuve avec une mine dégoûtée !

— Le pauvre doit souffrir du mal de mer, continua de le défendre Lovann. Je parie qu'il regrette déjà de ne pas être resté au chaud chez lui !

Ils le regrettèrent tous lorsque, au cours de la deuxième nuit du voyage, les eaux commencèrent à s'agiter sérieusement. La houle en vint à prendre tant d'ampleur que les dormeurs, projetés hors de leur couche par le roulis des vagues, durent courir prêter main-forte à l'équipe de nuit. Une voile se déchira avant qu'ils n'arrivent à toutes les descendre. Lovann apprit à ses dépens que la puissance de l'océan n'était pas une force qui se contenait facilement. Sa magie bleue, combinée à celle de Nahash, parvint à garder le chalutier à flots pendant toute la durée de la tempête, sans toutefois réussir à diminuer la hauteur et la violence des vagues les malmenant.

Calme et ensoleillé, le matin trouva l'apprenti magicien endormi à même le pont, sur la pellicule de sel laissée par les eaux. Certains s'affairaient déjà à réparer les dégâts causés par la tempête. Jessanine, Éluna et Éricine rapiéçaient la voile déchirée. Fourbu, Lovann fit le tour du chalutier pour apaiser de sa magie verte ceux dont l'estomac n'avait pas fini de se retourner. Kénès refusa d'être touché par le magicien. Il semblait pourtant nauséeux. Gardant les yeux au sol qu'il balayait, il voulut s'éloigner, mais Lovann le retint d'une question.

— Qu'est-ce qui t'a poussé à suivre les autres jusqu'ici?

Le jeune vûlf-gayl haussa les épaules avant de se défiler, se dirigeant vers la rambarde pour jeter à la mer l'eau sale de son seau. Lovann alla se renseigner auprès de Stärk LeGris, occupé à solidifier un mât fissuré.

— Pourquoi Kénès a-t-il quitté le refuge?

— Il s'est joint à nous alors que nous étions déjà sortis de l'enceinte du refuge. Depuis, il n'a grogné qu'un ou deux mots.

— Il n'est donc pas muet. Qui sont ses parents?

— Il est orphelin, voilà tout ce que je peux te dire sur lui.

Ce fut tout bonnement, en séchant les vêtements détrempés par les intempéries de la nuit, que Lovann, en mêlant les magies orange et violettes, parvint pour la première fois à se servir de ses pouvoirs sans qu'aucune lueur colorée s'allume pour les révéler. La journée d'après se passa sans complications. Et voilà qu'au cours de la troisième nuit, le kräengjëll fendit le blanc des nuages et dépassa le chalutier.

Devinant que l'île de Canaan ne tarderait plus à apparaître à l'horizon, Sachelle sonna le réveil de tous.

Chapitre 26

Territoire DesMerrains, île de Canaan

Malgré la pénombre amenée par le début de la nuit, une dizaine de torches, fixées à autant d'arbres, favorisa un accostage en douceur au sud-est de l'île de Canaan. Sur le *Bon Vent*, Olyster se préparait à jeter l'ancre lorsque la silhouette d'un homme se détacha des arbres nus du littoral pour avancer lentement vers le chalutier. Dans la brise fluctuante, les plumes de ses ailes et le duvet de sa chevelure frétillaient presque imperceptiblement.

— Ashnaël, le salua Lovann depuis le pont du navire.

Derrière l'homme-corbeau, une vingtaine d'arbres bougèrent. Ils s'avancèrent eux aussi, portant avec eux les torches enflammées. Sur le bateau, les résistants retenaient leur souffle, leurs mains près de leurs armes. Bientôt, la lumière des flambeaux mit à jour leur méprise : les arbres ne s'étaient pas déracinés. Ceux qui marchaient à leur rencontre étaient de grands adem-bîst aux énormes panaches. Les vêtements et les chevelures de ces insulaires s'agrémentaient de plumes. Leur peau cuivrée était légèrement plus foncée que celle des elagsaw. Ils étaient plus grands encore que ces derniers, plus minces, mais tout aussi bien bâtis. Leurs bois sombres, de forme différente, étaient aplatis et disposés en éventails.

L'un de ces hommes-orignaux se détacha des autres pour venir se placer aux côtés du kräengjëll. Il portait une coiffe faite de la dépouille d'un oiseau aux plumes de jais. Sur la petite tête blanche au bec noir et rouge, les yeux cerclés de vermillon paraissaient vivants. Le panache de cet homme étant complètement recouvert de plumes noires, l'oiseau donnait l'illusion d'être sur le point de prendre son envol.

— Je suis Mökkurinn DesMerrains, chef des elch-kanski de l'île de Canaan. Bienvenue sur notre terre, accueillit-il l'équipage du *Bon Vent*.

L'homme-orignal était maigre et plus vieux que ne l'avait jamais été un chef de clan des contrées de Japhet ou de Cham. Ses grands yeux, bruns et humides, observaient un à un ses visiteurs.

— Vous nous attendiez, souligna Lovann.

— Kepulan, Jarkên, appela Mökkurinn.

Les deux hommes ainsi désignés par leur chef quittèrent à leur tour le rang pour venir attraper les amarres que Samuyr et Vydra leur lancèrent. Kepulan devait avoir la quarantaine. À la base de ses énormes bois, ses cheveux s'enroulaient en deux tresses noires, et le col de son manteau de cuir s'ornait de plumes rouges. Des motifs de peinture sombres décoraient de chevrons la ramure plus modeste de Jarkên, qui avait sûrement quinze ans de moins.

Une fois le bateau bien attaché à de petits arbres sur le bord de la rive, les deux hommes-orignaux reculèrent afin de laisser Lovann, Jastïng et Sachelle en descendre. Le regard de Mökkurinn s'attarda sur la jeune femme-lynx.

— C'est la première fois que nous voyons une demoiselle aussi bien escortée, mentionna-t-il.

Kepulan accrocha Sachelle par un bras.

— Venez, l'invita-t-il gentiment à le suivre. L'homme de plumes va nous conduire à eux.

— À qui donc? grommela Sachelle en se dérobant au bras de l'elch-kanski.

— N'êtes-vous pas chez nous pour mettre cette jeune femme en lieu sûr? s'étonna Mökkurinn en s'adressant à Jastïng.

— Nous sommes à la poursuite d'un homme que nous appelons l'alchimiste, intervint l'elagsaw. Je suis Jastïng DuBois, et voici Lovann LeGris, le magicien qui a fait apparaître les couleurs de l'arc-en-ciel.

La mention de l'arc-en-ciel fit réagir chacun des elch-kanski.

— Ce tueur sanguinaire serait ici, sur notre île? chuchota l'un d'eux.

— Vous n'avez pas eu vent de son arrivée? se renseigna Lovann, fébrile. Nous pensons qu'il pourrait être ici depuis quelques jours.

Le chef DesMerrains assura à l'homme-loup que rien d'anormal n'avait attiré l'attention des siens. Il lui demanda ensuite de lui prouver qu'il était bien magicien. Un mince rideau de sable s'éleva entre eux avant de retomber sur la grève.

— L'alchimiste serait venu seul? s'enquit alors Mökkurinn.

— Il voyage avec une vingtaine de compagnons, le renseigna Jastïng. Des enfants, pour la plupart.

Un silence perdura quelques secondes sans que des éclaircissements au sujet de cette affirmation soient exigés. Le chef DesMerrains voulut plutôt savoir ce qu'ils comptaient faire de l'alchimiste si, bien sûr, ils lui mettaient la main dessus.

— Nous souhaitons débarrasser le Nouvel-Éden de ce mage noir, déclara Lovann, n'y allant pas par quatre chemins.

— Y a-t-il un endroit où nous pourrions cacher notre navire ? s'informa l'homme-cerf.

— Il y a une petite enclave dans une falaise, du côté est, répondit Mökkurinn. Jarkên et Veer vont y conduire vos camarades.

Séance tenante, Veer se joignit à Jarkên. Ensemble, ils entreprirent de détacher les cordes qui retenaient le chalutier.

— Nous ferons ce que nous pourrons pour vous aider, précisa le chef DesMerrains aux trois individus se tenant devant lui. Toutefois, ne vous attendez pas à ce que nous prenions les armes. Nous sommes un clan pacifique.

En dépit de ces paroles, les quelque vingt représentants de ce clan présents sur la grève avaient un bouclier à la main gauche et une hachette à la ceinture.

Comme si tout avait été dit, le kräengjëll tourna les talons et s'enfonça dans les bois.

— Venez, maintenant, insista Kepulan auprès de Sachelle, tout en éclairant d'une torche le dos ailé de l'homme-corbeau. Lui seul sait où se trouve l'endroit précisément.

Après avoir aidé Jarkên et Veer à se hisser sur le chalutier, Benliam passa d'un bond le parapet. Rowën, Tomek, Stärk et Chobran voulurent faire de même, mais le chef elch-kanski s'y opposa.

— Seulement ces trois-là, statua-t-il en englobant Lovann, Sachelle et Jastïng d'un geste de la main. Normalement, personne d'autre que la katze-lusän ne serait autorisé à marcher dans les pas de l'homme de plumes. Or, puisque la menace rôde...

— Vous leur faites confiance ? chuchota Benliam, derrière les trois amis.

— Mon clan en savait peu sur les elch-kanski, mentionna l'homme-cerf. On les disait effectivement pacifistes. Fiables et loyaux, aussi.

— Remonte sur le bateau, commanda Lovann à Benliam. Assure-toi qu'il soit bien caché. Veille sur Nahash ; nous serons bientôt de retour.

Quittant la grève pour marcher derrière Kepulan et Ashnaël, Lovann, Jastïng et Sachelle ne virent pas Jarkên DesMerrains repasser par-dessus la rambarde du chalutier, qu'il venait tout juste d'enjamber. Agrippé au cordage, il se laissa glisser silencieusement dans les eaux noires de la baie d'Emzara.

Ce fut sans lui que le *Bon Vent* s'éloigna de la rive.

Il n'était pas aisé de se déplacer la nuit dans la dense forêt de cette île sauvage, mais Lovann, Sachelle et Jastïng en avaient vu d'autres. Menée par Ashnaël, la petite délégation progressait rapidement. Humide, l'épais tapis de feuilles mortes et de brindilles bruissait à peine sous leurs pas. Dans la lumière de la torche de Kepulan, l'aile droite de l'homme-corbeau s'irisait d'indigo, tandis que l'autre, l'imitation fabriquée par l'alchimiste, se perdait dans l'obscurité.

Les cinq adem-bîst s'enfonçaient dans les bois depuis une dizaine de minutes lorsque le kräengjëll s'arrêta brusquement. Faisant volte-face, il leva un bras et pointa un doigt entre Sachelle et Lovann.

— Qui va là ? appela Kepulan.

Alors que l'homme-corbeau avait été le seul à percevoir sa présence, un homme-orignal s'approcha et s'annonça.

— C'est moi, Jarkên.

Kepulan parut étonné, voire contrarié, de savoir le jeune homme sur leurs traces.

— Que fais-tu donc ici ? N'étais-tu pas sur le bateau ?

— Veer peut bien guider le *Bon Vent* jusqu'à la falaise tout seul. Mökkurinn m'a sommé de vous accompagner.

— Et pourquoi ?

Le jeune elch-kanski au panache peint haussa les épaules.

— Mökkurinn n'a pas à justifier ses décisions, Kepulan. La visite de l'alchimiste sur l'île l'incite sans doute à la plus grande des prudences. Un homme de plus n'est jamais un homme de trop.

Acceptant l'explication, Kepulan fit signe à Ashnaël de reprendre la route. Ce dernier demeura sur place un moment, dévisageant le nouveau venu d'un œil pénétrant. Du moment où il se remit en mouvement, quinze autres minutes passèrent sans que personne ouvre la bouche. Et alors, au milieu de nulle part, le kräengjëll fit halte une deuxième fois. Battant des ailes, il alla se percher dans un grand arbre complètement dépouillé de son feuillage. La base du large tronc était amplement trouée. À eux trois, peut-être que Lovann, Sachelle et Jastïng auraient pu en faire le tour avec leurs bras.

S'accroupissant, Kepulan se glissa dans la brèche de l'arbre. Il dégagea le sol de la végétation pourrissante qui l'encombrait et souleva une lourde trappe. Ressortant du tronc, il confia la torche à Jarkên et l'invita à descendre le premier. Il somma ensuite Sachelle de passer derrière le jeune homme. Constatant que l'échelle de corde qui pendait dans le trou allait plus bas qu'elle ne pouvait y voir, la katze-lusän hésita.

— Le kräengjëll vient-il avec nous ?

— Il surveille les environs, répondit Kepulan.

Sous l'escorte des deux hommes-orignaux, les trois amis traversèrent un tunnel. Celui-ci ayant été conçu pour les grands elch-kanski et leur panache, il offrait une hauteur plus confortable que les galeries que Lovann et Jastïng avaient parcourues chez les

Langue-Fourchue. Bientôt, le passage souterrain prit fin devant un portail de bois. L'homme-orignal aux larges tresses en torsades y tapa du poing.

— C'est Kepulan ! L'homme de plumes m'envoie.

Dans la porte, une trappe minuscule ne tarda pas à glisser de côté, et un œil de la couleur du feu s'y encadra. Le sourcil surplombant cet œil se fronça, mais le battant s'ouvrit quand même. Se dressant dans son embrasure, un homme présenta un visage pâle et dépourvu de toute expression.

Il ne ressemblait à aucun adem-bîst connu…

Sachelle fit un pas à reculons. Lovann, qu'elle heurta, la retint.

— Un problème ? chuchota-t-il.

— Non, tout va bien, souffla la jeune femme.

Pendant une seconde, elle s'était imaginé être en face de Noé. Or, si la figure de l'homme lui avait paru si singulière, c'était parce qu'il portait un masque blanc sous le capuchon de la vaste cape noire qui dissimulait le reste de son corps.

— En quel honneur êtes-vous si nombreux ? pesta cet homme, suspicieux.

— Voici Jarkên, l'informa Kepulan. Tu peux t'y fier. La katzelusän s'appelle Sachelle. Ses compagnons et elle pensent que l'alchimiste serait sur notre île. Farasha, le vûlf-gayl est magicien ! C'est sa venue que l'arc annonce ! Une vingtaine d'hommes sont ici avec lui pour combattre le mage noir !

En retirant le capuchon de sa cape, Farasha dévoila une chevelure bicolore et des oreilles ornées de longs pinceaux de poils. Il enleva aussi son masque, montrant un visage rond, aplati et dont le front et l'arête du nez se couvraient de taches noires. Ouvrant la porte plus largement, cet homme-lynx incita ses visiteurs médusés à pénétrer dans un tunnel qui déboucha rapidement dans une vaste salle. Là vivait une petite communauté secrète ne comptant pas moins de dix-sept femmes, neuf hommes et huit enfants. Tous étaient vêtus d'habits semblables : une tunique noire, un peu délavée, sur un pantalon de la même teinte. Vraisemblablement, l'apparition des cinq voyageurs interrompait leur repas, qu'ils partageaient autour de trois grandes tables.

— Voici mon clan, annonça Farasha. Les DeLaNuit.

De multiples chandelles éclairaient l'endroit, dégageant un parfum de fleur qui se mêlait à celui du sanglier rôti et de la purée de navet. L'odeur de l'épice rehaussant le plat rappelait celle de l'érable. Une autre essence se disputait le nez des nouveaux arrivants : celle du pin dont les meubles étaient fabriqués.

Le chef DeLaNuit pria Sachelle de s'installer à son aise. À la table, si elle avait faim, ou dans un des fauteuils en rondins de bois, si elle se sentait fatiguée.

— Avec nous, tu ne manqueras de rien, lui promit-il en lui adressant un sourire chaleureux. Les elch-kanski y veillent.

— Ces gens ne sortent jamais d'ici ? balbutia Sachelle, encore sous le choc de ce qu'elle découvrait.

— Nous sommes prudents, exposa Farasha. Les femmes et les fillettes montent rarement à la surface. Seulement la nuit, et sous bonne garde.

— C'est donc pour les femmes-lynx que l'alchimiste est ici, crut comprendre Lovann.

— L'homme de plumes affirme que Noé ignore toujours l'existence du clan DeLaNuit, rectifia Kepulan. Il serait ici pour autre chose. Une chose qui a elle aussi été cachée sur notre île.

Une jeune femme à peine plus vieille que Sachelle quitta une des tables pour venir lui prendre la main et l'inciter à pénétrer plus avant dans la pièce.

— Je m'appelle Lélayne. Et toi?

Sachelle se rebiffa en récupérant sa main un peu brusquement. Pivotant vers Kepulan DesMerrains, elle l'avertit d'un ton ferme.

— Je ne resterai pas terrée ici. Je vais combattre aux côtés de mes amis, je...

— Quoi? s'écria Farasha, horrifié. C'est totalement hors de question!

S'adressant à Lovann, l'homme-lynx vociféra :

— C'est une des nôtres qu'il veut, ne le savez-vous pas?

— Nous connaissons le projet de Noé, déclara Lovann.

— Si vous laissez cette jeune femme approcher l'alchimiste, vous la condamnez à mort! rugit le chef DeLaNuit. Voyez comme nous sommes peu nombreux. Voilà cinq ans déjà que l'homme de plumes ne nous avait ramené personne!

Lovann se tourna vers Sachelle.

— Il serait effectivement plus prudent que tu demeures ici, Sachelle.

— Non! Lovann, comment peux-tu...?

— Dès que Noé sera hors d'état de nuire, nous reviendrons te chercher.

La poigne de Farasha se referma sur le bras de la jeune femme. Elle tenta de se défaire de lui, mais elle sentait la pression de ses doigts jusque dans ses muscles.

— Personne n'a le droit de m'obliger à rester ici! hurla-t-elle.

Comme si son esclandre en était la cause, la terre trembla. La forte secousse détacha de la voûte des centaines de petites roches qui tombèrent tels des grêlons. Il y eut des cris et les plus jeunes enfants se mirent à pleurer. Se protégeant le visage d'un seul bras, Farasha ne lâcha pas Sachelle.

— C'est toi qui as fait ça? questionna-t-elle Lovann.

— Je n'ai rien à y voir.

Une deuxième saccade ébranla si violemment le souterrain qu'un éboulis menaça de bloquer l'issue de la grande salle. Une vive lumière jaune envahit alors la cavité, obligeant tout le monde à fermer les yeux. Les bras tendus en direction de la sortie, Lovann s'efforçait de freiner l'écroulement du roc. Il parvint à le ralentir, mais seuls ceux se trouvant encore près de la porte eurent l'occasion de la franchir avant qu'elle ne devienne inaccessible : lui-même, Jastïng, Kepulan et Jarkên.

— Lovann ! s'époumona Sachelle, sa voix étouffée derrière le portail. Fais-moi sortir d'ici !

Depuis le corridor, le vûlf-gayl posa ses mains sur le panneau de bois et ferma les yeux. Tout son corps se mit à frémir comme s'il était lui-même victime d'un séisme intérieur. Jaillissant de sa poitrine, une lueur jaune se propagea le long des parois et de la voûte de terre. Un bruit sourd et roulant laissa alors penser que la pierre tremblait à nouveau. Or, aucun mouvement ne fut perceptible. La porte demeurant obstinément close, Jastïng s'inquiéta.

— Tu ne peux pas l'ouvrir, Lovann ?

— Ce portail doit rester fermé.

— Que dis-tu ? La voûte menace de s'effondrer et...

Haussant la voix pour s'assurer d'être entendu de Sachelle et de Farasha, Lovann annonça :

— J'ai sondé le souterrain. Ce qui devait être solidifié l'a été. Vous êtes en sécurité.

Ils ne furent que quatre, couverts de terre et de débris de roches, à émerger sous les étoiles quelques minutes plus tard.

— Où est passé le kräengjëll ? maugréa Lovann.

Au loin, la terre s'anima encore. Le tremblement mourut cependant avant d'arriver sous leurs pieds. Puis, le sud-ouest de l'île fut happé par l'obscurité, comme si un énorme nuage noir et opaque venait de s'arrêter au-dessus et qu'il bloquait la lumière de la lune et des astres.

Dans le ciel, on ne voyait plus que l'arc auquel il manquait toujours sa septième couleur.

Chapitre 27

Territoire DesMerrains, île de Canaan

Convaincus d'y trouver Noé, ce fut sans se consulter que Lovann et Jastïng s'élancèrent vers la noirceur absolue. Tout naturellement, Kepulan se dirigea en sens inverse.

— Le diamant noir, murmura Jarkên.

— Ne reste pas là ! lui cria Kepulan. Nous devons rentrer au havre !

— Quelqu'un doit surveiller cette entrée, rétorqua le jeune homme-orignal.

— Pour mieux en indiquer l'emplacement à quiconque le chercherait ? le rabroua son aîné. Non, tu viens avec moi.

Jarkên campant sur ses positions, Kepulan revint vers lui, mécontent.

— Personne ne traîne ici, ce sont les ordres de Mökkurinn.

D'un ton étrangement sentencieux, Jarkên décréta :

— Mökkurinn est un bon chef, mais il ne sait pas tout. Comment le pourrait-il ?

Quelques minutes plus tard, Farasha s'étonnait de voir Kepulan par la petite trappe coulissante du portail. Redescendu sous terre, l'homme-orignal s'acharnait à dégager la porte des DeLaNuit des rochers qui en obstruaient l'accès. Au-dessus, des hommes couraient dans la même direction que Lovann et Jastïng.

« Une dizaine, estima l'elch-kanski en se fiant aux bruits de leur cavalcade. Les autres ne doivent pas être loin derrière. »

— Mökkurinn souhaite que Sachelle soit emmenée devant lui, expliqua-t-il à Farasha.

Derrière la porte close, surpris au plus haut point, l'homme-lynx protesta.

— Ce ne serait pas prudent, Kepulan ! Si vraiment l'alchimiste est...

— Ce sont les ordres, Farasha.

— Et je m'y suis toujours plié, abdiqua le katze-lusän. Mais attention, mon ami, cette jeune femme est impétueuse. Veille à ce qu'elle ne te file pas entre les pattes.

— Ne te fais pas de souci. Jarkên m'attend en haut, nous l'aurons tous deux à l'œil.

À la seconde où le verrou fut levé, la porte s'ouvrit sous la poussée de Sachelle.

Il n'y avait pas, dans tout le Nouvel-Éden, d'homme plus prudent et plus méfiant que Farasha DeLaNuit. En dehors de son clan, il n'avait confiance qu'en Mökkurinn et Kepulan DesMerrains. Jamais il n'avait accepté qu'un autre qu'eux descende chez les katze-lusän. Or, cette nuit-là, non seulement un jeune homme-orignal qu'il ne connaissait pas accompagnait Kepulan et Sachelle, mais un vûlfgayl et un elagsaw également.

Le chef DeLaNuit rassembla les huit hommes de son clan.

— Masques et capuchons, les somma-t-il. Je vous attends là-haut.

Les femmes-lynx avaient appris à se défendre. Au combat, certaines valaient bien leurs congénères masculins, mais à ce moment précis, leur permettre de quitter le souterrain aurait été la pire des bêtises.

Ayant escaladé l'échelle de corde, Farasha émergea du tronc de l'arbre juste à temps pour voir, à la lueur de la torche de Kepulan, ce dernier disparaître au loin avec Sachelle. Tous deux couraient vers le sud-ouest, alors qu'ils auraient dû aller vers le nord, là où se situait le havre des elch-kanski.

— Farasha ! gronda un de ses hommes en surgissant dans son dos. Qu'est-il arrivé à cet homme-orignal ?

Le chef DeLaNuit fit volte-face. Même si un col de plumes rouges cachait la moitié du visage de l'elch-kanski étalé à travers les fougères, il reconnut Kepulan DesMerrains.

— C'est donc l'autre, ce Jarkên, qui emmène Sachelle vers la falaise ! rugit-il.

— Il est vivant, annonça l'homme-lynx masqué de noir en percevant, du bout des doigts, le pouls qui battait mollement dans le cou de Kepulan.

Trois katze-lusän sortirent tour à tour de l'arbre.

— Il faut ramener Sachelle ! leur ordonna Farasha.

Or, des bruits agitant la forêt, le chef DeLaNuit se rétracta. Tandis que le reste de ses hommes arrivaient sur la terre ferme, ils se dispersèrent, bondissant prestement à l'abri des bouleaux et des fourrés. Courant vers le sud-ouest de l'île, des étrangers passèrent près de l'arbre au tronc creux sans s'arrêter. Farasha en compta sept. Dans le ciel, l'arc aux six couleurs se courbait pour montrer à ces voyageurs la route menant au combat, qui ne tarderait plus à s'enclencher.

Jouant de surprise, les hommes-lynx leur tombèrent dessus. Une femme-louve étouffa un cri.

Un homme masqué venait d'attraper Jessanine LeGris par le cou, et le tranchant d'une hachette s'appuyait contre sa poitrine. Drapé dans une cape noire, son assaillant portait un masque blanc. D'autres hommes pareillement vêtus approchaient, tous masqués de noir. Forcés de rester tranquilles, les compagnons de la vûlf-gayl ne pouvaient pas lui apporter leur aide.

— Qui êtes-vous ? tenta de savoir Rowën.

— En tout cas, ce ne sont pas des elch-kanski, mentionna Olyster DeLaCendre en se plaçant entre Samuyr et un des inconnus masqués, protégeant le jeune homme-loutre de son corps.

Vu l'absence de panache au-dessus de la tête de ces neuf hommes, c'était l'évidence. En revanche, leurs masques et leurs capuchons ne laissaient paraître aucun indice susceptible de leur apprendre à quel clan ils appartenaient.

— Ils sont sans doute à la botte de l'alchimiste, lâcha Chobran LeGris.

Cette répartie valut au vûlf-gayl un coup de poing au ventre. Il en perdit le souffle. Quant à Jessanine, le malotru au masque blanc l'obligea à se pencher vers le sol en lui tirant les cheveux.

— Eh, doucement ! l'interpella Gulung LeGris. C'est la mère du magicien !

Se retrouvant nez à nez avec l'homme-orignal gisant à terre, la femme-louve bafouilla :

— C'est… C'est Kepulan DesMerrains ? Il est mort ?

— Il pique un petit somme, la détrompa l'homme au masque blanc en la ramenant agressivement vers lui. Un des siens l'a assommé avant de s'enfuir avec Sachelle.

— Où sont Lovann et Jastïng? le questionna Chobran, cherchant encore son souffle.

— Tu sais ce que je pense, vûlf-gayl ? C'est vous qui êtes à la solde de l'alchimiste ! Cette Sachelle n'était qu'un leurre pour contraindre les elch-kanski à vous mener à nous !

— À qui avons-nous l'honneur, au juste ? tenta de savoir Tomek.

Au lieu de répondre à sa question, l'homme poursuivit ses conjectures.

— Comment avez-vous convaincu Jarkên de joindre vos rangs ?

— Jarkên DesMerrains ? grommela Chobran. C'est lui qui serait parti avec Sachelle ? Nous venons pourtant tout juste de lui confier la garde de notre navire.

— Quel grossier mensonge ! s'emporta le meneur de la petite bande. Qu'aucun d'eux ne s'échappe !

Souhaitant passer inaperçu, l'homme éteignit sa torche et s'en débarrassa en la jetant dans les broussailles. Accompagné de la jeune femme-lynx, il atteindrait bientôt l'endroit baigné de noirceur.

— As-tu confiance en moi, Sachelle ?

— Oui.

Du bout des doigts, il souleva le morceau de cuir couvrant l'œil bleu de la katze-lusän. Sa paupière étant engourdie, Sachelle battit plusieurs fois des cils, jusqu'à ce que sa vision se clarifie. Malgré l'obscurité presque totale, l'homme susurra :

— Pour être crues, certaines choses ont besoin d'être vues.

Ashnaël se replia dans l'ombre des arbres.

Il était arrivé trop tard.

Même si, des centaines d'années plus tôt, il avait profondément enfoui le diamant noir, Noé avait su le retrouver. Son extraction avait fait trembler toute l'île.

Debout au bord de la rivière, munis chacun d'une torche, Vacnar DeGriffe et Sertram Langue-Fourchue flanquaient l'alchimiste. Les deux hommes semblaient tout aussi exaltés que leur maître. Le visage transformé par un rictus démentiel, ce dernier tenait à bout de bras la gemme aux dimensions d'un cœur humain. Son lustre différait de celui de toute autre pierre précieuse. Opaque, d'un noir intense, le diamant ne diffusait aucune lumière. Au contraire, c'était lui qui supprimait celle des astres, comme s'il l'aspirait. Éclaboussé par la chute se fracassant dans la rivière, Noé riait à gorge déployée. Derrière lui, le monstre qu'était devenue Djouane, une couverture de peau sur les épaules, peinait à tenir sur ses jambes zébrées de sang coagulé.

Retrouvant en apparence une partie de ses esprits, l'alchimiste interpella ses complices.

— Sentez-vous la force qui émane de cette pierre ? Enterrée ici pendant des siècles, elle s'est pleinement gorgée d'une énergie nouvelle et puissante.

— Il ne nous reste plus qu'à mettre la main sur la dernière katze-lusän, dit Vacnar.

Une paume posée à plat sur la large facette supérieure du diamant, Noé le caressait lentement, le regard rivé dessus. Il ne pouvait pourtant rien y voir, pas même son reflet.

— Nous mettons les voiles? s'enquit Sertram.

Malgré le tumulte produit par la chute d'eau, Ashnaël parvenait à comprendre l'essentiel de leur échange. Au bout d'un moment, l'alchimiste leva les yeux de la pierre. Tout son corps fut alors secoué d'un rire cruel. L'homme-corbeau sut, sans l'ombre d'un doute, que c'était de lui que Noé se gaussait ainsi. Il le voyait, la facette supérieure du diamant s'était soudainement teintée d'un bleu vif.

— Nous ne bougeons pas d'ici, répondit Noé à l'homme-couleuvre. Elle est là, quelque part sur cette île. Elle court vers moi!

Chapitre 28

Territoire DesMerrains, île de Canaan

Au moment où Lovann et Jastïng, courant le long de la rivière, s'arrêtèrent là où l'eau déboulait la falaise en une violente chute, la bande rouge de l'arc-en-ciel n'était toujours pas visible. En traçant le trajet du magicien, l'arc aux six couleurs perçait l'obscurité profonde de la nuit, émettant une lumière que même le diamant noir de l'alchimiste ne pouvait absorber.

En contre bas de ce vertigineux ravin, sur le bord de l'eau, Noé semblait les attendre. Dans la coupe de sa main droite reposait la pointe du diamant, tandis que sa paume gauche caressait la couronne de cette pierre. Derrière lui, entre Vacnar DeGriffe et Sertram Langue-Fourchue, oscillait une pauvre créature. Même du haut de la falaise, Lovann sut que cet être dénaturé et torturé avait été sa sœur.

Sa si douce Djouane.

Sans qu'il ouvre la bouche, Jastïng comprit qu'il s'agissait d'elle.

— Qui qu'elle puisse être aujourd'hui, elle est vivante, lui murmura l'homme-cerf.

Lovann prit quelques secondes pour regarder son ami.

«Je ne me serais jamais rendu jusqu'ici sans lui», se fit-il la réflexion.

— Noé ! héla-t-il l'alchimiste. C'est terminé ! Je ne permettrai pas que tu crées d'autres monstres !

Comme si le ciel était devenu aussi opaque que la pierre noire, son cri lui fut renvoyé en écho. Il résonna avec une force si étonnante que l'homme-loup se dit qu'il avait été entendu sur toute l'île.

— Tu arrives trop tard, magicien ! riposta vivement l'alchimiste.

Les traits de son visage n'étaient guère discernables pour Lovann et Jastïng. Or, même en dépit du vacarme de la chute, la jubilation dans sa voix était incontestable.

— Qu'est-ce qui peut bien te permettre de penser ça, Noé ?

En crachant ces mots, le vûlf-gayl s'était avancé de deux ou trois pas. Son pied glissa et une volée de cailloux plongèrent dans la cascade d'eau. Jastïng le retint.

— Tu as appris quelques tours de magie, LeGris ? le nargua l'alchimiste. Grand bien t'en fasse ! Sache que ce diamant renferme une puissance que jamais tu n'égaleras !

Prenant plaisir à la situation, ne se souciant apparemment de rien, il jouait avec sa pierre noire comme s'il en soupesait le poids.

— Peut-être, répliqua Lovann, mais qu'en feras-tu sans Sachelle ?

Subitement, l'eau de la chute se figea sous une mince couche de glace, imposant autour d'elle un silence surnaturel. C'était l'œuvre de Noé, à n'en pas douter, même si personne n'avait surpris le moindre geste de sa part.

— En attendant Sachelle, je peux toujours m'amuser avec ta sœur, ricana l'alchimiste. Tu as reconnu la jolie Djouane, n'est-ce pas ?

Du coin de l'œil, Lovann vit Sertram repousser la jeune femme avant qu'elle ne lui tombe dessus. À moitié morte de fatigue et de souffrance, elle pencha vers Vacnar, puis de nouveau vers le schlaang-fidi.

— Ce monstre? vociféra Lovann en enrobant ses mots de haine. J'ai du mal à m'imaginer à quoi il peut te servir!

Se tournant à demi vers l'arrière, détachant sa main gauche de son diamant, Noé la tendit vers Djouane. Assistée de Vacnar, elle vint vers lui en levant péniblement des doigts tremblants et englués de sang. La main de l'alchimiste se referma sur la sienne. Il la tira si brusquement à lui que la couverture sur ses épaules, sa seule protection contre le froid, glissa jusque sur le sol. Noé plaqua la jeune femme contre lui de manière à ce qu'elle soit face à Lovann.

— C'est de bouclier dont elle me sert, dévoila-t-il dans un gloussement. Je te conseille, LeGris, de faire bien attention lorsqu'il te prendra l'envie d'utiliser cette magie qui se révèle tout juste à toi et sur laquelle, je le devine, tu n'as que peu de contrôle.

— Penses-tu réellement que j'ai en moi ne serait-ce qu'une once de pitié pour ton abominable monstre, Noé?

— Cesse donc de l'appeler ainsi, tu vas lui causer du chagrin, minauda l'alchimiste en adoptant, cette fois, un ton faussement triste. De toute façon, on ne me dupe pas aussi facilement. Tu es toujours attaché à ta sœur, ça crève les yeux!

Nue sous les minuscules ossements qui la couvraient à la façon d'une robe et qui cliquetaient sinistrement, Djouane tremblait comme une feuille. Dans un rire sadique, Noé la poussa devant lui afin que son frère puisse l'admirer un peu mieux. Dans une vaine tentative pour se réchauffer, la jeune femme-louve s'étreignit de ses propres bras. Elle s'agrippait à elle-même comme si l'espoir qu'un tiers vienne la sauver n'existait plus.

— Tiens bon, Djouane, murmura Lovann.

— Les autres arrivent, lui fit alors savoir Jastïng.

En jetant un œil derrière son épaule, Lovann vit Godrok DuGlacier fendre un bosquet de bouleaux, ses gros poings refermés sur deux énormes massues. Benliam DeGriffe suivait de près, Jémikim sur ses talons, tous deux levant un arc et pointant une flèche devant eux. Aztrall LeNoir avait une fronde à la main. Armés de lances, Stärk et Kénès LeGris escortaient Éluna et Éricine, qui se détachèrent d'eux pour courir vers le bord de la falaise.

— Restez derrière nous, les somma Jastïng.

Sortant à son tour des fourrés, Vydra DeLaCendre, équipée de couteaux, affirma haut et fort que les retardataires les rejoindraient bientôt.

— C'est Djouane, confirma Lovann à Éluna qui, la bouche béante, n'en croyait pas ses yeux. Elle a l'air d'un monstre, mais c'est seulement ce que Noé espère me faire gober. Elle est vivante.

Portant une main à ses lèvres, la jeune femme-louve étouffa son cri de joie comme s'il aurait pu transpercer son amie et la tuer.

— Je vois que notre très chère Sachelle se fait toujours attendre ! constata Noé.

— Sachelle ne viendra pas ! lui balança Lovann.

— Si tu le dis, marmonna Noé, un large sourire étirant ses drôles de traits.

Pendant un moment, il fixa la facette horizontale de son diamant. Sur son visage se forma un rictus dément, qu'il leva vers le haut en commandant :

— Que ces braves gens soient accueillis comme ils le méritent !

Aux abords de la chute, la végétation bougea et craqua. Une vingtaine d'enfants-cerfs surgissaient d'un peu partout pour encercler les alliés du magicien. Ils étaient petits et armés uniquement de la folie qui brillait dans leur œil marron, mais Lovann devinait que la plupart hésiteraient à porter des coups à ces enfants innocents manipulés par la magie noire de l'alchimiste. Ils étaient, de surcroît, les derniers rescapés d'un clan anéanti.

Reportant son attention sur Noé, le jeune homme-loup vit le corps inanimé de sa sœur se mettre à flotter verticalement au-dessus du sol. Tordue comme une vieille branche, elle demeurait l'ultime rempart entre lui et l'ennemi qu'il rêvait de terrasser.

— Où est Vacnar ? s'interrogea tout à coup Jastïng.

Sertram Langue-Fourchue se trouvait toujours aux côtés de son maître. L'ancien chef pumë, toutefois, avait disparu. À voix haute, Éluna présuma qu'il avait compris que cette bataille ne pouvait que mal se terminer pour lui.

Profitant de la distraction de Jastïng, Éricine le contourna et se rendit jusqu'au bord de la falaise. Une couche de glace retenait encore le cours de l'eau. D'une voix claire et calme, la femme-couleuvre appela son frère :

— Sertram ! Quoi que cet homme ait pu te promettre, tu ne l'obtiendras que dans la mort !

— S'il faut en passer par là, soit, rétorqua le schlaang-fídi.

Il siffla insolemment, faisant jaillir sa langue bifide de sa bouche.

En haut de la falaise, exhibant leurs dents de lait comme s'il s'agissait de crocs tranchants, les enfants-cerfs avaient resserré leur cercle autour des combattants. Leur deuxième œil, celui au regard mort, opaque, rouge, strié de blanc et de noir, évoquait une chair mille fois lacérée.

— Que fait donc Nahash ? grogna Lovann, à l'écart du groupe avec Jastïng, Éluna et Éricine.

Il allait enjoindre cette dernière à reculer, mais il n'avait pas ouvert la bouche que le mur de pierre, secoué par la magie de

Noé, s'ébranlait. La femme-couleuvre perdit pied. Elle fut projetée vers le bas, la tête la première. En se fracassant sur le plancher de glace, son corps fendit la substance solide. Sous l'impact, la glace se lézarda jusqu'en amont en volant en éclats. Instantanément, le flot de l'eau libérée reprit sa descente pour aller frapper la surface de la rivière dans un boucan assourdissant. Le plongeon d'Éricine lui avait été fatal. Ses deux yeux grands ouverts en attestaient.

Hurlant de fureur, Lovann laissa le courant emporter la femme-couleuvre. Effaré par cette catastrophe, il ne fit rien pour arrêter les jets de glace qui retombaient sur le plateau de la falaise, aussi coupants que des morceaux de verre. Les enfants-cerfs passèrent alors à l'assaut, stimulés par l'odeur du sang. D'un coup de sabot au ventre, Jastïng repoussa celui qui cherchait à s'en prendre à lui.

— Sertram ! interpella-t-il le schlaang-fídi. C'était ta sœur !

L'homme-couleuvre aurait pu être sourd, ça n'aurait rien changé à l'affaire. Pourtant, il réagit en entendant le rugissement de douleur doublé de rage qui retentit depuis le haut de la falaise.

— Ce petit monstre m'a arraché une oreille avec ses dents ! clama Stärk LeGris.

Violemment repoussé, l'enfant-cerf responsable de ce méfait bascula dans le précipice. Avant de disparaître dans la rivière, son corps, menu et mou, ballotta un moment entre les rochers sans que Noé fasse mine de lui porter secours.

— Ai-je bien entendu ? demanda-t-il plutôt à Sertram. Cette femme-couleuvre était ta sœur ? J'espère que sa mort ne te peine pas trop.

— Je serai bientôt immortel, Maître Noé. Tous ceux que j'ai connus vont trépasser avant moi. Plus tôt je me ferai à cette idée, mieux je me porterai.

Cette réplique fit rigoler l'alchimiste.

— Il doit bien y avoir une manière de l'atteindre sans blesser Djouane, maugréa Lovann.

Il s'était attendu à ce que Noé s'applique d'emblée à le neutraliser, au lieu de quoi l'infâme mage noir s'amusait de ce qui se passait autour de lui.

Comme si elle se sentait obligée d'intervenir, Éluna se détacha de Lovann en faisant un pas vers l'avant.

— À quoi penses-tu, Éluna? Reste derrière moi!

Elle fit un autre pas, et un autre encore. Échouant à la retenir même en usant de magie, Lovann comprit que la jeune femme-louve agissait contre sa volonté. L'alchimiste la forçait à avancer.

« Elle va elle aussi s'écraser en bas de la falaise! »

Dans l'énervement, l'apprenti magicien ne put rendre invisible la lueur jaune qu'il focalisa vers Noé. Il atteignit néanmoins son but : faire trembler le terrain sous les pieds de son ennemi. Ce sortilège n'affecta pas Djouane, qui servait toujours de bouclier flottant. Il ne jeta pas non plus l'alchimiste au sol, mais il le déstabilisa suffisamment pour qu'Éluna s'éloigne en sursaut du précipice avant qu'il ne soit trop tard.

Tirant profit de cette réussite, Lovann éjecta de sa poitrine tout l'oxygène qu'elle contenait. Ensuite, il chercha à attirer Djouane vers lui d'une profonde inspiration. Cette opération fonctionna également; le corps de sa sœur commençait à s'élever dans les airs, sa longue queue sans lustre balayant la grève. Cependant, un appel impérieux lui fit abandonner cette manœuvre. En se retournant, Lovann trouva Éluna à plat ventre sur le sol. Ses griffes enfoncées dans la terre, elle rampait vers lui, entraînant un enfant-cerf agrippé à ses jambes. D'une pensée, le magicien envoya une rafale sur le garçon. Le petit alla bouler contre un arbre, au pied duquel il se remit lentement sur son séant, l'air déboussolé.

Le souffle de magie violette avait dépêtré Éluna de son assaillant, mais il avait aussi, malencontreusement, fait dévier une flèche que Benliam destinait à un autre ennemi. L'enfant visé par le guerrier pumë fut alors libre de se ruer sur sa cible : Godrok DuGlacier. Les dagues, courtes mais pointues, qui avaient commencé à pousser sur son crâne s'enfoncèrent dans le gros ventre du baèr-krel. Rugissant, ce dernier empoigna le garçon par la taille et l'arracha d'un coup à son abdomen. Le saisissant ensuite par ses bois ensanglantés, il lui fit faire un tour complet à quatre pieds du sol avant de le balancer contre un rocher. Atterri dans une position improbable, cet enfant-là ne se releva pas.

Pas tout de suite, du moins.

En revanche, d'autres petits, ensorcelés par Noé, s'acharnaient sur les alliés du magicien malgré leurs corps troués par les lames et leurs os cassés sous les coups.

« Ces créatures sont-elles immortelles ? s'inquiéta Lovann. Vont-elles finir par avoir notre peau à tous ? »

Évaluant la situation d'un regard circulaire, il vit Jastïng aider Éluna à se remettre sur pied. Il constata également que Kénès, le jeune LeGris, s'était retiré de la zone de combat pour se cacher dans les broussailles.

« Au moins ne nuit-il à personne », se dit le magicien.

Se servant de ses pouvoirs occultes, il secourut et soulagea les plus mal pris.

— Que peuvent bien fabriquer les autres ? grommela-t-il. Où est Nahash ?

En plus du prophète, sept alliés manquaient encore à l'appel : Gulung, Chobran et Jessanine LeGris, Samuyr et Olyster DeLaCendre, ainsi que Rowën et Tomek DeGriffe.

Contrant les efforts de l'apprenti magicien, Noé venait de ramener le corps de Djouane à la hauteur de ses yeux. Démontrant à quel point il ne craignait pas ses ennemis, il se contentait toujours, au lieu d'attaquer, de regarder ses créatures leur mener la vie dure.

— Lovann !

Les mollets en sang, Éluna sautillait vers le jeune homme-loup. S'accrochant à son bras, elle lui chuchota :

— Quoi qu'il puisse arriver, tu ne dois plus t'occuper de nous. C'est ce que Noé espère que tu feras. Mets toute ton énergie à lui reprendre Djouane ; ne pense à rien d'autre !

— D'accord, Éluna. Mais reste sur tes gardes. Ne t'éloigne pas de Jastïng.

Noé pouffa de rire en voyant Vacnar apparaître sur la falaise.

En contournant le rempart de pierre par l'ouest, l'homme-cougar avait emprunté un sentier moins escarpé, ce qui lui avait permis d'atteindre rapidement la zone des affrontements.

Il marchait vers son fils.

Un enfant-cerf, incapable de faire la différence entre un complice et un ennemi, eut la bêtise de se mettre entre eux deux. D'une lame aiguisée, Vacnar l'égorgea.

— Jémikim ! beugla-t-il.

— Papa ? s'étonna l'hybris en se retrouvant face au pumë à la barbe bouclée.

La main que Vacnar tendait vers lui était rouge de sang.

— Viens avec moi, mon gars !

— Je ne peux pas, je...

Passant près de Jémikim, un couteau lancé par Vydra DeLaCendre alla frôler la tête de Noé avant de baller entre les cailloux de la grève.

Suivant la trajectoire de ce couteau qui avait failli lui prendre un œil, l'alchimiste eut quelques secondes d'inadvertance. Ce laps de temps permit à Lovann d'agir. Ses lèvres formant un anneau, il inhala l'air de toutes ses forces. Flottant encore dans le vide, le corps de Djouane, aspiré, s'éleva sur quelques pieds de plus. Pressé d'éloigner sa sœur inconsciente de Noé, le vûlf-gayl la déplaça au-dessus de la rivière. Lorsque le mage noir voulut inverser le processus afin de garder Djouane près de lui, Lovann parvint à parer son sortilège. Toujours au-dessus de l'eau, Djouane fut secouée de convulsions. Sous l'effort magistral que déployait l'homme-loup, sa magie devint visible, s'affichant sous l'apparence d'effluves violets et tourbillonnants. La chevelure fauve et hérissée qui servait de coiffe à Noé s'agitait elle aussi dans ce vent surnaturel.

Lovann tenait bon, mais un sifflement commençait à s'entendre dans sa respiration.

Derrière lui, Benliam s'élança vers Jastïng pour lui porter assistance. Tombé à la renverse, l'homme-cerf peinait à se relever. Accrochés à son panache, deux enfants-cerfs lui donnaient du fil à retordre.

— Écoute-moi bien, mon fils, dit Vacnar à Jémikim. Si toi et cette bande d'ahuris êtes encore en vie, c'est uniquement parce que vous divertissez l'alchimiste. Quand il en aura assez, il vous fauchera plus facilement que des épis de blé. Sous ma protection, non seulement tu vivras, mais tu deviendras un vrai pumë. Le choix est simple !

Indécis, l'hybris observait bêtement Benliam. Au lieu de discuter avec son père, il aurait dû être en train de surveiller les arrières du guerrier aux longs cheveux blonds.

— C'est à Benliam que tu aimerais ressembler, n'est-ce pas ? poursuivit Vacnar. Viens avec moi, et Noé fera de toi un homme-cougar aussi séduisant, grand et habile que lui !

Tandis que le pumë insistait pour convaincre son fils de l'accompagner, Stärk LeGris entra dans le champ de vision de Lovann. Descendu sur le bord de la rivière, le vûlf-gayl s'approchait à pas feutrés de l'alchimiste, destinant au crâne de ce dernier son poing levé muni d'un crocs-de-poing.

— Comment est-il arrivé là aussi vite ? s'étonna Lovann.

Éluna informa Lovann de l'existence d'un chemin, un peu plus loin sur leur gauche, par lequel on pouvait aller et venir du bas au haut de la falaise.

— Stärk a vu Vacnar emprunter ce sentier, précisa-t-elle.

Lovann aurait pu se réjouir, mais il savait que les chances étaient minces pour que le grand chasseur se rende jusqu'à Noé sans que Sertram Langue-Fourchue s'aperçoive de sa présence et qu'il en avertisse son maître. Sans cesser d'aspirer l'air autour de lui, il dirigea alors toute cette énergie violette contre le schlaang-fìdi. Ainsi abandonnée par son frère, Djouane chuta brusquement vers la rivière. Pris de cours, Noé se chargea de ralentir la descente du corps inanimé. Au même moment, happé par la tornade magique, Sertram fut tracté vers l'avant, où il rencontra le dos de l'alchimiste de plein fouet. Fortement bousculé, celui-ci laissa échapper le diamant qu'il tenait pourtant de ses deux bras. La grosse pierre noire heurta le sol caillouteux dans un bruit suraigu alors que Sertram s'affalait sur le ventre.

Ayant perdu tout soutien, Djouane fendit la surface de la rivière.

Le diamant roula également jusque dans le cours d'eau. Voyant sa précieuse gemme couler, Noé se précipita dans la rivière.

Chapitre 29

Territoire DesMerrains, île de Canaan

Le choc thermique eut au moins le bienfait d'arracher Djouane à l'inconscience, mais son vêtement d'os la tirait vers le fond de la rivière.

Vidé de ses forces, Lovann tenait tout juste sur ses jambes. Il savait qu'il n'avait plus l'énergie nécessaire pour faire léviter sa sœur jusqu'à lui, et ce, même si Noé, accaparé par son diamant, ne s'interposait pas. Il tint la tête de Djouane hors de l'eau le temps qu'il put, mais à cause de ses capacités affaiblies, ce simple enchantement ne fut efficace qu'une dizaine de secondes.

— Nage, Djouane ! s'égosilla Éluna.

Tout ce qui était encore du ressort de Lovann, c'était de réfréner le courant de la rivière afin que sa sœur ne soit pas entraînée au loin. Complètement perdue, les yeux exorbités par la peur, elle battait frénétiquement des bras sans but déterminé, sans viser à se cramponner à un rocher.

La magie bleue de Lovann permit à l'alchimiste de reprendre pied, lui qui s'empêtrait dans son lourd manteau de fourrure.

Rabattu dans le dos de Noé, le scalp chevelu de son capuchon dégageait sa tête et les traits insolites de son visage. Éclairant les environs, la lumière bleutée contribuait également à ce que l'alchimiste puisse mieux voir sous la surface de l'eau.

Sur la berge, les paumes entaillées par sa violente rencontre avec le sol, Sertram avançait vers la rivière à croupetons. D'un coup de poing en pleine figure, Stärk le renvoya à terre. Le schlaang-fídi comptait soit s'en prendre à Djouane, soit aider Noé à retrouver sa pierre. Tombé dans les vapes, il ne ferait ni l'un ni l'autre.

Stärk plongea dans la rivière.

Pendant ce temps, en haut de la falaise, Jémikim n'avait d'yeux que pour Benliam, admirant l'agilité, la rapidité et la fougue avec lesquelles le pumë se battait. Séduisant et courageux, le grand jeune homme était tout ce que l'hybris avait toujours rêvé d'être.

Aux prises avec les soi-disant amis de son fils, Vacnar appela Jémikim dans un cri pressant. Cependant, Benliam savait le garçon facilement influençable, et même sans en avoir l'air, il surveillait ce qui se tramait. Dès que Jémikim se laissa convaincre, le pumë surgit entre son père et lui, les empêchant de se rejoindre, alors que l'espace les séparant ne se résumait plus qu'à deux enjambées. Vacnar aurait encore pu bondir de côté et attraper la main de Jémikim, mais ce fut Benliam qu'il saisit par le cou et qu'il plaqua contre lui. La lame de son couteau piqua la gorge du jeune homme. Un filet de sang coula.

— Un geste, le prévint-il, et tu es mort.

— Laisse donc ce garçon tranquille, Vacnar ! riposta Benliam. Ne lui as-tu pas fait assez de mal ?

Jémikim se pétrifia, déstabilisé. Il entendit Éluna hurler :

— Du calme, Djouane ! C'est Stärk LeGris, il va te sortir de là !

Sans doute paniquée, la jeune femme devait se démener avec véhémence, entravant l'aide que le piètre nageur luttait pour lui prodiguer, car Éluna cria aussi :

— Si tu continues de frapper à l'aveugle, tu vas te noyer et tu vas entraîner Stärk avec toi !

« Il y a trop longtemps que Djouane ne compte plus sur personne », se dit Jémikim, et cette pensée le rendit particulièrement triste.

— Ma décision est prise, papa : je viens avec toi. Inutile de faire du mal à Benliam.

Vacnar s'appliqua à assourdir le ricanement qui montait dans sa gorge.

— Tu ne comprends pas, mon fils. Si tu veux être comme ce jeune homme, il doit venir avec nous.

— Mais... Je..., balbutia l'hybris.

— Tu seras parfait, lui assura son père. Tout le monde t'aimera !

Sous la pression du bras de Vacnar, la voix de Benliam chevrota :

— Qui sera là pour t'aimer une fois les adem-bîst disparus, Jémikim ? C'est ce qui arrivera si nous permettons à Noé de poursuivre son œuvre !

— Comprends-moi bien, murmura Vacnar à l'oreille de celui qui avait été son meilleur guerrier. Je n'ai pas besoin de toi vivant.

Souhaitant rasséréner son fils, il décréta :

— Personne ne disparaîtra ! Noé est un guérisseur, il ne veut que nous aider. Ceux qui prétendent le contraire sont de vulgaires menteurs !

Jémikim s'était toujours cru plus âgé qu'il ne l'était en réalité. Plus perdu que jamais, il avait soudain l'air de ce qu'il était vraiment : un enfant de treize ans ignorant pratiquement tout du monde qui l'entourait.

— Pourquoi devrais-je vous croire, vous, plutôt que mes amis? bredouilla-t-il.

— Parce que je suis ton père! Ton bonheur est tout ce qui m'importe! Tu n'es qu'un gamin, tu ne t'es jamais battu de ta vie, et voilà que ces étrangers t'entraînent dans leur délire! Ils sont fous! Comment peux-tu les appeler « mes amis » ?

Le bras de Vacnar serrant de plus en plus fort le cou de Benliam, le guerrier fut incapable de répliquer. Lentement, Jémikim hocha la tête et, prenant garde à ceux qui auraient pu vouloir l'en dissuader, il commença à trottiner en direction du sentier par lequel était monté son père.

— Cours! lui cria Vacnar.

Au bout de ce sentier, en dépit de la pétulance du courant, Noé s'affairait, au milieu de la rivière, à localiser son diamant. Ce faisant, il s'assurait également de mobiliser la vigilance de Lovann. Les deux magiciens s'affrontaient, l'un se servant de la puissance de l'eau pour malmener Djouane, l'autre dans l'espoir de la pousser dans les bras de Stärk. Ce petit jeu, Lovann finit par le comprendre, ne faisant qu'agiter plus encore les flots, aggravait la situation de sa sœur. Il se força donc à stabiliser le mouvement de l'eau. Une sueur glacée se mit à suinter par tous les pores de sa peau, trempant son linge sous son manteau.

Entièrement accaparé par cette exigeante manœuvre, l'homme-loup ne vit pas le petit elagsaw qui, courant vers Éluna, menaçait de se lancer avec elle en bas de la falaise. Prévenu par Jastïng, il enflamma la tunique de l'enfant d'un jet de magie orange. Le garçon, captivé, s'arrêta net pour observer les flammes naissantes. Attrapant la jeune femme-louve par une manche, Lovann l'éloigna du précipice.

— J'ai épuisé ma force violette, lui avoua-t-il, et ma force bleue décline rapidement. Je ne sais plus quoi faire ! Djouane va se noyer ! Je ne peux quand même pas mettre le feu à cette foutue rivière !

Dans l'affluent, Noé sondait toujours les eaux afin de retrouver sa pierre. Sur la berge, Sertram tardait à reprendre connaissance. Quant à Vacnar, il était encore sur la falaise. N'ayant pas réussi à se défaire de Benliam, il cherchait à l'étouffer de ses mains. Godrok DuGlacier, qui courait à son secours, avait intérêt à agir vite, car le pumë allait tourner de l'œil.

Cette scène donna une idée à Éluna.

— La magie indigo ! proposa-t-elle à Lovann. Tu peux endormir Djouane, n'est-ce pas ?

Épuisé, le jeune homme-loup avait échu sur ses genoux. Ce fut presque en rampant qu'il gagna à nouveau le bord de la falaise.

— Sois prudent, exigea Éluna.

Cessant de se débattre, Djouane s'affaissa soudainement dans les bras de Stärk, qui recracha des gerbes d'eau. D'une seule pensée, Lovann avait envoyé sa sœur au pays des rêves. Lorsque le grand vûlf-gayl, même s'il grognait sous l'effort, s'orienta enfin vers la berge en remorquant la jeune femme, Lovann poussa un soupir de soulagement.

— Il faut t'occuper de Noé, maintenant, le somma Éluna.

De l'eau jusqu'à la poitrine, les bras levés parallèlement à l'horizon, l'alchimiste fouillait encore la rivière avec la frénésie d'un chercheur d'or. La magie indigo que Lovann lança contre lui ne le détourna pas de son objectif.

— Il a érigé une sorte d'écran de protection invisible autour de lui, en conclut le jeune magicien d'une voix essoufflée.

— Ne laisse pas cette brute de vûlf-gayl partir avec notre charmante invitée ! ordonna Noé à Sertram, qui reprenait tranquillement ses esprits.

Sur la falaise, Godrok et Benliam ayant toujours maille à partir avec le tenace Vacnar DeGriffe, Lovann et Éluna ne pouvaient compter que sur Jastïng, Aztrall et Vydra pour les garder à l'abri des petits pantins de l'alchimiste. À part celui que Stärk avait envoyé dans la rivière, les autres se relevaient sans cesse, peu importe la façon dont on les rudoyait. Bataillant au corps à corps avec un de ces enfants indestructibles, Vydra roula avec lui jusque sur le bord du ravin. Les secousses qu'ils infligèrent ainsi au terrain détachèrent de l'escarpement une poignée de cailloux. L'un d'eux, minuscule, toucha l'alchimiste, qui passa une main dans son dos comme s'il pensait en chasser une mouche.

De cet incident, Éluna déduisit ceci :

— Lovann, même si ta magie ne peut pas atteindre Noé directement, il n'est pas intouchable.

Elle lui désigna d'énormes rochers saillant de la falaise, mais il refusa de les faire bouger avec la magie jaune.

— Et si tout s'écroulait ?

Les enfants-cerfs accordant enfin un peu de répit à Jastïng, ce dernier vint aux nouvelles. Apercevant Noé debout dans la rivière, il grogna à Lovann :

— Qu'attends-tu donc pour le tuer ? Que l'un de nous se fasse massacrer ?

— Tes haches, Jastïng ! s'écria alors Éluna.

— Si Vydra et Benliam n'ont pas réussi à le toucher, aucune chance que j'y arrive, protesta l'homme-cerf. Lovann doit utiliser ses pouvoirs !

La jeune femme-louve s'obstina.

— Même si la hache de Jastïng manque sa cible, un petit souffle violet suffira à la remettre sur le droit chemin, n'est-ce pas, Lovann ?

— Oui...

— Te reste-t-il assez de force pour ça ?

— Je l'espère.

Grimpé sur la berge, Stärk y tirait Djouane, qu'à moitié revenue à elle. De toute évidence, Noé n'avait jamais souhaité voir sa prisonnière se noyer, puisque ce fut ce moment précis qu'il choisit pour activer une magie qui déchaîna la rivière, sans toutefois que le courant décuplé l'affecte lui-même. En déferlant vers lui, une vague lui rapporta aussitôt son diamant. Balayant ensuite la grève, cette même vague faillit emporter Djouane, mais Stärk, dans un regain d'énergie, la retint sur la terre ferme.

Visant le dos de l'alchimiste, Jastïng lança une première hache. Sa respiration suspendue, il surveilla la trajectoire que prenait l'outil tranchant.

— Un demi-pied sur la droite, estima-t-il.

Ce fut avec horreur qu'Éluna et lui virent la hache se planter entre les omoplates de Stärk LeGris. S'évertuant encore à reprendre son souffle, le grand vûlf-gayl s'affaissa sur Djouane, l'écrasant de tout son poids. Sans trop comprendre ce qui lui arrivait, la frêle jeune femme, indolente, ne se dépêtra de ce corps agonisant qu'avec l'aide de Sertram Langue-Fourchue.

— Lovann ? s'étonna Jastïng. Tu n'as même pas essayé de... ?

En regardant vers son ami, l'elagsaw sut pourquoi il ne s'était pas conformé au plan convenu. Transperçant l'épaule de Lovann, une flèche empennée de plumes rousses braquait son carreau enduit de sang sous le nez de Jastïng. Suivant le regard d'Éluna, il découvrit aussi, catastrophé, d'où était arrivé le projectile.

Visiblement secoué par ce qu'il venait de faire, Jémikim pointait toujours son arc sur Lovann. Vacnar abandonna son combat contre Benliam, contourna prestement un enfant-cerf et vint arracher l'arc des mains de son fils. Le tirant par un bras, il le força à déguerpir une bonne fois pour toutes en direction de la côte rocheuse. Tout en courant, l'hybris tourna la tête. Il cherchait Benliam des yeux lorsqu'une lance l'atteignit en plein visage. Sous son œil crevé, l'os de sa joue éclata.

À la place d'un fer de flèche, Chobran LeGris avait attaché un crocs-de-poing au bout de sa lance. Même s'il arrivait tout juste sur les lieux, le chasseur vûlf-gayl avait apparemment été témoin de la trahison de Jémikim.

Le garçon vacilla, tituba, puis tomba sur ses rotules. Près de lui, foudroyé, son père s'écroula lui aussi sur ses genoux. L'arc utilisé contre Lovann se perdit dans les herbes. De l'insolite visage de l'hybris, il ne subsistait qu'une moitié.

— Je ne serai jamais beau, murmura-t-il.

Et ce furent ses derniers mots.

Ceux qui assistaient à cette scène eurent l'impression que Vacnar allait serrer son fils contre lui, au lieu de quoi il se cambra et poussa un rugissement enragé. Godrok ramassa la lance de Chobran et en arracha le poing de métal. Vacnar se relevait quand cette pique traversa son corps, ainsi que celui de Jémikim, les liant tous deux dans la mort.

Pendant ce temps, Éluna avait retiré la flèche de l'épaule de Lovann. Tout en surveillant Djouane, il guérissait sa propre plaie d'une dose de magie.

— Ça va? s'inquiéta Jastïng dès que la lueur verte s'éteignit. Comment te sens-tu?

— Ne te fais pas de souci, j'ai terrassé ce monstre-là. Il ne reviendra pas.

— Quel monstre? voulut savoir Éluna, mais Lovann n'avait pas le temps de lui parler des problèmes que ses premiers contacts avec la magie lui avaient occasionnés.

Sur la berge, Sertram retenait Djouane contre lui, attendant probablement des ordres de la part de son maître. Grelottante, la jeune femme tenait à peine sur ses jambes. Du sang exsudait des centaines de minuscules trous percés dans sa chair. L'alchimiste, à genoux dans les cailloux poisseux, ses membres enchevêtrés d'algues pourrissantes, palpait tour à tour toutes les facettes du diamant noir, paniqué à l'idée d'y découvrir la moindre rainure.

Bousculant une fille-cerf afin de rejoindre Lovann sur le bord de l'escarpement rocheux, Chobran voulut planter son couteau dans l'œil rouge d'un deuxième enfant, mais sa lame glissa.

— Cet œil étrange qu'ils ont, il est dur comme le roc, mentionna-t-il en parvenant devant Lovann, Éluna et Jastïng.

— C'est vrai que leur œil rouge ressemble bizarrement à la pierre de Dorgam, l'approuva Lovann.

— Le jaspe que Nahash a sorti du ventre de ta mère? demanda Éluna.

— Bien sûr! lâcha Jastïng. Ces pierres sont à l'origine de leurs agissements!

Même si la majorité des petits monstres gisaient à l'instant dans des poses incongrues, tout le monde sur la falaise savait qu'ils n'avaient pas fini de leur chercher querelle.

— Il faut leur extraire l'œil rouge! cria Jastïng à la ronde.

Alors que Chobran englobait la zone de combat d'un regard anxieux, l'elagsaw lui prit son couteau et fonça lui-même sur un des enfants-cerfs.

— Où est Sachelle? s'enquit Chobran.

Lovann ignora cette question.

— Que font Nahash, Rowën, Tomek et les autres? voulut-il plutôt savoir.

— *Sachelle*, Lovann! insista le chasseur. Où est-elle?

— En lieu sûr.

— Si tu parles de ce souterrain où les elch-kanski l'ont conduite, l'un d'eux l'en a fait sortir! Quant à nos compagnons, des hommes masqués les ont faits prisonniers. Qui qu'ils soient, ces hommes s'imaginent que nous sommes à la botte de Noé. Je suis le seul à leur avoir échappé.

— Nahash est toujours avec eux, supposa donc Lovann. Il va les tirer de ce pétrin.

— Nahash? bafouilla Chobran. Je le croyais avec toi.

Éluna mit un terme à cette discussion en exigeant que Lovann s'intéresse à ce qui se passait en bas de la falaise. Noé avait quitté le bord de la rivière. Tournant le dos à ses ennemis, il marchait en direction du littoral, s'enfonçant entre les arbres d'un bon pas. Entre ses mains, le diamant s'était mis à projeter une lumière d'un bleu vif. Djouane n'étant pas en état de se déplacer, Sertram la prit dans ses bras. Contournant le corps de Stärk LeGris, il emboîta le pas à son maître.

— Il va falloir descendre, décréta Éluna. Où en es-tu, Lovann?

— Je me sens mieux. Mes forces reviennent.

Effectivement, la sueur ne perlait plus à ses tempes et son élocution n'était plus entravée par l'essoufflement. Pivotant sur lui-même, il constata qu'un seul enfant-cerf était encore la proie d'une transe maléfique. Telle une bête sauvage, la petite fille se débattait en hurlant alors que Vydra tentait de retirer la pierre rouge de son orbite. Jastïng dut s'allonger sur la fillette pour l'empêcher de mordre la femme-loutre. Près d'eux, un garçon borgne reprenait lentement ses esprits.

— Bois-d'Argent ? baragouina-t-il. Que se passe-t-il ? Qu'êtes-vous en train de...

— Écoute-moi bien, Jordrew, exigea Jastïng. Tu vas rassembler tous les enfants et les conduire au nord de l'île. Tu m'entends ? Les elch-kanski vous mettront en sécurité.

Le petit hocha la tête, confiant malgré la confusion totale dans laquelle il baignait.

Non loin, les yeux au sol, Benliam écartait d'un pied les herbes hautes. Il faisait le tour du champ de bataille en récupérant flèches et couteaux. Cette besogne accomplie, il leva vers Lovann un visage salement amoché par les coups. C'était l'œuvre de Vacnar. La paupière gauche du jeune homme-cougar était si enflée qu'il lui était impossible de l'ouvrir. Son œil droit, cependant, brillait d'une farouche détermination. L'apprenti magicien lui pointa le chemin qu'avait emprunté Vacnar pour monter jusqu'à eux. Dans un cri guerrier, Benliam ordonna à leur maigre troupe de se mettre en mouvement. Chobran LeGris, Aztrall LeNoir, Godrok DuGlacier et Éluna LeGris dévalèrent derrière lui les marches naturelles qu'offrait le sentier, se précipitant vers la grève.

Le dernier jaspe rouge fut retiré de l'œil de la fillette et les enfants partirent sans tarder vers le nord. Encore trop perdus pour s'interroger sur ce qui leur était arrivé, ils ne discutèrent pas les directives de Jordrew. Passant devant Lovann, Jastïng et Vydra se lancèrent à la suite de leurs compagnons. Avant de quitter le haut de la falaise, l'apprenti magicien scruta attentivement les broussailles environnantes.

« Kénès a-t-il fini par sortir de sa cachette ? », se demanda-t-il.

N'apercevant le jeune vûlf-gayl nulle part, il pensa qu'il s'était probablement replié vers le bateau.

« C'est sans doute mieux ainsi. »

L'adolescent n'avait pas la carrure d'un guerrier.

Dans les ténèbres noires de sa pierre, Noé avait vu apparaître des images qui, au même moment, défilaient devant l'œil bleu de Sachelle. Un énorme îlot rocheux émergeait de l'océan. Remplie d'eau, une large percée faisait office d'entrée à cette caverne.

Alors que l'alchimiste quittait un boisé pour fouler la terre sableuse de la plage, ce rocher à la gueule béante que lui avait montré le diamant se profila réellement au loin. Étant à son plus bas, la marée dégageait un mince cordon de sédiments graveleux qui reliait l'île de Canaan à cette caverne.

— C'est donc là que tu te caches, ma jolie, susurra Noé dans un rictus carnassier.

Et le vent se leva.

Chapitre 36

Territoire DesMerrains, île de Canaan

Traquant Noé afin de ne pas le perdre de vue, Benliam et Aztrall avaient pris les devants. Demeuré sur le bord de la rivière, le reste du groupe portait assistance à Stärk LeGris, que personne ne s'était attendu à trouver en vie. Étendu sur le ventre, il affichait une blancheur lunaire. Rougissant les cailloux, son sang coulait le long de ses flancs en dépit des fourrures qui en épongeaient une grande quantité. Le débit de l'hémorragie s'accentua quand Jastïng retira la hache plantée entre les omoplates de l'homme-loup. Une lueur verte jaillit de la paume de Lovann. Entre deux grognements de douleur, Stärk s'opposa à lui.

— Je... m'en... sors... très... bien, le jeune, articula-t-il par à-coups. Ne gaspille pas ta magie pour moi.

— Les sept magies sont indépendantes les unes des autres, expliqua Lovann en plaquant sa main sur la plaie béante. La magie verte n'est pas celle qui me permettra de vaincre l'alchimiste.

— Sauf si tu arrives à le guérir de sa folie, marmonna Jastïng.

Lovann s'occupa ensuite de la blessure laissée par l'oreille arrachée de Stärk. Une fois la lumière verte complètement étiolée, Chobran aida son cousin à s'asseoir. Encore trop faible pour revenir dans les rangs des combattants, ce dernier ronchonna :

— Assez perdu de temps ! L'alchimiste va vous filer sous le nez !

Lovann prit alors conscience de la présence de Kénès. Toujours parmi eux, il se faisait le plus discret possible. Ainsi posté dans l'ombre de Godrok DuGlacier, le jeune homme-loup espérait sûrement que l'imposant baèr-krel lui servirait, au besoin, de bouclier.

— Kénès ! le héla Lovann. Reste avec Stärk le temps qu'il se remette. Rejoignez-nous quand vous le pourrez !

L'adolescent timoré accepta cette mission d'un hochement de tête. Chobran, que Lovann croyait pourtant pressé d'aller en découdre avec l'alchimiste, se porta volontaire pour demeurer sur place avec les deux vûlf-gayl.

— Quelqu'un d'autre a besoin de soins ? vérifia Lovann à la ronde.

— Rien qui ne peut pas attendre, grogna l'homme-ours, donnant le signal de départ.

Une fois seul avec les deux membres de sa meute, Chobran dit d'une voix solennelle :

— Si Noé met la main sur Sachelle, nous sommes tous perdus. Il ne doit surtout pas la prendre vivante, vous me suivez ?

Une lueur mauvaise s'alluma dans le regard de Kénès. D'un vif mouvement de la tête, il montra à son aîné qu'il avait compris ce qu'il attendait de lui. Quant à Stärk, même s'il hésita quelques secondes, il acquiesça dans un grommellement.

Un peu plus loin, à l'orée d'un boisé d'arbres nus, Benliam et Aztrall surveillaient l'énorme rocher qui, sous la lune presque ronde, émergeait de la baie d'Emzara, tel un manoir hanté. Sans la pierre de Noé pour happer la lumière de l'astre nocturne, celui-ci fournissait maintenant un éclairage qui permit à Lovann, Jastïng, Éluna, Godrok et Vydra de les retrouver rapidement.

— Observez bien l'océan, les convia le zimender.

— Des vaguelettes rident la surface de l'eau, nota Éluna.

— Comme sous l'effet de la brise, souligna Jastïng.

Et pourtant, même les plus petites branches des arbres étaient immobiles.

— Noé est dans cette grotte avec Djouane et Sertram Langue-Fourchue, exposa Benliam.

Un cordon littoral reliait l'île à la caverne. La hauteur de la marée le laissait paraître sur une largeur de trois pieds. Mille pas, tout au plus, séparaient les résistants de l'entrée de la grotte. Or, dès que Jastïng mit le sabot sur le chemin graveleux, la petite brise plissant l'océan se transforma en vent. De chaque côté, les vaguelettes devinrent des vagues assez fortes pour produire une mousse blanchâtre. Le ciel déjà noir se couvrit d'un brouillard qui annihila la lumière de la lune. En se brisant sur le sentier de sédiments, les lames d'eau engendrèrent une pluie fine qui contribua elle aussi à obscurcir la vision des résistants.

Pressés de parcourir au plus vite le plus de chemin possible, les sept compagnons s'engagèrent le long du cordon littoral. Benliam et Lovann se mirent en file derrière Jastïng. Suivie d'Aztrall, puis d'Éluna, Vydra les rejoignit. Godrok fermait la marche. Comme ils l'avaient tous pressenti, les choses empirèrent rapidement : le vent se mit à souffler en rafales, soulevant des masses d'eau de mer qui déferlèrent sur eux. Jetés à terre, ils tinrent bon en continuant à avancer à croupetons, puis en rampant lorsque la bise se fit si violente que les crêtes de vagues se muèrent en tourbillons d'écume.

Soudain, une bourrasque emporta Éluna vers l'arrière. Elle heurta durement Godrok, dont l'énorme corps fit rempart. L'homme-ours aida la jeune femme menue à poursuivre sa progression en la poussant contre le vent enragé. Il lui cria quelque chose, mais ses mots se perdirent sous les clameurs des éléments fulminants.

Éluna avait peine à voir à un pied devant elle, tant les embruns crachaient fort. Quand une rafale menaça de la soulever à nouveau, elle se retint à la taille d'Aztrall. Sans trop comprendre ce qui se passait, elle avala une gorgée d'eau salée, et une autre. Elle s'étouffa et la panique l'envahit. Elle fut toutefois vite rassurée, car elle sentit qu'une personne l'agrippait et la tirait vers elle.

— Nous y sommes, lui dit l'homme-salamandre en la tenant, le temps qu'elle se mette debout sur la roche glissante de la caverne.

Dans cette cavité, une eau calme et émeraude arrivait jusque sous les bras d'Éluna. Les combattants frigorifiés, en claquant des dents, faisaient doucement clapoter cette eau.

— Godrok? articula Éluna après une quinte de toux douloureuse.

Un silence corrobora sa crainte. Dans le vacarme de la tempête, l'immense baèr-krel avait disparu sans que personne s'en rende compte.

— Le plus lourd d'entre nous, maugréa Lovann en revenant vers l'entrée de la caverne. Il n'a quand même pas pu être emporté par le vent!

— Notre vision était grandement réduite, mentionna Jastïng. Godrok était plus large que le chemin.

De sa magie bleue, Lovann sonda les eaux de la baie d'Emzara. Contrarié, il secoua la tête.

Dans l'antre où Noé les attendait, ils n'étaient plus que six.

— Ce n'est pas le moment de se laisser abattre, déclara Jastïng.

Usant de la magie orange, Lovann enveloppa brièvement ses amis d'un voile de chaleur afin de sécher leurs vêtements et de les réchauffer. Après quoi, Benliam les entraîna sur leur gauche, où ils grimpèrent sur des rochers qui, exondant, formaient un sentier tumultueux. Tout autour d'eux, la pierre emprisonnait des milliers de fossiles d'invertébrés. Sinuant à l'intérieur de l'îlot, cette route les conduisit dans un endroit indiscernable depuis l'entrée. Sans doute à cause du phénomène du gel et du dégel, des centaines de tonnes de débris de roche, après avoir chuté, édifiaient ici et là des escaliers, des paliers, des colonnes et des percées plus ou moins grandes.

Quelques pas de plus imposèrent à la vue des résistants un navire d'une quarantaine de pieds ancré au fond de la caverne, ses voilures enroulées autour de ses trois mâts. Parallèle à la paroi de roc, montrant son flanc droit, le bateau pointait son mât de proue vers leur droite. Les deux autres mâts frôlaient de près la voûte de pierre.

— C'est bien le bateau sur lequel est monté Noé, chuchota Benliam, confirmant ce que les autres avaient déjà deviné.

Sur l'arc de rochers ceinturant l'arrière du navire s'amoncelaient des crânes et divers ossements. De toute évidence, ce lieu avait servi, ou servait encore, de crypte mortuaire aux habitants de l'île de Canaan. Accrochées à la paroi de pierre, de nombreuses torches illuminaient les alentours, dont la muraille de bois du navire. Derrière ce parapet apparut Sertram Langue-Fourchue. Djouane n'avait pas quitté ses bras.

Tandis que la petite troupe se déplaçait afin de trouver un meilleur angle de vue, le schlaang-fídi étendit la jeune femme sur un caisson de bois qui, entre le mât arrière et le mât central, accueillait l'écoutille permettant de descendre dans la cale du vaisseau. À partir des genoux, les jambes de Djouane pendaient dans le vide. Après avoir tendu une longue-vue à Lovann, Jastïng imita les autres en se plaquant le ventre aux rochers. Sertram attacha les chevilles de Djouane ensemble en se servant du cordage du navire. Seul Lovann remarqua, à travers la lorgnette de son instrument, que l'homme-couleuvre passait cette corde dans un anneau de métal fixé au bois du caisson. Sertram procéda de la même façon avec les poignets de la jeune femme, puis il la bâillonna. Elle était consciente, mais elle ne luttait pas. Par instinct de survie, elle se tortilla un peu lorsque, surgi de la cale du navire, Noé s'approcha d'elle. S'étant départi de son manteau de fourrure, il ne portait sur sa tunique rongée par les mites qu'un lourd tablier de cuir amplement taché de sang foncé. Un casque de métal remplaçait le capuchon qu'il s'était cousu avec un scalp. Sur ce casque était cloué un splendide panache laqué d'or.

— La ramure du Seigneur Élandal, la reconnut Jastïng. Son vol a déclenché la guerre entre les DuBois et les DeL'Orée.

L'alchimiste avait également passé sur son épaule la bandoulière d'une grande besace. Ainsi, il retenait contre sa hanche son précieux diamant noir tout en jouissant de l'usage de ses deux mains. Dans l'une d'elles, il transportait une mallette de cuir, qu'il installa sur le caisson, contre le flanc droit de Djouane. Parce qu'il manifesta l'intention de lui caresser la joue, elle renversa la tête vers l'arrière. Refusant de croiser les yeux bleus de son tortionnaire, elle riva les siens sur la voûte de la caverne. Elle cilla plusieurs fois des paupières avant de se figer brusquement pour reprendre, au bout de quelques secondes, sa position initiale. Cette fois, la main de Noé se posa sur sa joue sans qu'elle bronche.

« Qu'a-t-elle vu ? », se demanda Lovann.

Il dirigea sa longue-vue vers les ombres qui se mouvaient au-dessus de sa sœur.

Quant à Noé, il caressait maintenant le diamant noir qui dépassait de sa besace. De l'autre main, il palpait ses joues fraîchement rasées. Il ne les avait pas eues glabres depuis des centaines d'années. Dans la facette supérieure de la pierre, aussi lisse que le verre et plus sombre que les ténèbres, c'était lui-même qu'il voyait. Non pas comme un reflet qu'il aurait pu dévisager dans un miroir, mais comme s'il se regardait par les yeux d'une personne en train de l'épier.

— Ça me rajeunit, qu'en dis-tu? susurra-t-il entre ses dents.

Le temps était venu.

De sa mallette de cuir, Noé extirpa la machette dont il se servait habituellement pour se frayer un chemin dans les zones denses en végétation. Empoignant à deux mains le court manche de l'arme, il la leva au-dessus du ventre de Djouane.

Chapitre 31

Îlot rocheux, baie d'Emzara

Dans un premier temps, Lovann s'imagina que c'était son propre cri qui lui revenait en écho. En réalité, quelqu'un d'autre avait crié, et il n'était pas le seul à avoir bondi sur ses pieds. Ayant fait irruption du nid-de-pie du mât central, Sachelle était en train de se laisser glisser le long de ce mât. Elle atterrit sur le pont du navire avant que Sertram, lui-même déstabilisé par le geste de Noé, n'ait la moindre chance de parer son attaque. Fonçant droit sur l'homme-couleuvre, la katze-lusän l'envoya valser contre le parapet. En une succession de mouvements rapides, elle le fit passer par-dessus bord.

Feignant une stupéfaction semblable à celle de son acolyte, Noé laissa tomber sa machette dans une petite plainte qui se mua en éclats de rire. Voir le schlaang-fídi tenter de se retenir à la rambarde le divertissait au plus haut point. Repoussé par Sachelle, Sertram ne réussit qu'à s'écorcher les mains avant de chuter dans l'eau glacée. Afin de savoir où il émergerait, Lovann et ses camarades guettèrent la surface du lac souterrain. Les secondes passèrent sans qu'il réapparaisse.

— Méfiez-vous, ronchonna Lovann.

Après avoir analysé les lieux et la situation, Benliam expliqua en chuchotant ce qu'il escomptait de chacun. À l'instar des schlaang-fídi, les zimender étaient bons nageurs et ils ne craignaient le froid qu'à de très basses températures. Ce fut donc Aztrall LeNoir que le pumë désigna pour dévaler sans bruit les rochers et se glisser dans l'eau. Descendu assez profondément pour que sa silhouette trapue se dilue dans l'obscurité, l'homme-salamandre nagea en direction du navire. Tandis que Lovann et Éluna restaient planqués derrière une masse de pierre escarpée, Jastïng, Benliam et Vydra s'approchèrent du bateau en sautant de rocher en rocher.

Sur le pont, Noé était toujours positionné derrière le caisson de bois qui faisait office de table de sacrifice. Les bras tendus vers Sachelle comme s'il attendait qu'elle vienne s'y jeter, il avait pour elle le regard d'un homme amoureux. Ce ne fut que lorsque l'elagsaw, le pumë et l'utter-lou passèrent d'un bond la muraille de son navire qu'il s'arracha à la contemplation de la jeune femme.

— Que puis-je pour vous, braves gens? accueillit-il les trois combattants armés jusqu'aux dents.

— Sachelle, grogna Benliam entre ses dents, fiche le camp d'ici tout de suite!

— Par l'arc noir! lâcha Jastïng.

Pour la première fois, il voyait de près le singulier visage de l'alchimiste.

— C'est l'effet que je fais, en général, se moqua Noé en tâtant son menton imberbe.

Si ce n'était de l'éclat de folie dans ses yeux d'un bleu improbable, l'homme avait l'air inoffensif. Ni particulièrement grand ou costaud, il était dépourvu de crocs comme de griffes.

Exploitant la diversion, Sachelle trotta prestement vers Djouane. De son couteau, elle trancha les liens qui retenaient la captive à l'autel. Elle ne perdit pas une seconde pour la faire descendre du caisson, mais les jambes et les bras de Djouane étant encore attachés ensemble, leur fuite fut retardée.

C'est à ce moment que des cris guerriers résonnèrent dans la caverne. Sous des pas rapides, de la poussière s'éleva dans l'air. Stärk, Chobran et Kénès LeGris sautèrent sur le pont du navire. Dans leur sillage déboulèrent Rowën et Tomek DeGriffe, Samuyr et Olyster DeLaCendre, ainsi que Gulung LeGris. Neuf hommes-lynx firent également irruption entre les rochers. Venus à visage découvert, ils étaient équipés de hachettes à manche droit et de longs boucliers rectangulaires comme en portaient les elch-kanski. Dix-sept en tout, les nouveaux arrivants avaient les cheveux et les vêtements secs. La tempête de magie noire ayant, un peu plus tôt, causé la perte de Godrok DuGlacier leur avait été épargnée.

Si l'alchimiste ne parut pas perturbé par l'apparition de ces renforts inattendus, la vue des katze-lusän fit béer sa bouche.

À la tête de son clan, Farasha DeLaNuit se posta derrière le rocher qui empêchait Noé de voir Lovann et Éluna. À l'interrogation muette de l'apprenti magicien, l'homme-lynx répondit :

— Votre mère nous a convaincus que c'était la seule chose à faire. Pouvions-nous vraiment nous cacher éternellement ?

— Ma mère ? se troubla Lovann en constatant que Jessanine n'était pas arrivée avec les vûlf-gayl et le reste de la bande. Où est-elle ?

— Cette brave femme est partie avec Kepulan pour le havre DesMerrains. Elle pense pouvoir persuader quelques elch-kanski de venir nous prêter main-forte.

Songer que sa mère ne verrait peut-être jamais sa fille dans l'état où elle était en ce moment réconforta quelque peu le jeune homme-loup. En revanche, Jessanine n'était pas la seule à manquer encore à l'appel. Nahash ne s'était toujours pas manifesté.

Collant ses lèvres à l'oreille de Lovann, Éluna chuchota :

— Kepulan, a-t-il dit ?

D'un regard, elle amena le vûlf-gayl à lever les yeux sur le nid-de-pie du mât arrière. Kepulan DesMerrains, prétendument en train de courir dans les bois aux côtés de Jessanine LeGris, était embusqué dans le tonneau de la vigie. Bien à l'abri, il observait ceux qui, sur le navire, se préparaient à combattre.

— Non, admit Lovann à l'adresse du chef DeLaNuit, nous ne pouvons pas rester cachés éternellement.

Quittant sa planque pour s'élancer vers le bateau, il fut vite talonné par Éluna, Farasha, et les huit hommes-lynx venus sous son commandement.

Maintenant seul face à deux douzaines de guerriers, Noé luttait contre une crise de fou rire. Il observait Sachelle qui, non loin, s'escrimait en vain sur les liens magiques dont Djouane était entravée. Un bâillon astreignait toujours la jeune femme-louve au silence. Du geste qu'il aurait fait s'il avait voulu lancer une poignée de sable, l'alchimiste envoya sur elle un vent qui déforma son visage et révulsa ses yeux. Emprisonnée dans un tourbillon de fumée, Djouane fut brutalement propulsée contre lui.

— Moi qui étais sur le point de penser que j'en avais trop fait ! s'esclaffa Noé.

D'un jet de magie invisible, il contra l'attaque à la hachette d'un homme-lynx. L'arme, retournée contre son propriétaire, lui fendit le crâne. Son sang n'avait pas même commencé à couler qu'il s'effondrait sur le pont, mort sur le coup. Comme si le poids du katze-lusän avait suffi à provoquer le phénomène, le navire se mit soudain à tanguer sous les pieds des combattants, qui reculèrent pour s'appuyer ou s'agripper à la rambarde gauche. Un remugle âcre envahit la caverne. Au fond, entre la coque du bateau et la crypte mortuaire, l'eau remuait sous l'émergence de créatures qui, grimpant les unes après les autres la rambarde droite, venaient se ranger derrière leur maître. Sortis de leur fosse par l'alchimiste, ces treize squelettes arboraient sur leur crâne les larges organes osseux qu'étaient les ramures des hommes-orignaux. Des lambeaux de peau et des algues pendaient de leurs os cernés de noir et de vert. Armés des fémurs ayant appartenu aux cuisses d'autres défunts, ces squelettes avaient, entre leurs côtes, des cœurs de pierre colorés. Se mêlant aux hostilités, ils se déployèrent autour de Noé.

Sur le navire, les coups se mirent à pleuvoir de partout.

— Il faut leur arracher la pierre qu'ils ont à la place du cœur ! hurla Benliam.

Ce qui s'avérait plus facile à dire qu'à faire.

Enserrant Djouane par la taille, Noé la retenait toujours contre lui. Lorsque ses iris bleus brillèrent d'un éclat noir, Benliam porta son regard au même endroit que lui. Tout comme Noé, il repéra Lovann. Flanqué d'Éluna et d'un robuste homme-lynx, l'apprenti magicien s'était avancé jusque sur le rocher qui surplombait l'arrière du navire. Pestant de le savoir si près de l'alchimiste, le jeune homme-cougar poussa un juron. En voyant les orbites vides de la plupart des squelettes converger en direction du vûlf-gayl, il ordonna aux résistants :

— Ces créatures ne doivent pas s'en prendre à Lovann ! Défendons le magicien au péril de nos vies !

Au cœur de la brutale échauffourée qui se déclencha, Sachelle marcha vers Noé.

— Laissez partir Djouane, l'implora-t-elle, et je serai à vous.

— Tu ne pouvais plus m'échapper, de toute façon, lui fit remarquer Noé d'une voix tendre. Mais que tu viennes à moi de ton plein gré fait de moi le plus heureux des hommes !

Plaçant un bras sous la nuque de Djouane et l'autre sous ses genoux, il la souleva sans mal. Cinq de ses morts-vivants lui servant de bouclier, il atteignit sans souci le muret à hauteur d'appui entourant le bateau. Une fois là, il déposa un baiser sur le front de la jeune femme-louve et la balança dans le lac.

Elle avait toujours les chevilles et les poignets ficelés.

Le bruit que produisit le corps de Djouane en touchant l'eau ne vint pas aux oreilles de Sachelle, pourtant très réceptives, tant la bagarre qui sévissait retentissait en échos entre les murs de la caverne. Depuis le cap rocheux où Lovann avait une vue d'ensemble sur les combats, il parvint, grâce à sa magie, à faire abstraction de tout ce qui se passait autour de lui afin de se concentrer sur Djouane. À l'endroit où elle était tombée, une main formée de millions de gouttelettes lui retint le menton hors de l'eau. La jeune femme n'était pas pour autant tirée d'affaire. Sachelle voulut se précipiter à son secours, mais avant qu'elle n'enjambe la rambarde, Stärk LeGris s'interposa.

— Viens par ici, toi ! rugit-il en lui saisissant un poignet. Tu es complètement folle, ou quoi ? Tu tiens vraiment à ce que l'alchimiste te mette la main dessus ?

Comme s'il avait été giflé par un être invisible, l'homme-loup fut repoussé loin de Sachelle et un squelette l'assaillit en lui sautant sur le dos. Ayant le champ libre, la katze-lusän détala pour s'arrêter contre la muraille de bois. De là, elle vit la main d'eau tirer Djouane vers le rivage. Elle vit aussi la vive lueur bleue que Lovann diffusait : il n'arrivait déjà plus à la dissimuler. Noé constatant la même chose, cette lumière devint grise avant de tourner au noir. Lovann perdit la maîtrise de l'eau. Il n'était encore debout que parce qu'il prenait appui sur Farasha. Dans le lac, la main émeraude et translucide caressa le front de Djouane, se posa sur son crâne et enfonça sa tête sous l'eau.

En enjambant le parapet, Sachelle aperçut Aztrall LeNoir. Suspendu au-dessus du lac, l'homme-salamandre s'agrippait au mât incliné de la proue. Alors qu'il se coulait sous la surface de l'eau, deux squelettes contraignirent la jeune femme-lynx à redescendre sur le pont.

Éluna aussi eut conscience qu'il plongeait au secours de Djouane.

— Aztrall s'occupe de ta sœur, informa-t-elle Lovann. Concentre-toi sur Noé.

— Des squelettes viennent de lui livrer Sachelle ! s'énerva le jeune homme-loup. Il a sans doute levé un mur protecteur autour de lui.

— Il ne peut pas tout faire en même temps, riposta Éluna. Commander à ses créatures et…

— Le diamant noir amplifie ses pouvoirs, il peut…

— Il ne se sert pas de la magie de ce diamant, protesta encore Éluna, certaine de ce qu'elle avançait. Il doit en préserver toute la force s'il veut s'assurer de pouvoir transformer Sachelle.

Sans plus discuter, Lovann lança vers l'alchimiste un sort voué à l'endormir. Une traînée de fumée indigo traça un chemin entre eux. En touchant Noé, cette exhalaison rejaillit par les pointes des ramifications du panache qui le coiffait en une vingtaine de volutes d'un bleu violacé. Frappés par ces volutes, Olyster DeLaCendre, Tomek DeGriffe, Gulung LeGris et un homme-lynx tombèrent endormis sur le coup. Monté sur la rambarde dans l'espoir d'atteindre l'alchimiste d'un couteau, Tomek dégringola dans le lac. Quant à Olyster, il s'empala sur la lance qu'un squelette avait prise des mains tremblantes de Kénès. Même la douleur, sûrement atroce, n'arracha pas l'homme-loutre au sommeil magique qui venait de le foudroyer.

— Voilà à quel usage Noé destinait le panache du Seigneur Bois-d'Or ! maugréa Éluna.

Il était trop tard pour Olyster, mais en annulant son sort, Lovann parvint à réveiller les trois autres hommes. Vautrés sur le pont, Gulung et l'homme-lynx bondirent aussitôt sur leurs pieds. Quant à Tomek, il émergea du lac en recrachant de l'eau. Il allait se hisser le long d'une corde pendant devant la coque lorsqu'il fut tiré vers le fond. Témoin de ce qui arrivait à l'homme-cougar, Stärk LeGris ne courut pas lui porter assistance. Il se dirigea plutôt vers le mât central, qu'il entreprit d'escalader.

Peu pouvaient l'entendre, mais l'alchimiste chantonnait. Solidement entravée sur le caisson de bois, Sachelle le toisait d'un regard méprisant. Comme s'ils étaient seuls tous les deux, l'homme prenait tout son temps en disposant autour d'elle ses divers outils.

— Ne grimace pas ainsi, la somma Noé, ça t'enlaidit.

Sur le bord du lac, Djouane venait de s'asseoir sur les rochers. Elle était frigorifiée. Ses bras enfin détachés entouraient ses jambes remontées contre sa poitrine et se cognant l'une contre l'autre. Ayant glissé dans son cou, son bâillon dévoilait des lèvres violettes. Face à la jeune femme-louve, dans l'eau jusqu'à la taille, Aztrall s'affairait à couper la dernière corde, celle qui entravait les jambes de Djouane. Au moment où cette corde tomba dans le lac, l'homme-salamandre sentit qu'on lui attrapait les chevilles. Le temps que Djouane batte une fois des paupières, il avait disparu sous l'eau, comme Tomek avant lui. Il réussit cependant à se dépêtrer de son agresseur et il remonta à la surface. Ce fut alors que, pivotant vers l'action, il vit que quelque chose, flottant sur le lac, frappait par à-coups contre la coque du navire.

Le corps de Tomek DeGriffe.

Il n'y eut que les yeux hagards de Djouane pour voir Sertram Langue-Fourchue sauter sur les épaules d'Aztrall LeNoir et l'immerger à nouveau. Des gerbes d'eau attestèrent du combat engagé sous la surface.

Sur le bateau, accroché d'un bras au mât central, ses pieds griffus prenant appui dans le cordage, Stärk se stabilisa du mieux qu'il put, puis il leva sa lance en direction de Noé. Il s'appliqua à bien viser. Observant cette scène, Lovann se prit à espérer un miracle. Même si une dépouille puante au cœur bleuté grimpait aux trousses du talentueux chasseur, Lovann savait que Stärk avait amplement le temps de tirer avant d'être dérangé.

Le jeune homme-loup ne s'était pas trompé, mais ce fut droit sur Sachelle que la lance de Stärk fila, et non sur l'alchimiste.

Le chasseur avait-il mal visé ?

Lovann n'eut pas l'occasion de réagir. Et pourtant, le projectile dévia inexplicablement de sa trajectoire pour aller se ficher dans le bois du pont, à quelques pieds de Noé. Trop concentré sur ce qu'il manigançait, le mage noir ne sut pas qu'il avait failli être transpercé.

Toujours suspendu au mât, Stärk sortit un coutelas des replis de son manteau. C'est alors qu'en se mettant à trembler, la caverne elle-même le désarma. De petites roches se détachèrent de la voûte et tombèrent sur les combattants. Le gros couteau, que le vûlf-gayl n'aurait pu rattraper que s'il avait lâché le mât, vint se planter dans sa propre cuisse. Chutant la tête la première, fauchant dans sa descente le squelette au cœur bleu, le beuglement de Stärk ne dura que quelques secondes. Son cou se brisa lorsqu'il frappa le pont.

Quant au squelette, il pendait maintenant dans les cordages, sous le mât avant, telle une horrible figure de proue. De ses yeux inexistants, ce squelette vit Sertram Langue-Fourchue réapparaître à la surface de l'eau. La chaîne reliant le navire à l'ancre tressautait au fond du lac.

Aztrall LeNoir, toujours vivant, était retenu au bout de cette chaîne.

Sur le pont, un cadavre articulé se pencha vers Stärk. Celui-là avait un cœur jaune vif et encore assez de chair avariée sur les os pour que des insectes nécrophages lui grouillent sur tout le corps. Il s'empara du couteau en l'arrachant de la cuisse du vûlf-gayl. De cette arme, il visa le dos d'un homme-lynx qui s'approchait dangereusement de Noé. Le katze-lusän ne fut pas blessé, car d'une flèche, Benliam cloua le squelette au mât. Passé entre les deux mâchoires de la carcasse, le carreau ressortait par une de ses orbites. Sur ses os, la colonie de minuscules charognards poursuivait son œuvre comme si de rien n'était. Une autre créature au cœur de pierre se chargea néanmoins de forcer l'homme-lynx à reculer.

Jastïng détourna Lovann de cette scène en l'appelant à l'aide. L'homme-cerf souleva Rowën afin que Farasha le hisse sur leur rocher. Peinant à respirer et souffrant de partout, le pumë semblait gravement blessé. S'agenouillant, l'apprenti magicien s'ingénia à le soigner, mais il ne parvint pas à mettre le doigt sur la cause de son mal.

— Il a probablement été touché par une volute de magie noire, dit Éluna.

Même en œuvrant à partir de cette supposition, Lovann n'obtint aucun résultat.

— Nahash devrait être ici, à mes côtés! tempêta-t-il en frappant le roc du poing.

Pour la énième fois, il demanda à voix haute où le prophète était passé.

— Personne ne le sait ! lui répondit Jastïng.

Sur le point de retourner combattre les squelettes, l'elagsaw demeura à l'arrière du bateau pour questionner Lovann.

— C'est toi qui as fait trembler la caverne ?

— Ce n'est pas moi, c'est sûrement toute cette agitation...

— Non, les détrompa Éluna. Quand les rochers ont bougé, une lueur jaune s'est allumée. Elle était à peine visible, mais elle a balayé toute la cavité.

— Une lueur jaune ? répéta le jeune homme-loup, perplexe.

Noé ayant perdu ses connaissances des magies du bien, il ne pouvait être responsable de cette manifestation occulte. Dans ce cas, se pouvait-il que Nahash se cachât quelque part dans la caverne ? Lovann chercha son mentor des yeux, mais ce fut sur sa sœur que son regard se posa. À une centaine de pieds du navire, toujours assise sur le rivage, les genoux contre sa poitrine, Djouane était seule.

— Où est Aztrall ?

Les secondes filèrent sans que personne repère le zimender. Éluna se porta volontaire pour faire sortir Djouane de la caverne et elle s'activa sans délai. Au même moment, Jastïng s'étonnait de voir Kénès encore en vie. Fuyant un squelette, le jeune vûlf-gayl venait de passer près de lui.

— Ne reste pas ici, Kénès ! lui conseilla l'homme-cerf en lui faisant signe de revenir vers lui. Cours prêter assistance à Éluna et quittez la caverne au plus vite !

L'adolescent ne se le fit pas dire deux fois. Il avait déjà une jambe par-dessus la rambarde lorsque Chobran, avant de l'aider à sauter sur les rochers, vint échanger quelques mots avec lui.

— Mettez-vous à l'abri ! cria Jastïng aux hommes-loups tandis que les éboulis se multipliaient autour du bateau.

Quelle que pût être son origine, la magie jaune avait créé une faille dans le roc, et la bagarre qui faisait rage contribuait à faire crouler la caverne. Sur le pont gisaient cinq squelettes dépossédés de leur cœur de pierre. Un sixième fut décapité par une roche dégringolée depuis la voûte. Les vertèbres de la nuque cassées, chancelant, il se fit voler par Samuyr DeLaCendre le rubis brut qui le maintenait artificiellement en vie.

Un squelette étant cloué à un mât et un autre jouant toujours les figures de proue, sur les treize squelettes de l'alchimiste, huit étaient hors d'état de nuire.

— Jastïng ! l'appela Lovann. Le casque de Noé doit lui être enlevé ! Tant qu'il porte ce panache, je ne peux pas agir contre lui sans risquer de tous vous tuer !

Lâchant Kénès des yeux, l'elagsaw se lança à nouveau dans la mêlée.

Chapitre 32

Îlot rocheux, baie d'Emzara

Les pans du manteau de Sachelle pendaient de chaque côté de l'autel improvisé. Noé avait remonté la tunique de la katzelusän jusque sous sa poitrine. D'une main tremblante d'excitation, il retira le bouchon d'une petite fiole contenant une poudre rouge. Une fois cette substance broyée répandue sur le ventre de la jeune femme-lynx, il en frotta sa peau dans de multiples caresses.

— N'as-tu pas hâte de porter mon enfant ?

Ce fut un crachat, reçu au coin de la bouche, qui répondit à la question de l'alchimiste. Devant lui, des plateformes rocheuses entières s'écroulaient. Les cailloux se décollant de la voûte étaient maintenant assez gros pour blesser sérieusement quiconque serait touché au dos ou au crâne. Alors qu'un peu plus tôt il était impossible de voir l'ouverture de la caverne depuis le navire, ce trou se dressait désormais dans le champ de vision de Noé.

Ainsi que Djouane, qui s'esquivait en compagnie de deux autres vûlf-gayl.

— Rattrapez-moi ces filles ! ordonna Noé à ses squelettes.

Quatre créatures se ruèrent vers le parapet et se jetèrent à l'eau, n'en laissant qu'une sur le bateau. Très vite, elles jaillirent du lac pour surgir dans le dos des trois fuyards. Lovann allait s'interposer lorsque Farasha l'enjoignit à lever les yeux vers Kepulan. Debout dans le nid-de-pie du mât central, l'elch-kanski pointait un index en direction des trois LeGris courant vers la baie.

« Est-ce ce geste qui a prévenu Noé de leur fuite ? », s'interrogea Lovann.

Alors que les trois jeunes vûlf-gayl allaient atteindre le cordon littoral reliant l'îlot rocheux à l'île de Canaan, la marée se mit à monter subitement. Un battement de cœur plus tard, les eaux recouvraient complètement le chemin caillouteux. Éluna, Kénès et Djouane se retrouvèrent pris au piège dans la caverne et les squelettes s'emparèrent d'eux.

Seule une intervention magique pouvait expliquer cette situation.

— Pourquoi ? vociféra Lovann.

À défaut de pouvoir s'en prendre à l'alchimiste, il dirigea sa rage sur l'homme-orignal. Fusant de sa main tendue, un éclair orangé fendit l'air en direction de Kepulan. Or, la foudre dévia avant de le toucher, comme si elle avait percuté un bouclier invisible. La ligne colorée qu'elle traça fila droit sur Noé. D'une pince rouillée que ce fou avait introduite dans la bouche de Sachelle, il s'apprêtait à lui arracher les crocs. Ses quelques gardes du corps morts-vivants encore debout étant occupés ailleurs, il fut frappé par la magie orange de Lovann. Son casque de métal, auquel il avait fixé la ramure dorée, devint brûlant et se mit à rougeoyer. Gueulant des mots qu'il était le seul à comprendre, l'alchimiste lâcha son instrument de torture afin de défaire l'attache, sous son menton, qui retenait le casque en place. Des étincelles et une fumée épaisse et aussi noire que la suie sortaient de la pointe des andouillers. Noé fut secoué d'une forte toux.

La magie de Lovann fut vite détournée de sa cible, mais le temps d'un coup de tonnerre, elle avait éclairé toute la voûte de la caverne. Sous cette lumière, en voyant les iris rouge et jaune de l'homme dans le nid-de-pie, Lovann avait compris qui se planquait réellement en haut du mât.

— Nahash, murmura-t-il, médusé.

Tout ce temps-là, le vieux prophète avait été à ses côtés...

« Est-ce donc lui qui a livré Sachelle à l'alchimiste et qui a empêché Djouane, Éluna et Kénès de quitter la caverne ? »

Noé, parvenu à se dépêtrer de son casque, le balança dans le lac. Découvrir Jastïng en train de frapper le pont du navire à grands coups de hache décupla sa rage. L'homme-cerf visait les endroits où des anneaux de métal retenaient les chaînes des menottes de Sachelle. L'alchimiste l'arrêta d'un puissant maléfice. Jastïng et les neuf autres alliés du magicien allèrent culbuter contre la muraille de bois. La plupart en perdirent leurs armes, qui se retrouvèrent au fond du lac. Le squelette encore présent sur le navire à ce moment-là ne fut pas épargné ; il éclata en morceaux. Un de ses os, acéré par une cassure, se ficha dans la jambe de Chobran LeGris.

— C'est assez, maintenant ! s'égosilla l'alchimiste tandis qu'un rocher s'abattait sur le bateau, perçant dans le pont un trou par lequel aurait pu passer un baèr-krel. J'avais envie de m'amuser un peu, mais il faut croire que vous ne m'en donnerez pas l'opportunité. Sachez que toutes vos simagrées ne feront pas la moindre différence, puisque la magie du diamant noir suffira à transformer la katze-lusän en humaine !

Ses outils de torture lui étant désormais inutiles, Noé les éparpilla en les lançant autour de lui, ne conservant qu'un petit couteau.

Mal en point et sonnés, Benliam, Vydra et un homme-lynx se mirent malgré tout en mouvements. Ils s'emparèrent d'un couperet, d'une mailloche et d'une hachette. D'autres combattants commençaient à se relever lentement, mais ce ne fut pas le cas de Jastïng. La barre de bois du gouvernail lui traversait le ventre de part en part.

Quant à Rowën DeGriffe, il venait de rendre l'âme dans les bras de Farasha.

Tandis que Djouane, Éluna et Kénès étaient ramenés de force sur le navire par les quatre derniers squelettes, Lovann sauta sur le pont. Avec l'aide de Gulung, il dégagea Jastïng du gouvernail et l'allongea sur le dos. Atterri à son tour sur le plancher de bois, Farasha fit barrage de son corps, s'assurant que le magicien ne risquait rien. Surgissant alors de la poitrine de Lovann, la lumière verte fut si violente, si éclatante, que toutes les paupières s'abaissèrent de concert. Même Noé en fut indisposé, mais être privé du sens de la vue ne l'empêcha pas d'ordonner à ses squelettes, qui voyaient sans yeux, de ficeler Djouane à un mât et Éluna à l'autre. Quand les adem-bîst purent soulever les paupières, ils trouvèrent les deux jeunes femmes-louves attachées à un pied du pont. Entre les deux, Sachelle était toujours ligotée au caisson de bois. Quant à Noé, il se rendit compte que les créatures qu'il animait retenaient un adolescent dont elles ne semblaient pas savoir quoi faire. Il repoussa Kénès en beuglant :

— Je vous ai dit de me ramener les *filles* ! Que voulez-vous que je fasse de cet avorton ?

Dès que Kénès fut relâché, il se laissa tomber à terre. Terrorisé, il se réfugia à croupetons de l'autre côté du caisson de bois. Il essaya d'ouvrir l'écoutille pour descendre dans la cale du navire, mais elle était bloquée. Incapable d'aller plus loin, l'adolescent se dérobait au moins à la vue de Noé.

À la poupe, le bateau prenait l'eau et coulait lentement en basculant vers l'arrière. Jastïng était secoué de convulsions si fortes qu'elles gagnèrent le corps de Lovann, dont la main droite recouvrait le trou dans son ventre. Lorsqu'enfin la blessure de l'homme-cerf ne fut plus qu'une plaie, la lumière verte s'éteignit. Jastïng n'était pas hors de danger pour autant. Il était inconscient et le saignement n'était pas encore endigué. Or, pour le moment, Lovann ne pouvait pas en faire plus sans sombrer lui-même dans un état comateux. Ce fut un homme-lynx, en boitant sévèrement, qui vint compresser la plaie de l'elagsaw.

— Nahash ! implora Lovann. Il faut m'aider !

La tête lui tournait. Il se sentait très faible et son impuissance se muait en désespoir. En haut du mât, se tenant debout dans le tonneau, le vieil homme-couleuvre venait de quitter le corps de Kepulan DesMerrains pour reprendre sa propre apparence. La détresse de son apprenti semblait le laisser de marbre.

Il attendait, simplement.

— Nahash ? se mit à rire Noé en posant la pointe de la lame de son couteau près du nombril de Sachelle. Tu es donc là, vieux serpent !

Localisant magiquement le prophète, il le visa aussitôt d'un sortilège noir. Nahash se servit de ses propres pouvoirs comme d'un bouclier, détournant le maléfice de l'alchimiste. Un trou fumant s'ouvrit alors dans la voûte de pierre, permettant de voir le ciel barré par l'arc aux six couleurs. Une pluie de cailloux incandescents se déversa sur le bateau, ponctuée par les cris des victimes de brûlures. Un homme-lynx se jeta par-dessus bord. Ses vêtements ayant pris feu, il enflamma le muret au passage. Noé, lui-même heurté par un de ces cailloux ardents, porta une main à sa chevelure afin d'en étouffer les flammèches qui menaçaient de le rendre chauve. Voulant protéger la katze-lusän, il pencha vers elle un visage terrifiant de fureur. Il hurla :

— S'il nous arrive quoi que ce soit, à Sachelle ou à moi, Djouane et sa petite copine seront sacrifiées !

La bagarre reprit de plus belle.

Lovann n'aurait pas pu l'empêcher. Ceux qui combattaient à ses côtés étaient là pour entraver le projet de l'alchimiste et le mettre hors d'état de nuire. Redoublant d'ardeur pour achever les quatre derniers squelettes, les adem-bîst ne laissèrent pas à Noé le loisir d'agir à sa guise.

— Je vous aurai prévenu, ronchonna le mage noir entre ses dents.

Dans un geste d'une lenteur maniaque et cruelle, il trancha la chair tendre du ventre de Sachelle. Le sang ruissela, mais la jeune femme ne lui fit pas le plaisir d'un seul gémissement.

— Savez-vous au moins ce que vous faites ? lui grogna-t-elle.

— Bien sûr, ma jolie. Ton ventre est un écrin de velours. Lorsque le diamant noir y sera incrusté, la magie opérera. Je ne peux pas te promettre que ce sera indolore, mais une chose est certaine, je ferai de toi une femme humaine.

L'écho de cette monstrueuse prédiction parvint jusqu'aux oreilles de Lovann.

« Il n'est pas question que ce fou arrive à ses fins ! », s'insurgea-t-il intérieurement.

— Que dois-je faire ? se mit-il à marmonner. Que puis-je donc faire ?

L'esprit embrouillé, il se sentait tellement incompétent que le plus simple des sorts lui semblait hors de sa portée.

Lovann fit le point sur la situation.

La pluie de cailloux avait cessé. Cependant, de petits incendies causaient maintenant des dégâts aux quatre coins du navire.

La plaie de Jastïng ne saignait plus ; il avait même repris connaissance. En revanche, s'il n'était plus en danger de mort, il était encore faible. Un squelette au cœur vert et aux os brunâtres lui cherchait querelle, mais Samuyr DeLaCendre avait uni ses forces à celles d'un homme-lynx pour le défendre.

Non loin, sur la gauche de l'apprenti magicien, Gulung LeGris et Farasha DeLaNuit se bataillaient contre un grand mort-vivant au cœur rouge.

Au centre du navire, Djouane, Éluna et Sachelle étaient toujours prisonnières de l'alchimiste.

À la proue, Benliam DeGriffe serrait un couperet entre ses dents. À grands coups de mailloche, Vydra DeLaCendre s'échinait à briser l'émeraude qui servait de cœur au squelette qu'un jeune homme-lynx retenait au sol. Un deuxième katze-lusän bataillait au corps à corps avec un squelette au cœur jaune-or. S'il le maîtrisait assez longtemps, Benliam avait une chance de se rendre jusqu'à Noé.

À la droite de Lovann, appuyé à la rambarde enflammée, Chobran LeGris venait d'extraire l'os qui s'était fiché dans sa jambe. Giclant en quelques gerbes, du sang se mit à imbiber le pantalon de l'homme-loup. Lovann s'apprêtait à aller le soigner lorsqu'il vit Chobran imprimer un élan à l'os ensanglanté afin qu'il glisse vers Kénès. Malgré la pente montante du navire qui continuait à s'enfoncer sous l'eau, l'os se rendit jusqu'au garçon-loup. Toujours recroquevillé derrière le caisson de bois, celui-ci tremblait de tous ses membres. Ses doigts s'enroulèrent autour de l'arme improvisée et ses lèvres formèrent des mots muets : « *Elle doit mourir.* »

Lovann fut pris d'étourdissements. Était-ce bien là les mots que Kénès avait articulés ?

Revenu vers Noé, le squelette au cœur vert se jeta sur son maître afin de lui éviter d'être frappé par le couperet de Benliam. Frustré d'être ainsi bousculé, Noé mit sa menace à exécution : il sacrifia les filles. Comme si les flammes sévissant sur le navire étaient des êtres vivants, elles s'arrachèrent au bois qu'elles consumaient pour bondir à la base des deux mâts, s'élevant subitement vers Djouane et Éluna.

— Je suis désolé, mes chéries, susurra l'alchimiste.

La chanson qu'il se mit à fredonner fut enterrée par les cris de terreur d'Éluna. Au silence de Djouane, Lovann crut que sa tête allait exploser.

— Lovann ! hurla Éluna, complètement affolée. Sers-toi de la magie bleue !

— Oui, la magie bleue, balbutia-t-il.

Les flammes léchaient les pieds des deux jeunes femmes.

L'apprenti magicien propulsa hors du lac une vague qui faucha une partie de la rambarde du navire. Or, elle s'arrêta avant d'avoir giclé contre la base des mâts. Tout en haut, le sourire contrit de Nahash prouvait que c'était lui qui avait bloqué l'énergie de Lovann, faisant faire volte-face à la lame d'eau. Déséquilibré par le retour de la vague, Noé échappa son couteau, que l'eau emporta au loin. La déferlante toucha aussi Lovann à la hauteur des genoux. Basculant, il se frappa la tête contre le sol. Tandis que le navire s'immergeait, sa pente inclinée se modifia, entraînant Lovann vers l'arrière. Trop étourdi pour se cramponner à la rambarde, il passa dans l'ouverture que l'eau venait d'y créer.

— Un couteau ! gueula Noé. Qu'on m'apporte un autre couteau !

Aucun de ses squelettes n'étant libre de ses mouvements, cette requête ne reçut pas plus de réponses que toutes celles que, des siècles durant, il avait adressées au Créateur.

De chaque côté du trou dans le parapet, Gulung et Farasha retenaient Lovann par les bras. Suspendu au-dessus du lac, ses jambes battant contre la coque du navire, ce fut dans cette mauvaise posture que l'homme-loup, impuissant, vit Kénès bondir sur ses pieds et lever l'os tranchant au-dessus de la gorge de Sachelle. Distrait par Benliam qui, encore une fois, avait failli le trucider, Noé ne s'aperçut de rien.

Alors que les hurlements de Sachelle et ceux d'Éluna se confondaient, Lovann eut l'impression que le temps ralentissait son cours. Mais peut-être qu'en fait, Kénès hésitait à aller jusqu'au bout de son plan, tout simplement. Lovann eut un regard pour Jastïng. Près de l'homme-cerf, tombé dans un trou entre deux planches du pont, Samuyr s'échinait à se sortir de là. L'homme-lynx qui était maintenant seul pour défendre Jastïng ne retiendrait pas longtemps le squelette qui s'entêtait à vouloir du mal à l'elagsaw.

Une pensée envahit l'esprit de Lovann.

« Si je n'agis pas dans la prochaine seconde, les quatre personnes que j'aime le plus au monde vont mourir en même temps, sous mes yeux. »

Ses iris devinrent rouges.

Venue des tréfonds de son être, une force le souleva et le précipita sur le pont. Cette même force écarta brutalement Farasha et Gulung de son chemin tandis que, dans une bourrasque, le bateau reprenait une position horizontale. Comme s'il avait l'intention d'étreindre la caverne elle-même, le jeune homme-loup opéra un large mouvement des bras. L'os de Kénès, destiné à perforer la gorge de Sachelle, se pulvérisa dans les mains de l'adolescent. Il tomba à la renverse. Le feu ravageant la base des mâts s'étouffa d'un coup. Entre les côtes des quatre squelettes qui malmenaient encore les combattants, les cœurs de pierre explosèrent. Les carcasses démantibulées s'affalèrent.

La magie rouge faisait son œuvre.

Tout s'écroulant autour de Noé, il se hâta de délivrer Sachelle de ses chaînes. La brusquant pour qu'elle se redresse, il fit d'elle son bouclier. À Lovann, il ne fallut qu'une pensée pour arracher la katze-lusän à son bourreau et l'expulser sur sa droite, où Benliam la reçut dans ses bras.

— C'en est assez, LeGris! s'époumona Noé. Tu vas crever!

Le pumë ne put retenir Sachelle. Elle se rua sur l'alchimiste avant même qu'il ne comprenne qu'elle lui avait subtilisé son dernier couteau. Apercevant la jeune femme trop tard, Lovann ne put annuler le sortilège rouge qu'il venait de déclencher. Lorsque la lame de la katze-lusän pénétra la poitrine de Noé, les yeux de ce monstre s'écarquillèrent et la magie de Lovann lui brûla les globes oculaires. Aveuglé, fou de douleur, l'alchimiste se mit à gémir et à taper du pied comme un enfant en colère. S'éloignant de quelques pas, Sachelle lâcha son couteau et porta la main à son œil bleu. Parce qu'elle s'était trouvée de profil par rapport à Lovann, son œil orange avait été épargné.

Après cela, les éboulements reprirent de toute part. Le pont du navire disparut entièrement sous l'eau. Ceux qui y étaient encore avaient maintenant de l'eau jusqu'aux genoux.

La caverne s'effondrait.

— Sortez tous d'ici! ordonna Lovann aux derniers défenseurs de leur cause.

Dès que Vydra eut délivré les deux femmes-louves de leurs liens, Éluna vint se jeter dans les bras de Lovann.

— Tu as réussi, lui chuchota-t-elle à l'oreille.

Hagarde, Djouane n'eut pas même un regard pour son frère. La tirant derrière elles, Éluna et Vydra partirent vers la bouche de la caverne sans plus tarder. Soutenant Jastïng, Samuyr et Gulung quittaient eux aussi le navire, suivis des hommes-lynx. Benliam voulut entraîner Sachelle dans leur sillage, mais puisqu'elle refusait de s'éloigner, il resta à ses côtés.

Titubant, mais toujours vivant, Noé recouvrait peu à peu sa vision. Remarquant l'œil dégoulinant de sang de Sachelle, il s'égosilla :

— Que lui as-tu fait, LeGris? Elle était si belle!

Enragé, l'alchimiste chercha à frapper Lovann d'un maléfice, mais rien ne se produisit.

— Que m'as-tu fait à moi? hurla-t-il de plus belle.

En craquant, le mât central se mit à pencher vers la proue. En haut du mât arrière, à genoux dans le nid-de-pie, les mains collées l'une à l'autre, les paupières closes, Nahash marmonnait de façon inaudible. C'est alors que l'eau de la baie s'engouffra violemment dans la caverne, soulevant le navire de quelques pieds. Ouvrant les yeux, Nahash se mit debout, passant ainsi la tête, les épaules et les bras par le trou que la magie noire avait percé dans la voûte de pierre.

— Toi, tu ne m'échapperas pas aussi facilement! ragea Lovann en dressant un bras vers le vieil homme-couleuvre, comme pour tirer sur une corde invisible qui l'aurait empêché de se sauver.

Sachelle empoigna le bras de l'apprenti magicien, freinant son geste.

— C'était le seul moyen d'éveiller en toi la magie rouge, lui révéla-t-elle.

— Que dis-tu?

— Nahash avait un plan, et il a fonctionné! C'est lui qui m'a fait sortir du souterrain de Farasha. Djouane, Jastïng, Éluna et moi devions tous être en danger de mort en même temps.

— Les quatre personnes que j'aime le plus au monde..., murmura Lovann.

En dépit de sa faiblesse physique, le schlaang-fídi se hissa hors de la caverne en s'aidant de la magie de l'air. Debout au sommet de l'îlot, il se mit à invoquer son dieu dans de longues litanies. Sur le navire, de mille et un sortilèges, Noé s'évertuait à terrasser Lovann. Il dut se rendre à l'évidence : il n'avait plus aucun pouvoir. En levant la tête en même temps que lui, le jeune homme-loup aperçut, par le trou dans la voûte, la bande rouge qui colorait l'arc.

Le noir en était complètement exclu.

Là-haut, Nahash s'effondra sur les genoux. Il continua malgré tout à adresser ses prières au Créateur alors que, vivement secoué, l'îlot lui-même commençait à s'enfoncer.

Les ricanements déments de Noé enterrèrent les invocations de Nahash.

— Le diamant ! éructa l'alchimiste. Il possède ses propres pouvoirs !

Extirpant la pierre noire de sa besace, il la serra contre lui aussi vigoureusement que s'il s'était agi d'un enfant chéri retrouvé. Or, rudoyé par les secousses sismiques, il l'échappa avant même d'avoir fait un pas vers Lovann. Vif comme l'éclair, Benliam s'empara du diamant. Aussitôt, il s'engagea vers la sortie en contournant habilement tous les obstacles se dressant sur son chemin.

Fou de rage, Noé se lança aux trousses du pumë.

À la surface du lac flottaient les corps de Tomek, d'Aztrall et d'un katze-lusän au visage brûlé. Lovann comprit ce qui avait eu raison d'eux quand il vit Sertram Langue-Fourchue s'extirper de l'eau et se diriger lui aussi vers l'issue qui donnait sur la baie. Appuyé contre la rambarde, assis dans une mare du sang dont il s'était vidé, Chobran fixait un point de ses yeux vitreux.

Lovann se croyait seul avec Sachelle sur le navire. Mais en fait, dissimulé derrière un tas de débris divers, Kénès était toujours là.

Surgissant de sa cachette en sanglotant, l'adolescent sauta à la gorge de la katze-lusän. D'un seul coup de poing, Sachelle l'envoya contre le plancher inondé. Une mèche argentée s'échappa alors du chapeau de fourrure de Kénès. Quand l'eau emporta le couvre-chef, une longue chevelure lui tomba sur les épaules. Des yeux aussi jaunes que des pétales de boutons-d'or se plantèrent dans ceux de Lovann.

— Marguëlle ? s'étonna-t-il, au milieu des éboulis. Pourquoi t'être déguisée de la sorte ?

Comme Jessanine, la fille de Dorgam portait des vêtements lui ayant appartenu : il les reconnaissait à présent.

— Pour qu'on me laisse venir ici. Je suis là pour toi, Lovann.

Pointant un doigt sur Sachelle, Marguëlle ajouta :

— Cette fille doit mourir. Alors seulement, tout rentrera dans l'ordre. Tu reviendras au refuge et tu m'épouseras.

— Plus personne ne va mourir, répliqua Lovann en tendant une main à la jeune femme-louve. À condition qu'on déguerpisse vite d'ici.

Poussant soudain un cri à réveiller les morts, Marguëlle se jeta sur le magicien. Pris par surprise, il tomba à la renverse. En se relevant, il constata qu'un rocher, tout juste détaché de la voûte, écrasait le corps inanimé de la jeune vûlf-gayl.

— Elle... Elle m'a sauvé la vie, bredouilla-t-il.

Sachelle lui attrapa la main.

— Ça ne peut plus attendre, dit-elle, et ensemble ils coururent vers la bouche de la caverne.

Ils entendaient au-dessus d'eux les pas et les prières du prophète. Depuis le sommet de l'îlot rocheux, il veillait encore sur eux, les accompagnant sur cette voie au bout de laquelle les derniers survivants s'agglutinaient. Même si la puissante magie de Nahash n'agissait plus sur l'eau de la baie, la marée avait monté de façon naturelle. L'océan était calme. Il ensevelissait toutefois le seul chemin qui aurait permis aux combattants de quitter l'îlot. Le diamant noir entre les mains, Benliam s'était arrêté à la limite des rochers. Dressés entre Noé et lui, ses compagnons d'armes faisaient front pour empêcher ce dernier de reprendre la pierre magique au pumë.

L'aube n'était pas encore là. Pourtant, un couloir de lumière perçait la nuit jusqu'à la caverne. Sur la plage de l'île de Canaan, des centaines de torches avaient été allumées par les elch-kanski. Envoyés en renfort, une dizaine de canoës se trouvaient à mi-chemin entre les deux îles.

Benliam lança le diamant à bout de bras.

La pierre filait encore dans les airs lorsque, porté par sa folie, Noé sauta dans l'océan. Aussitôt, Sertram plongea pour rejoindre son maître. À ce moment, Nahash se tut, et l'écho de ses prières avec lui.

Une sueur glacée coula dans le dos de Lovann.

Jouant du coude pour avancer et passer la tête hors de la caverne, il vit le vieux schlaang-fídi choir sur les genoux. Son corps l'abandonnait. Basculant devant la bouche de la grotte, il disparut dans les profondeurs de l'océan.

— N'était-il pas immortel? demanda à voix haute le jeune homme-loup.

— Plus maintenant, souffla Sachelle, qui le talonnait. Il a été pardonné.

À peine visible sur l'eau sombre, l'ombre noire du kräengjëll se profila.

Chapitre 33

Îlot rocheux, baie d'Emzara

Planant dans le ciel, l'homme-corbeau traversa à vive allure le corridor de lumière créé par les torches des elch-kanski. Le diamant noir allait sombrer dans les profondeurs lorsqu'il l'attrapa au vol juste avant de fendre perpendiculairement la surface de l'eau.

Quelques secondes passèrent.

Une déflagration sous-marine brusqua violemment la baie d'Emzara. En tremblant intensément, la caverne s'enfonça plus encore sous la surface. Espérant pouvoir rejoindre rapidement les canoës des hommes-orignaux, Samuyr, Vydra, Gulung, Farasha et ses hommes se jetèrent dans la mer de leur propre chef. Ensuite, dans une détonation brutale, un geyser recracha vers le ciel un oiseau au plumage noir et iridescent. Cette fois, les secousses furent si violentes que Lovann, Jastïng, Sachelle, Benliam, Djouane et Éluna se retrouvèrent à l'eau malgré eux.

À demi engloutie, la caverne n'était plus qu'un large rocher percé.

Puis, comme si la mer se scindait en deux, elle repoussa les canoës vers l'île de Canaan. Émergea alors de cette faille, tel un bateau fantôme noyé dans un brouillard bleuté, une embarcation aux proportions incommensurables.

— L'arche de Noé, murmura Lovann, sidéré.

Le bateau à trois étages, recouvert d'algues et de mollusques, ne pouvait être que celui laissé à l'abandon à l'embouchure du Sem mille ans plus tôt.

Secourus et guidés par les vagues elles-mêmes, les treize naufragés montèrent à bord. Noé et son fidèle acolyte, cependant, étaient ballottés par les flots sans pitié. Transformé en un monstre colossal, l'océan les avala.

Aux commandes de l'arche, Lovann la pilota vers l'île de Canaan, elle aussi prise de convulsions. Jessanine embarqua, suivie de nombreux elch-kanski et des petits elagsaw borgnes. Surgissant de la forêt, les femmes et les fillettes-lynx trouvèrent également leur place sur l'arche. Quand le corbeau vint les survoler, Lovann poussa la barre afin de se lancer dans sa trajectoire. À une vitesse transcendant les lois de la nature, le gigantesque bateau fendit le Sem, le temps et l'espace jusqu'à atteindre le lac Lamech. En bordure du plan d'eau, l'oiseau se posa sur la plus haute branche du plus haut des arbres. Une fois l'arche immobilisée, il reprit la voie des airs en se fondant dans un ciel de brouillard.

À un rythme effréné, l'eau recouvrait les terres du Nouvel-Éden.

De la contrée de Japhet à la contrée de Cham, la rumeur se répandit aussi vite que l'eau : il fallait tendre l'oreille, repérer les croassements du corbeau et marcher dans le sillage de cet oiseau noir. Les derniers survivants atteignirent l'arche à la nage. Lorsque le Nouvel-Éden fut complètement noyé sous les eaux, le corbeau sortit du brouillard opaque, ouvrit les ailes et s'élança vers de nouveaux horizons.

L'arche se remit en branle.

Au loin, le soleil levant attirait l'embarcation vers un large tunnel de lumière blanche. Dans cette clarté rayonnante, le plus doux des sourires illumina le visage de Djouane.

— Que vois-tu donc ? voulut savoir Lovann.

— Ne le vois-tu pas ? murmura sa sœur. Le grand loup gris aux yeux verts.

Dans le ciel, les couleurs de l'arc s'altérèrent.

Puis, il disparut.

Nul n'aurait su dire combien de temps dura ce voyage. Un jour, l'arche fit halte et l'eau, tranquillement, commença à descendre. Lorsque la coque de bois du bateau s'enlisa dans la terre souple, sa porte s'ouvrit. D'emblée, un couple de coyotes bondit dans les hautes herbes. À travers la végétation verdoyante, une flopée d'animaux se mit bientôt à courir en tous sens : des cougars, des lynx, des loups, des écureuils, des renards, des ours, des cerfs, des orignaux, des belettes, des loutres et des porcs-épics. Des salamandres et des couleuvres se faufilèrent sous les rochers et dans les étangs. Des taupes, des marmottes et des blaireaux cherchaient déjà où creuser leurs abris. Rapidement, la plupart se dispersèrent en direction d'une forêt foisonnante.

Sous le soleil radieux, le corbeau arborait un plumage aux reflets indigo. Installé sur le toit de l'arche, il promenait un œil alerte sur cet incroyable débarquement. Au cri rauque qui fusa de son bec, un dernier animal quitta le bateau d'un pas hésitant. Ce jeune loup au pelage fauve alla se mêler à la meute dont s'entourait un grand loup gris aux yeux verts. Peu après, la meute s'éloigna, mais le jeune loup resta sur place.

Sur ses gardes, un cerf robuste au panache impressionnant observait le jeune loup. À petits pas, il l'approcha. Les deux animaux se tournèrent autour un moment. Puis, une jeune femelle lynx se joignit à eux. De son museau, elle frôla celui du cerf, avant de frotter le dessus de sa tête contre la douce encolure du loup.

Au deuxième croassement du corbeau, les trois animaux prirent la fuite. Jusqu'à la nuit, ils coururent côte à côte dans les bois. Vint toutefois le moment où le loup fit une pause. Le cerf et le lynx poursuivirent alors leur chemin, empruntant des directions opposées. Ils s'éloignèrent lentement, comme à regret, mais aucun des deux ne se retourna.

Refusant cette séparation, le loup s'élança derrière le lynx, l'obligeant à lui montrer des dents menaçantes. Reparti en trottinant, le loup esseulé gravit une colline. Dans le ciel noir et sans nuages, la lune exhibait un visage rond et pâle aux taches sombres. Tel un long et profond sanglot, un hurlement déchira le silence nocturne.

Le troisième cri du corbeau fit détaler le loup dans les tréfonds de la forêt. Dans une série de battements d'ailes inaudibles, l'oiseau noir s'envola, invisible dans la nuit.

Épilogue

Sautillant, le corbeau avançait dans l'herbe. L'arbre vers lequel il marchait était si large et si haut qu'on aurait pu croire que ses feuilles, dans la brise légère, caressaient les nuages blancs. Sentant la présence de l'oiseau noir, le vent se calma brusquement et les feuilles se figèrent, cessant leur doux bruissement. L'oiseau changea alors d'apparence, adoptant celle du kräengjëll.

Le visage baissé, l'homme-corbeau s'agenouilla dans l'herbe verte.

— Parle, Ashnaël, puisque tu le peux à nouveau, le pria l'arbre.

— Maître éternel, le glorifia le kräengjëll. Les hommes auront-ils une autre chance ?

— L'éternité est longue, lui fut-il répondu.

L'arbre se perdit dans ses réflexions. Ce fut une colombe qui l'en tira en atterrissant à sa cime.

— Ashnaël ? Serais-tu prêt, cette fois encore, à veiller sur eux ?

— S'il le faut, je le ferai, Maître éternel.

— Et que dirais-tu si, pour cette prochaine mission, je te parais de plumes blanches ?

Instantanément, les grandes ailes noires de l'homme-corbeau devinrent d'un blanc aussi immaculé que la neige.

— Quand le temps sera venu, tu n'agiras pas dans les ténèbres, mais dans la lumière. Les hommes ne seront plus laissés à eux-mêmes. Ils ont besoin d'être guidés. Toi non plus, Ashnaël, tu ne seras plus seul. Les anges seront légion.

— Vous êtes juste et bon, Maître éternel.

— Va, mon cher. Profite bien du repos qui t'est alloué.

Reprenant la forme d'un oiseau, le corbeau s'en alla à tire-d'aile. N'attendant que son départ, un loup au pelage fauve sortit le museau des fourrés et s'approcha de l'arbre d'une démarche résolue.

— Qui êtes-vous ? le questionna-t-il d'un ton agressif. Qu'avez-vous fait de mes amis ?

Même si ce loup, contrairement aux autres animaux, était doté de la parole, l'arbre ne daigna pas entreprendre une discussion avec lui. Le vent s'inspirant de la hargne du loup, les feuilles frissonnèrent et une pomme tomba dans l'herbe aux pieds de l'animal. Il la renifla, la lécha, puis la croqua. En mâchouillant la pulpe sucrée, il en vint à se demander ce qu'il faisait là. Il voulut dire quelque chose, mais il en fut incapable. Dans sa tête, il n'y avait plus de mots, que des impressions, des émotions et des envies. Tout à coup, ses oreilles se dressèrent sur son crâne et ses narines humides frétillèrent. Le loup avait flairé l'odeur des siens.

D'un bond, il s'élança vers eux.

Fin

Glossaire

LEXIQUE DES PRINCIPAUX CLANS D'ADEM-BÎST (HOMMES-BÊTES) DU NOUVEL-ÉDEN

Baèr-krel = Hommes-ours/femmes-ourses

Les DuRoc, contrée de Japhet

Les DuGlacier, contrées froides

Ekorn-skyurr = Hommes/femmes-écureuils

Les DuPin, contrée de Japhet

Elagsaw = Hommes-cerfs/femmes-biches

Les DuBois, contrée de Cham

Les DeL'Orée, contrée de Cham

Elch-kanski = Hommes/femmes-orignaux

Les DesMerrains, île de Canaan

Funch-jakkal = Hommes-renards/femmes-renardes
Les LeRoux, contrée de Cham

Gråv-ling = Hommes/femmes-blaireaux

Katze-lusän = Hommes/femmes-lynx

Kojotë = Hommes/femmes-coyotes
Les DuGrand-Pré, contrée de Cham

Kosh-pikânn = Hommes/femmes-porcs-épics

Kräengjëll = Hommes-corbeaux

Mùr-zifel = Hommes/femmes-marmottes
Les Long'Champ, contrée de Cham

Pumë = Hommes/femmes-cougars
Les DeGriffe, contrée de Cham

Schlaang-fídi = Hommes/femmes-couleuvres
Les Langue-Fourchue, contrée de Japhet

Ünder-jord = Hommes/femmes-taupes

Utter-lou = Hommes/femmes-loutres
Les DeLaCendre, contrée de Cham

Vesla-fwin = Hommes/femmes-belettes

Vûlf-gayl = Hommes-loups/femmes-louves

Les LeGris, contrée de Japhet

Les Longs-Crocs, contrée de Japhet

Les LeRouge, contrée de Cham

Les LeBlanc, contrées froides

Zimender = Hommes/femmes-salamandres

Les LeNoir, contrée de Cham

Publications des Éditions Scarab

1. *Les Orphelins du roi – Intégrale I – L.P. Sicard*
2. *Les Orphelins du roi – Intégrale II – L.P. Sicard*
3. *Les Orphelins du roi – Intégrale III – L.P. Sicard*
4. *L'Héritière de Ferrolia – Le Portail des ombres – Guy Bergeron*
5. *L'Héritière de Ferrolia – La Dame blanche – Guy Bergeron*
6. *L'Héritière de Ferrolia – Le Règne de l'épervier – Guy Bergeron*
7. *Nouvel-Éden – L'arc-en-ciel noir – Maude Royer*
8. *Nouvel-Éden – Les monstres de l'alchimiste – Maude Royer*
9. *Nouvel-Éden – L'impardonnable – Maude Royer*

ADA GROUPE

www.ada-inc.com
info@ada-inc.com

www.facebook.com/editionsada • www.twitter.com/editionsada